JESSICA VAN HOUVEN · DIE BLÄTTER DER EICHE

Über die Autorin:
Schon als Kind liebte Jessica van Houven Bücher jeglichen Genres und so festigte sich ihre Faszination für wundervolle Geschichten, Magie und Mythen. Ideen und Inspiration bekommt sie auf ihren Reisen durch die Welt. »Die Blätter der Eiche« ist der Nachfolgeroman zu »Das Gesetz der Eiche« und insgesamt ihr drittes Buch.

Mehr über die Autorin erfahren Sie unter: www.jessicavanhouven.de, www.instagram.com/jesshouven/ oder www.facebook.com/jessicavanhouven.

JESSICA VAN HOUVEN
# DIE BLÄTTER
# DER EICHE

**Bibliografische Information der Deutschen Nationalbibliothek:**
Die Deutsche Nationalbibliothek verzeichnet diese Publikation in der
Deutschen Nationalbibliografie; detaillierte bibliografische Daten
sind im Internet über http://dnb.dnb.de abrufbar.

© 2019 Jessica Heuser
Herstellung und Verlag: BoD – Books on Demand, Norderstedt

Buchcoverdesign: Sarah Buhr – www.covermanufaktur.de
Unter Verwendung von Bildmaterial von: RomanYa; jessicahyde;
Dragana Jokmanovic; predragilievski (allesamt von
www.shutterstock.com)

Sämtliche Ähnlichkeiten der Romanfiguren mit real existierenden
Personen oder Organisationen sind rein zufällig. Die Universitäten in
London gibt es wirklich, doch die Studentenverbindungen sind
gänzlich fiktiv.

ISBN: 978-3-734-79380-6

*Für Maleen*

*Mein Kompass,*
*wenn ich den Weg nicht kenne.*

# ॐ Prolog ॐ

Er betrat das Gebäude durch den verborgenen Eingang. Scharrend schob die Steinplatte sich wieder an ihren Platz zurück und hinterließ nichts als eine massive Wand im Korridor.

Die Gänge waren nur dürftig beleuchtet, doch er wusste genau, wohin er trat. Er kannte jeden Winkel des Gebäudes wie seine Westentasche. In einem unbelebteren Bereich des Kellers führte eine enge Wendeltreppe gleich drei Etagen in die Höhe. Kaum einer nutzte diesen Weg, eben weil er so abgeschieden lag.

Im obersten Stock trat William aus einer Nische und schlenderte gemächlich über den dunkelroten Teppich. Ölgemälde zierten die Wände. Hin und wieder passierte er eine Marmorbüste. Mit einem regelmäßigen, dumpfen *Klonk* schlug sein Spazierstock auf den Boden. Er liebte dieses Gebäude. Er liebte, was sie aufgebaut und erreicht hatten. Er würde alles dafür tun, um es zu beschützen.

Eine Gruppe junger Männer kam ihm im nächsten Flur entgegen. Sie neigten höflich und ehrfürchtig ihre Köpfe. Er schenkte ihnen ein wohlwollendes Lächeln. »Guten Tag, Mister Wellington«, grüßten sie ihn und schritten dann weiter.

An seinem Büro angelangt, trat er zielstrebig ein, entledigte sich seines Zylinders und hängte den Frack an einen der freien Haken. Ein Blick zeigte, dass sein Kollege und guter Freund Zacharias bereits anwesend war. Sie hatten sich zur vollen Stunde verabredet. William zog die Taschenuhr aus der Weste und stellte zufrieden fest, dass es zwei Minuten vor der vereinbarten Zeit war.

»Hast du es erledigt?«, fragte ihn Zacharias, der es sich in einem der Sessel vor dem Kamin gemütlich gemacht hatte. Draußen pfiff ein eiskalter Wind um die Häuser Londons.

»Es hat reibungslos funktioniert.« Er nahm gegenüber Zacharias Platz und strich über die grauen, etwas längeren Haare, die durch den Zylinder zerdrückt worden waren. Der sorgsam gestutzte Vollbart besaß die gleiche Farbe und verlieh ihm ein ehrwürdiges Erscheinungsbild.

»Meinst du, unsere Maßnahmen reichen aus? Ich traue der Society alles zu. Sie dürfen die Macht nicht in die Finger bekommen, unter keinen Umständen. Edward übt immer mehr Druck aus und wir müssen sicherstellen, dass wir unsere Mitglieder vor ihm schützen können.«

William neigte den Kopf zur Seite und nickte bedächtig. »Wir tun das Richtige. Das steht außer Frage. Um unsere Mitglieder zu schützen, haben wir uns schließlich dazu entschieden, den Regeln eines Geheimbundes zu folgen. Nur so erfährt Edward nicht, wer sich uns angeschlossen hat.«

Es gab keine Garantie, dass ihr Feind ihnen nicht doch auf die Schliche kommen würde. Die gab es leider nie. Sie taten allerdings ihr Möglichstes, um ihre Vision und die Leute, die ihnen folgten, zu beschützen. Sie mussten dafür sorgen, dass niemand eine solch große Macht erlangte. Nicht auszudenken, was dann mit England geschehen würde.

»Jene, die sich uns anschließen, wollen etwas erreichen und selbst in einer Vereinigung wie unserer bekommt man nicht alles geschenkt. Unsere Mitglieder wissen, auf was sie sich einlassen. Die Society ist definitiv ein großes Risiko für uns, aber wir müssen einen Weg finden, damit zu leben. Indem wir uns bestmöglich schützen und ihnen die Karten nicht in die Hände spielen, gelingt uns das bereits«, fuhr William fort.

Mit seiner Gesellschaft des Aufstiegs war Edward Rushworth ein Problem, das man nicht ignorieren konnte. Der Krieg hatte sich über die Jahre immer weiter zugespitzt und William fragte sich, wie sie überhaupt einst miteinander ausgekommen waren. Edward wollte Macht und die Gier nach dieser schien unermesslich.

»Sword & Eagle hat viele Funktionen. Doch eine ganz wesentliche ist, ein Gleichgewicht zur Society zu bilden. Wenn wir uns ihnen nicht in den Weg stellen, wird es niemand können.«

Zacharias stimmte ihm zu und schaute für einige Momente in das flackernde Kaminfeuer. »Ich möchte mir nicht ausmalen, was sonst geschehen würde. Edward rückt näher und hat schon zu viele unserer Leute angegriffen. Es war an der Zeit, uns zu wehren und gleichzeitig dafür zu sorgen, dass er nicht noch mehr Macht erlangen kann.«

Sie hatten ihren Kurs gesteckt und würden ihn einhalten. Womöglich würden sie ihn ein wenig korrigieren müssen, aber das stellte kein Problem dar. Ein gewisser Grad an Flexibilität war nötig, um zu überleben. Mit den richtigen Kontakten, den richtigen Ideen und Handlungen konnten sie bestehen.

Denn ihnen war nur allzu klar, dass am Ende nur die Stärksten bleiben würden.

# ∽ Silvester ∾

Mit einem zufriedenen Seufzen ließ Nola sich in den Sessel in ihrem Zimmer fallen. Sie hatte den Nachmittag dazu genutzt, ihre Sachen im Schrank zu verstauen und endlich den Schreibtisch aufzuräumen. Die Vorlesungen am King's College würden in wenigen Tagen beginnen und dann brauchte sie den Platz, um zu arbeiten und zu lernen.

Über die Weihnachtsfeiertage war sie zu ihren Eltern gefahren, die sich sehr über die gemeinsame Zeit gefreut hatten. Erst gestern war sie am späten Nachmittag zurück nach London gekommen.

Mit einem Lächeln auf den Lippen, dachte Nola daran zurück, wie stolz ihr Stiefvater den von ihm geschmückten Weihnachtsbaum präsentiert hatte oder wie schrecklich die Geschenke immer aussahen, die ihr Bruder Mike verpackte. Ihre Mutter hatte ein köstliches Essen gezaubert und danach hatten sie gemeinsam gemütlich auf dem weichen Sofa gesessen und geredet.

Nola fühlte sich ihrer Familie sehr verbunden und insgeheim hatte sie die drei in London mehr vermisst, als ihr bewusst gewesen war. Umso schöner war es gewesen, dass sich ihre Eltern extra frei genommen hatten und die Familie eine rundum schöne und entspannte Auszeit genießen konnte.

Außerdem war es gut gewesen, aus London rauszukommen und nicht an das zu denken, was im letzten

Monat passiert war. Ihre Eltern hatten zwar interessiert nach dem Studium und Nolas Freunden in London gefragt, aber sie wussten nichts von den Geschehnissen, in die ihre Tochter verstrickt gewesen war.

Als Liz und sie gestern Abend über die Weihnachtsferien gesprochen hatten, waren sie anschließend unweigerlich auf die dramatischen Ereignisse der Spendengala zurückgekommen und Nola hatte ihrer Freundin erstmals alles im Detail erzählt. Bis dahin hatte Liz sich tapfer mit ein paar groben Informationen zufriedengegeben und Nola rechnete ihr diese Geduld sehr hoch an.

Die Taten eines, bis dahin, unbekannten Geheimbundes hatten die Nation erschüttert, nachdem diese ans Tageslicht gekommen waren. Nola hatte maßgeblich zum Untergang dieser Gruppe namens Orden der goldenen Mitte beigetragen.

Ein weiteres großes Thema war die Rolle von Oliver. Liz kam nicht damit klar, dass ihr guter Freund sie beide hintergangen hatte. Er war Mitglied dieses Geheimbundes und hatte Nola in dessen Auftrag ausspioniert.

Sie hatte Liz vorgeschlagen, Oli im Gefängnis zu besuchen, um ihn nach seinen Beweggründen zu fragen. Vielleicht ließen Liz' Fragen sich auf diese Weise endlich klären. Besser, als sich mit den Gedanken und offenen Fragen zu quälen, war es allemal.

Es klopfte leise an der Tür.

Mit einem *Ja?* bat Nola ihre Mitbewohnerin herein und schon schob Liz ihren Kopf durch den breiter werdenden Türspalt.

»Ich weiß nicht, was ich anziehen soll!«, klagte die Blonde und verzog den Mund, während sie die Tür ganz aufstieß und in Nolas Zimmer trat, um sich dann auf deren Bett fallen zu lassen.

Für heute Abend hatten die Freundinnen große Silvester-Pläne. Zuerst hatten sie überlegt, mit ein paar Freunden in einen der angesagten Clubs zu gehen, sich dann aber dagegen entschieden. Jetzt würden sie in deutlich kleinerer Runde auf der Dachterrasse eines Mehrparteienhauses feiern, in dem eine Freundin von Liz wohnte. Je näher der Abend rückte, desto größer wurde die Vorfreude.

»Das ist sowieso egal, weil es so kalt ist, dass wir nicht ohne die Winterjacken auskommen werden. Ethan ist noch bei seinen Eltern, oder? Dann musst du dich nicht in Schale werfen«, sagte Nola grinsend.

Liz hatte Ethan im Herbst kennengelernt und seit Anfang Dezember waren die beiden ein Paar. Nola hatte den Studenten zwar einige Male getroffen und sich mit ihm unterhalten können, wusste aber noch nicht besonders viel über ihn. Er hatte Weihnachten mit seiner Familie verbracht, ebenso wie Liz und Nola, und würde erst übermorgen wieder zurück sein.

»Ja, schon. Aber: trotzdem! Reicht der Mantel oder nehme ich die dicke Jacke? Das sind wichtige Fragen, Nola«, scherzte Liz und warf eines der Kissen nach ihr. »Ich dachte, gerade du hättest dir schon Gedanken um das perfekte Outfit gemacht.«

Irritiert und mit einem großen Fragezeichen im Gesicht, sah Nola zu ihrer Freundin hinüber, die daraufhin die Augen verdrehte.

»Ben kommt auch und ich habe gehört, dass er Shane und Bleu eingeladen hat. Ich dachte, du wüsstest das...«

Shane würde vielleicht zur Silvesterparty kommen? Kurz überschlug sich ihr Herz, ehe viel zu viele Fragen auf Nola einprasselten. Während der Semesterferien hatte er sich kein einziges Mal bei ihr gemeldet und Nola wusste ohnehin nicht, wo sie beide standen. Herrje, sie wusste nicht einmal, was sie über ihn denken sollte. Die Gedanken und Gefühle waren zu widersprüchlich und Nola war während der Weihnachtsfeiertage oft damit beschäftigt gewesen.

Einerseits waren Momente zwischen ihnen gewesen, in denen sie sich zu dem grantigen Studenten hingezogen gefühlt hatte. Shanes Schutzschild war etwas schwächer geworden und hatte sie erkennen lassen, dass er nicht so unfreundlich und ruppig war, wie er tat. Shane hatte sich um sie gesorgt, sie beschützt und letztlich war es sogar zu einem Kuss zwischen ihnen gekommen.

Andererseits war er ein Adler. Allein diese Tatsache war Grund genug, sich meilenweit von ihm entfernt aufzuhalten. Je länger Nola über die Geschehnisse nachdachte, desto mehr kämpfte sie damit, für was Shane stand und welche Meinung er vertrat. Er war Mitglied eines rücksichtslosen Geheimbundes und sie hatte sich viel zu sehr in dessen Machenschaften hineinziehen lassen, sich sogar freiwillig dazu bereiterklärt.

»Du hast mir zwar die ganze Geschichte über die Geheimbünde erzählt, aber geschickt ausgelassen, was jetzt mit Shane und dir ist. Ich dachte, ihr seid euch nähergekommen?«, hakte Liz nach und sah neugierig zu ihr rüber.

Liz war von Anfang an kein Fan von Shane gewesen. Doch sie hatte sich zurückgehalten und Nolas Einschätzung vertraut.

»So war es ja auch, aber…« Sachte zuckte Nola mit den Schultern. Einer Antwort auf diese Frage war sie schon in den letzten Wochen vergeblich nachgegangen. Egal, wie sehr sie in sich hineinhorchte, eine klare Antwort fand Nola nicht. »Vielleicht ist es besser, wenn es direkt wieder im Sand verläuft. Liz, er ist ein Adler und ich habe mich da viel zu sehr hineingestürzt und ihnen geholfen. Wir können nur vermuten, was diese Kerle in den letzten Jahren und sogar Jahrhunderten alles getan haben«, sagte Nola schließlich.

Die Tragweite der Taten war Nola erst nach und nach bewusst geworden und es hatte sie zutiefst erschreckt. Sie konnte unmöglich Gefühle für jemanden haben, der zu so etwas fähig war. Wenn sie jedoch die tiefe Falte auf Liz' Gesicht betrachtete, schien die das anders zu sehen.

»Mag sein und du hast mir ausführlich erzählt, was geschehen ist. Ich will das in seinem Namen gar nicht entschuldigen und du weißt auch, dass ich ihn zu Beginn gar nicht mochte. Du bist aber mit Shane ausgekommen und findest du nicht, dass er dann wenigstens die Chance verdient hat, sich zu verteidigen? Du hast miterlebt, was dieser Geheimbund zu tun bereit ist, aber du weißt gar nicht, was Shane davon getan hat«, gab Liz zu bedenken und schenkte ihr ein aufmunterndes Lächeln. »Du musst nicht heute entscheiden, ob du ihm zukünftig aus dem Weg gehen willst oder nicht. Denk erstmal nicht daran und dann wird sich schon alles fügen. Und jetzt machen wir uns für heute Abend fertig! Na, komm!« Liz klatschte in die Hände und stand mit Schwung vom Bett auf.

Nola war froh, dass Liz nicht weiter auf dem Thema herumritt. Sie ließ sich von der Vorfreude auf den Abend endlich vollends mitreißen und sprang ebenfalls auf, um sich um ein Outfit zu kümmern.

\*\*\*

Sie waren zu Fuß gegangen und fuhren mit einem klapprigen Fahrstuhl bis ins oberste Stockwerk. Von dort führten zwei Treppen hinauf auf die Dachterrasse. Bunte Lichterketten waren über ein paar Tischen und Stühlen aufgehängt worden und zauberten sofort eine gemütliche Atmosphäre. Es waren bereits einige Gäste da, die in Gruppen zusammenstanden und sich unterhielten. Musik spielte im Hintergrund.

Liz' Freundin Phoebe entdeckte die beiden Neuankömmlinge und eilte ihnen freudig entgegen. »Hey! Schön, dass ihr da seid. Bedient euch einfach, es steht alles auf den Tischen. Ich muss schnell ein paar Chips holen, dann komme ich zu euch.«

Nolas Blick glitt über die Flaschen, Gläser und Knabbereien, die für alle bereitstanden. Was sie dann jedoch viel mehr interessierte, waren die anderen Gäste. Viele Gesichter kannte sie überhaupt nicht, aber wenigstens machte sie Ben in der Menge aus. Er studierte ein Jahr über ihr am King's College. Sie kannten sich aus den Vorlesungen, die er wiederholte.

Er schien sie bemerkt zu haben, denn er winkte ihr zu und grinste fröhlich. Ben gestikulierte in ihre Richtung, dass er nachher zu ihr kommen würde und Nola nickte ihm zu, weil er gerade noch mitten im Gespräch war.

Von Shane fehlte jede Spur. Vielleicht würde er gar nicht kommen. Vielleicht gab es etwas für die Adler zu erledigen. Es sollte sie überhaupt nicht interessieren, ob er herkommen würde oder nicht. Genervt von sich selbst, zwang Nola sich dazu, nicht weiter auf die anderen Gäste zu schauen.

»Sollen wir uns was zu trinken holen?«, fragte sie und erntete Liz' Zustimmung. Noch während sie zwei Gläser füllte, kam die Gastgeberin zurück und verwickelte die Freundinnen in ein Gespräch. Nola klinkte sich nach einer Viertelstunde aus und schlenderte an den Rand der Dachterrasse, um einen Blick über die Stadt zu werfen. Einige Gebäude waren zwar im Weg, aber dennoch konnte man das Lichtermeer der Hauptstadt bestaunen.

»Ich wusste gar nicht, dass du auch kommst. Das ist ja ein schöner Zufall«, wurde Nola von der Seite angesprochen. Die Stimme war ihr gleich bekannt vorgekommen und als sie sich zur Seite drehte, lächelte sie Bleu zaghaft entgegen.

Die dunkle Jacke verdeckte seine komplett tätowierten Arme, doch unter dem Rand des T-Shirts schlängelten sich ein paar Motive den Hals hinauf. Er trug eine Kappe und der braune Bart war wie üblich sorgsam gestutzt. Seine Freude, sie zu sehen, war echt und ehe Nola sich versah, zog er sie in eine kurze Umarmung.

»Hi Bleu. Unsere Planung stand noch nicht fest, aber dann hat die Dachterrasse gewonnen.« Nola sprach den Namen wie die Farbe Blau in Englisch aus, denn Schreibweise hin oder her, Bleu war Engländer durch und durch.

Liz hatte zwar gesagt, dass Shane und Bleu womöglich auftauchen würden, aber trotzdem war sie gerade ein wenig überrumpelt. Sie freute sich einerseits Bleu zu sehen, weil sie ihn gerne mochte. Doch auch er war ein Adler.

Er schien ihre Befangenheit zu spüren. »Ist alles klar bei dir?«, hakte er mit hochgezogener Augenbraue nach.

»Ja, alles bestens. Ich war über die Feiertage bei meiner Familie und konnte gut von der Uni abschalten.« Was nur die halbe Wahrheit war, aber sie wusste nicht, was sie ihm sonst sagen sollte. Seit Anfang Dezember hatte sie ihn nicht mehr gesehen. Es standen so viele Fragen im Raum und Nola war sich nicht sicher, ob sie die Antworten dazu hören wollte.

Bleu ließ sich nicht anmerken, ob er ihr glaubte oder nicht. Sein Gespür war fast so gut wie das von Shane und ihm entging kaum etwas. Für den Augenblick beließ er es dabei und fuhr fort: »Ich war über Weihnachten in der Stadt. Habe nicht so den Draht zu meiner Familie und es gab viel zu tun. Trifft sich aber gut, dass wir uns heute sehen. Wie sieht es denn mit unserem Rätsel aus? Wann setzen wir uns zusammen?«

Sie hatte es befürchtet.

Gemeinsam mit Shane und Bleu war sie Hinweisen gefolgt, die letztlich zum Tower of London geführt hatten. Dort war ihnen ein Holzkästchen in die Hände gefallen, in dem ein alter Siegelring ruhte. Darüber hinaus war im Futter der Schatulle ein Stück Papier versteckt gewesen, auf dem ein Rätsel stand. Nach dem Fund hatte Nola versichert, dass sie bei dessen Lösung helfen würde. Ein zu voreilig gegebenes Versprechen.

Sie vergrub ihre Hände tiefer in den Jackentaschen. »Ich schätze, ihr kommt gut ohne meine Hilfe klar. Ich hab mich viel zu wenig auf mein Studium konzentriert und sollte das nicht wieder aus den Augen verlieren«, sagte sie nach ein paar Augenblicken und begegnete seinem Blick zögerlich.

»Woher kommt das denn plötzlich? Du warst Feuer und Flamme. Du wolltest ebenso herausfinden, was dahintersteckt, wie wir!« Forschend sah er sie an und schien nicht mit einem Sinneswandel gerechnet zu haben.

»Es war spannend, den Hinweisen zu folgen und zu überlegen, wohin der nächste Schritt führen wird, aber das ist eure Angelegenheit, nicht meine. Ich hab mich da schon zu viel reinziehen lassen und Dinge getan, die nicht in Ordnung waren. Ich will euch nicht mehr helfen«, stellte sie mit fester Stimme klar.

Sie kannte ihn noch nicht besonders lange, aber sie hatte Bleu bisher niemals sprachlos gesehen.

»Okay…«, brachte er schließlich langgezogen hervor.

Nola sah an ihm vorbei, denn eine weitere Person hatte soeben die Dachterrasse betreten. Eine Person, der sie jetzt nicht begegnen wollte und die ihr Innerstes auf den Kopf stellte. Sie konnte Shane nicht gegenübertreten und die Panik vor dem Wiedersehen überkam Nola.

»Ben wollte sich noch mit mir unterhalten. Wir sehen uns«, schob sie als Grund für den überstürzten Abschied vor. Ihre Knie waren zu weich und sie wusste nicht, ob sie eine direkte Begegnung mit Shane überstehen würde. Was sollte sie sagen? Wie sollte sie sich verhalten? Ihr Herz schlug heftig und ihr Magen flatterte nervös. Sie bekam noch mit, wie Shane sich seinem Kumpel näherte und ihr hinterher sah. Mit ihm konnte sie sich jetzt unmöglich auseinandersetzen. Allein zu wissen, dass er hier war, brachte sie völlig durcheinander.

Nola atmete dankbar auf, als sie Liz entdeckte und sich zu ihr gesellte. Nur wenig später kam Ben hinzu und lenkte sie mit seinen lustigen Weihnachtsgeschichten erfolgreich ab. Die Zeit verflog dadurch und es gab viel zu lachen. Die Leichtigkeit kehrte zurück und Nola entspannte sich. Wenigstens in den Minuten, in denen sie nicht heimlich zu Shane sah.

Sie stand noch immer mit Liz und Ben zusammen, als die letzten Sekunden bis Mitternacht verstrichen. Sämtliche Gäste zählten die Sekunden hinunter.

»Frohes neues Jahr!«, quietschte Liz aufgedreht, als es endlich Zwölf schlug. Sie riss die Hände in die Höhe, sodass ein großer Schluck aus ihrem Sektglas herausschwappte. Nola brach in schallendes Gelächter aus.

Als sie sich beruhigt hatte, umarmte sie erst ihre Freundin, dann Ben, um ihnen einen guten Start ins Jahr zu wünschen.

»Da! Es geht los«, machte jemand der anderen Gäste auf das Feuerwerk aufmerksam.

Sie drängten sich an den Rand der Balustrade und legten staunend die Köpfe in den Nacken, um das Farbenspiel der Raketen nicht zu verpassen. Ein Lächeln trat auf Nolas Züge. Sie ließ ihre Gedanken treiben und blendete alles, bis auf die glitzernden Farbbälle, um sich herum aus.

Das erste Kreischen interpretierte sie als reine Freude über das schöne Feuerwerk. Der zweite Schrei transportierte so viel Schrecken und Panik, dass sie unweigerlich den Kopf umwandte.

Irgendetwas musste Feuer gefangen haben, denn in einer Entfernung von vielleicht vier oder fünf Straßen, schlugen rot flackernde Flammen in die Höhe. Nola war wie erstarrt. Es ließ sich nicht erkennen, was dort geschehen war oder was genau brannte. Ob ein paar Jugendliche Raketen gezündet und dabei etwas angesteckt hatten?

Ein weiterer Schrei ertönte und der Lärm um sie herum wurde lauter. Ein zweites Feuer war ausgebrochen. Dieses jedoch unmittelbar im Nachbargebäude. Die Scheiben des kleinen Shops im Erdgeschoss platzten, als die Flammen sich den Weg nach draußen kämpften und an der Fassade hinauf leckten. Die Umgebung wurde rotorange gefärbt.

Sie mussten hier weg, ehe der Weg nach unten nicht mehr zugänglich war!

Nola drehte sich um, sah, wie die anderen teilweise schon zur Tür rannten. Ihr Blick blieb an Shane hängen. Für ein paar Sekunden sahen sie sich in die Augen und die Zeit blieb stehen. Seine Miene war unlesbar. Langsam, vollkommen ohne Eile, wandte er sich um und ging davon.

Das Rauschen in ihren Ohren hüllte sie ein.

Was ging hier vor sich? War es reiner Zufall oder agierten die Geheimbünde in London an diesem Abend? Der Zweifel an allem, was in dieser Stadt geschah, hatte sich festgesetzt.

Würde sie jemals zur Normalität zurückfinden können?!

# ↷ Neue Aufgaben ↶

Seine Fingerknöchel begannen bereits zu schmerzen. Nachlässig hatte er sie vor dem Training umwickelt. Es war ihm ganz recht, den Schmerz zu spüren. Zahlreiche Bilder zogen vor seinem inneren Auge vorbei und suchten ein Ventil, während er auf den Boxsack einschlug. Bei jedem Schlag atmete er durch den Mund aus, um möglichst viel Kraft in die Bewegung hineinlegen zu können.

Er grübelte über das Feuer in der Silvesternacht. Was hatte das zu bedeuten? Wurde die aktuelle Situation zwischen den verbliebenen beiden Geheimbünden dadurch zusätzlich erschwert? Seit Anfang Dezember hatten sie sich darum gekümmert, ihren Einfluss auszuweiten. Es war viel Arbeit, aber sie trug Früchte. Sein Team knüpfte und festigte neue Kontakte. Es machte Shane wahnsinnig, nicht zu wissen, was da draußen gerade ablief.

Das Bild von Nola tauchte vor ihm auf. Er biss die Zähne fest zusammen und schlug weiter auf den Boxsack ein. Das von den langen braunen Haaren umrahmte herzförmige Gesicht mit den haselnussbraunen Augen wollte einfach nicht verschwinden. Sie war ihm aus dem Weg gegangen und hatte Bleu mitgeteilt, dass sie nicht weiter an dem Rätsel arbeiten wollte. Was war los mit ihr? Sie war zu Weihnachten weggefahren, ohne etwas zu sagen. Es ärgerte ihn maßlos, dass er seine

Deckung für sie vernachlässigt, dass er sich ihr geöffnet hatte. Wahrscheinlich musste er sich eher fragen, was mit *ihm* los war! Nola hatte keinen Platz in seinem Leben. Es war besser, wenn sie sich nicht mehr sahen. Es war zu gefährlich für sie, Kontakt zu den Adlern zu haben. Sie hatte genug abbekommen. Wieso konnte er die Gedanken an sie dann nicht loswerden!?

Als ihm das Training alleine nicht mehr ausreichte, obwohl das Shirt schon schweißgetränkt war, trat er mit einem seiner Teamkollegen in den Ring. Sie begannen sich zu umkreisen. Sorgsam gewählte Schritte, die Fäuste zur Deckung nah am Kinn, den Gegner im Blick. Die Bewegungen beider Kämpfer wurden schneller, aber nicht weniger aufmerksam. Das Tempo der Angriffe steigerte sich. Er begrüßte diese geistige und körperliche Herausforderung.

Shane duckte sich unter einem Schlag weg, machte einen Ausweichschritt schräg nach hinten. Dann war er es, der zuschlug und traf. Sie schenkten sich nichts, doch ab dem Punkt, an dem Shane die inneren Ketten abwarf, hatte sein Gegner keine Chance mehr. Die Schläge waren präzise platziert und mit der größtmöglichen Kraft ausgeführt. Er vermischte seine Angriffe mit hohen Tritten und schon bald kam sein Gegner nicht mehr auf die Beine. Noch zwei weitere Treffer, dann schlug der andere mit der flachen Hand zweimal auf den Boden des Rings. Ihr Signal, um den Kampf zu beenden.

Schwer atmend und widerwillig trat Shane zurück. Er reichte dem am Boden liegenden Adler die Hand, um ihm aufzuhelfen.

»Shane?«

Er drehte sich um und sah einen der jüngeren Adler am Rand des Rings stehen. Jeder, der bei ihnen Mitglied wurde, musste eine Ausbildung durchlaufen, unter anderem in Selbstverteidigung, und dieser Kandidat hatte seine noch nicht beendet. Shanes Ruf eilte ihm voraus, weshalb der Frischling ängstlich zu ihm hochblickte. »Richard will dich sehen.«

Shane klopfte seinem Trainingspartner dankend auf die Schulter und steuerte die Umkleide an, wo er unter die Dusche ging. Mit seinem Training war er zwar nicht fertig, aber er wusste, dass Richard ungern wartete.

Nahezu lautlos trat er in den Raum hinein, an dessen Tür er vor wenigen Augenblicken angeklopft hatte. Der Vorsitzende der Loge, die aus fünf Männern bestand und die Adler anführte, saß hinter seinem Schreibtisch, die Hände auf der Tischplatte gefaltet. Shane war bereits häufig hier gewesen.

»Shane. Setz dich doch.«

Die Begrüßung fiel wie immer kühl aus, denn wirklich sympathisch waren sich die beiden nicht. Da sie jedoch für die gleiche Sache kämpften, konnten sie ihre Antipathie meist relativ gut ausblenden.

Shane folgte der Einladung und lehnte sich im Stuhl zurück.

»Es gibt einige Dinge, die ich im Namen der Loge mit dir besprechen möchte. Wir müssen das weitere Vorgehen unseres Bundes festlegen und dabei sind verschiedene Aspekte besonders wichtig.« Seine Mimik wirkte durch die zwei tiefen Falten an der Nasenwurzel grundsätzlich verärgert. Die schwarzen, kurz geschnittenen Haare wurden an den Schläfen grau. Ungeachtet der Tatsache, dass Richard keine aktiven Einsätze mehr ausführte, war er in bester Form und man überlegte es sich zweimal, sich mit ihm anzulegen. Richard war Shanes Mentor in der Kampfausbildung gewesen, weshalb er wusste, welche Tricks der Vorsitzende auf dem Kasten hatte.

Um das neue Jahr nicht mit dem üblichen Schlagabtausch zwischen ihnen zu beginnen, nickte Shane ihm zu. »Worum geht es?«, fragte er nach.

»Nachdem wir den Orden der goldenen Mitte gestürzt haben, bleiben die Society und wir. Wie du weißt, haben wir uns in den letzten Wochen darauf konzentriert, die leer gewordenen Lücken in London mit unseren Leuten zu besetzen und unsere Macht auszubauen. Dabei sind wir auf erstaunliche Hinweise gestoßen, die nun zur Gewissheit geworden sind«, begann Richard zu erklären.

Shane dachte an den ereignisreichen Oktober zurück. Der Druck, den der Orden auf Sword & Eagle ausgeübt hatte, war immer größer geworden und letztlich hatten sie den konkurrierenden Geheimbund vernichtet.

Durch die Hacker des Ordens waren nicht nur die Konten der Adler angegriffen, sondern unter anderem sogar das Handy- und U-Bahn-Netz lahmgelegt worden. Kaum jemandem in der Bevölkerung war klar, was hinter diesen technischen Pannen steckte.

»Oliver hat bekanntermaßen für den Orden gearbeitet und stand darüber hinaus nicht nur in Kontakt zu Dave, sondern auch zur Society«, verkündete Richard und beobachtete Shanes Reaktion ganz genau.

Dave war ein Adler aus Shanes Team gewesen. Seine Aufträge waren unzufriedenstellend ausgeführt worden, weshalb er in den Innendienst versetzt worden war. Das hatte ihm so missfallen, dass er den Geheimbund verraten und sich mit dem Orden zusammengeschlossen hatte. Shane hatte Dave nie leiden können und ihn als unfähig betrachtet, aber einen Verrat hatten die Adler nicht erwartet.

»Wie habt ihr das herausgefunden? Und was soll mir das jetzt sagen?« Shane blickte sein Gegenüber ungerührt an.

»Wir haben andere Teams mit diversen Überwachungen beauftragt. Sie haben ein Mitglied der Society an dem Treffpunkt entdeckt, an dem Oliver und Dave sich getroffen haben. Jedenfalls wird daraus deutlich, dass die Society den Orden benutzt hat. Sie haben sich

gegen uns verbündet und der Orden durfte die Drecksarbeit erledigen.«

Sie spionierten ihre Feinde auf allen erdenklichen
Ebenen aus und trotzdem waren ihnen diese wichtigen
Kleinigkeiten entgangen. Es waren keinerlei Anzeichen
dafür sichtbar gewesen, dass die beiden anderen Geheimbünde sich gegen die Adler verschworen hatten.
Dave, der elende Verräter, hatte interne Schwachstellen
an den Orden weitergegeben. Dass die Informationen
bis zur Society durchdrangen, damit war nicht zu
rechnen gewesen.

»Jetzt machen einige Dinge endlich Sinn! Der Orden
war technikorientiert. Sie haben sich mit Computern
und Elektrik beschäftigt, die Studenten solcher Fächer
angeworben. Die kleinen Kugeln, die mit irgendeinem
Gas gefüllt waren, passten nicht zu ihnen. Die haben
sie von der Society bekommen!«, zählte Shane eins und
eins zusammen.

»Das denke ich auch. Aus dem Grund habe ich die
Erlaubnis für zwei Einsätze in der Silvesternacht gegeben.«

Shanes Blick verfinsterte sich und er beugte sich nach
vorne, legte die Unterarme auf die Tischkante. »Du
meinst die Brände? Die Aktion kam von uns? Wieso
war ich darüber nicht informiert? Ich war in unmittel-
barere Nähe.« Das konnte doch nicht wahr sein! Er
hatte sich in den Jahren seiner Mitgliedschaft nicht so
ins Zeug gelegt und hochgearbeitet, um dann übergan-

gen zu werden. Richard wusste, wie verlässlich Shane war. Oder es war ihm gerade recht gekommen, um Shane eins reinzuwürgen.

»Wir müssen unsere Teams abwechseln und dürfen uns nicht auf eine Truppe konzentrieren. Das hast du selbst gesagt. Die kleinen Aufträge kann jemand anderes übernehmen.«

Shane musste tief einatmen, um nicht auf diese unterschwellige Provokation anzuspringen. Das war es gerade nicht wert. Viel mehr interessierte ihn, weshalb Richard diese Aufträge genehmigt hatte und was das Ziel gewesen war.

»Das Feuer beim Central Criminal Court kann ich noch nachvollziehen. Das ist eine direkte Drohung an die Society. Erst kurz vor Weihnachten gab es einen Kriminalfall, bei dem sie einen unserer Leute hinter Gitter bringen wollten. Ich weiß darüber Bescheid. Aber weshalb das zweite Feuer?«, bohrte Shane nach und verengte die Augen.

»Dort war eines der Labore der Society. Wir sind auf der Suche nach dem Labor, das die Nervengifte herstellt. Und somit kommen wir zum eigentlichen Kern unseres heutigen Gesprächs...« Es wäre gepasst gewesen, wenn Richard sich zufrieden die Hände gerieben hätte, aber das war nicht seine Art.

»Der wäre?« Shane war bereits genervt von dem überheblichen Verhalten des Vorsitzenden. Aus diesem

Grund gerieten sie so häufig aneinander, doch Shane riss sich zusammen.

»Es war das falsche Labor und ich will, dass du dich auf die Suche nach dem richtigen machst. Ich will diese Nervengifte haben und was die Society vielleicht noch alles entwickelt hat. Die werden den Kampf gegen uns nicht aufgeben, nur weil ihr Bauernopfer gefallen ist. Der Orden hat ihnen nichts bedeutet und wir müssen schneller sein!« Eindringlich musterte Richard ihn. Widerspruch würde er nicht dulden, doch Shane erkannte selbst die Notwendigkeit dieses Auftrages.

Sword & Eagle war nicht nur ein Geheimbund. Sie waren eine Familie und sie mussten sich gegen einen äußeren Feind schützen.

Shane erhob sich, denn üblicherweise waren die Gespräche mit der Vergabe eines neuen Auftrages beendet. Heute stoppte Richard ihn, ehe er sich umdrehte.

»Noch etwas anderes, Shane. Du weißt, dass wir in Kürze unsere Versammlung zum Jahresbeginn haben. Dabei werden wir wie üblich ein paar Themen vorstellen, die uns in diesem Jahr begleiten werden. Außerdem gibt es eine Abstimmung über das Fehlverhalten eines Mitglieds. Die Strafe steht bereits fest, aber es gibt eine Stimme, die mir fehlt. Kümmere dich darum.« Sein Tonfall war eiskalt.

Shane wusste genau, was die Aufforderung bedeutete. Bedrohe die Zielperson, verletze sie oder töte sie, wenn sie gänzlich uneinsichtig ist.

Ein weiteres Mal wandte er sich zum Gehen. Kalt lag die Türklinke in seiner Hand, als Shane innehielt. »Was ich mich gefragt habe, Richard… Du hast Dave eben angesprochen und durch den Trubel in den letzten Wochen habe ich mich nicht weiter damit beschäftigt… Dave ist auf dem Weg zur Uni von einem Auto angefahren worden und deswegen gestorben. Du hast nachgeholfen, nicht wahr? Sein Verrat hat dich so wütend gemacht, dass du es nicht ungestraft lassen konntest.« Langsam drehte er sich um und musterte den Vorsitzenden.

»Brauchst du darauf wirklich eine Antwort, Cavendish? Ein tragischer Unfall! Der Denkzettel ist etwas heftiger ausgefallen als geplant, das gebe ich zu. Sein Tod war nicht geplant, aber zack, hat man schon mal Gas und Bremse vertauscht. Es bekommt jeder das, was er verdient.«

Shane störte es nicht, dass sie sich über viele Gesetze hinwegsetzten. Er hatte das Ziel vor Augen, wenn er seine Aufträge ausführte und allein das zählte. Gab es unnötige Opfer, so wie Dave, missfiel ihm das allerdings.

Doch er kannte die oberste Regel. Dave hatte sie mit seinem Verrat gebrochen.

Einmal ein Adler, auf ewig ein Adler.

## ❦ Erkenntnisse ❧

Das Ruckeln der U-Bahn machte sie träge. Wegen der winterlichen Kälte war Nola so dick angezogen, dass ihr in der Tube mollig warm war. Ein weiterer Grund, der sie schläfrig machte. Die Vorlesung an diesem Donnerstagabend war zäh und langweilig gewesen.

Gleichzeitig war ihr Verstand hellwach und glasklar. Die Dunkelheit im Tunnel und das grelle Licht der Neonröhren vermischten sich. Nur wenige Fahrgäste unterhielten sich, die meisten tippten auf ihren Handys herum.

Nola spielte hingegen an ihrem goldenen Kettenanhänger, der ein filigranes Blatt darstellte. Sie hatte die Kette von ihrem Vater bekommen.

Von allen Geheimnissen, die sie in London aufgedeckt hatte, war es für Nola am schrecklichsten gewesen, zu erfahren, dass ihr Vater ebenfalls ein Adler war.

Sie hatte so sehr darüber gegrübelt, ob ihr Großvater vielleicht etwas mit dem Geheimbund zu tun haben könnte, dass sie die Möglichkeit mit ihrem Vater komplett verdrängt hatte. Nun wusste sie, dass sogar beide zu Sword & Eagle gehörten. Die Mitgliedschaft galt ein Leben lang.

Das Gemurmel im Waggon hüllte sie immer mehr in sein Gewand. Es war wie ein Sog, der sie in ihre Erinnerungen zog.

***

Eiskalter Wind, der ihre Wangen rot färbte und ein taubes Gefühl hinterließ. Die Mütze über ihren Ohren spendete eine gewisse Wärme. Die behandschuhten Hände hatte sie in die Manteltaschen geschoben. Doch die Kälte kam nicht nur durch das winterliche Wetter und den Frost an den Bäumen. Es war eine innere Kälte in ihr aufgezogen, die sie so schnell nicht vertreiben konnte.

Neben ihr schritt ihr Vater.

Anthony Montgommery.

- Ein Adler.

Der Spaziergang und das Gespräch, das sie führten, waren schon lange überfällig. Nola hatte von Angesicht zu Angesicht mit ihm sprechen wollen, weshalb es bis nach Weihnachten gedauert hatte. Erst am zweiten Weihnachtsfeiertag war sie zu ihrem leiblichen Vater gefahren, mit dem sie mittlerweile sehr gut auskam.

Sie hatte ihn ins Herz geschlossen. Dabei hatte er die ersten sechzehn Jahre nichts von ihr wissen wollen. Und nun stand etwas so Großes zwischen ihnen: Die Gewissheit, dass ihr Vater Mitglied einer kriminellen Vereinigung war. In einem Geheimbund, der versuchte, die Macht im Land an sich zu reißen.

»Ich verstehe es nicht, Dad. Wieso bist du überhaupt ein Adler geworden? Kanntest du nicht die Gerüchte über sie?«

Es war ihm sichtlich unangenehm, über all das zu sprechen, aber das hatte er sich selbst zuzuschreiben.

34

*Ein langgezogenes Seufzen. »Welche Gerüchte? Hast du negative Gerüchte gehört?! Ich habe ein paar Geschichten gehört, die aber allesamt nicht schlimm waren. Eine Gruppe, die ihre Mitglieder fördert und unterstützt. Die dafür sorgt, dass man gute Kontakte in alle Bereiche – sei es Wirtschaft oder Politik – bekommt. Was soll daran schlimm oder schlecht sein? Mein Vater erzählte mir erst von den Adlern, als ich schon das Aufnahmeritual bestanden hatte. Er wollte mich vorher nicht in meiner Wahl beeinflussen. Ich war froh, Teil einer solchen Gruppe zu sein, in der man füreinander einsteht, ganz gleich, was passiert. Es fühlte sich besonders an.«*

*Langsam schlenderten sie nebeneinander her. Diese gemächliche Bewegung stand komplett im Gegensatz zu Nolas innerem Aufruhr. Unfassbar, dass ihr Großvater schon Mitglied bei den Adlern gewesen war und es über Jahre geschafft hatte, seinem Sohn die Existenz von Sword & Eagle zu verheimlichen. Sie konnte ihrem Vater nicht vorwerfen, neugierig gewesen zu sein. Zumal er nicht über die wahren Tätigkeiten der Adler informiert gewesen war, ehe er Mitglied geworden war.*

*»Und dann? Irgendwann hast du doch gemerkt, was da wirklich läuft. Wieso bist du nicht ausgestiegen? Was hast du für diese Typen gemacht? Ich meine, du weißt, dass ein regelrechter Krieg zwischen den drei Geheimbünden in London herrscht und niemand auch nur eine Ahnung davon hat. Du weißt seit deiner Studienzeit, was da passiert!«*

*Vorwurfsvoll blickte sie ihn an und schüttelte sogar leicht den Kopf. Er konnte unmöglich gutheißen, was die Adler taten! Hatte sie sich so in ihm getäuscht? In den letzten Jahren war er ein herzlicher Vater geworden, hatte seine Fehler versucht auszugleichen. Gleichzeitig stand er zu dieser Gruppe.*

*»Du kannst bei den Adlern nicht aussteigen. In dem Moment, in dem sie dich rekrutieren, du die Aufnahme bestehst und einwilligst, gibt es kein Zurück mehr. Man bleibt ein Leben lang Adler. Ich konnte mich nach meinem Studium aus den aktiven Bereichen zurückziehen und in Ruhe in die Firma deines Großvaters einsteigen. Immer mal wieder muss ich zu Versammlungen oder einem Mitglied einen Gefallen tun. Aktiv bin ich allerdings schon lange nicht mehr und das ist der einzige Weg, wie man sich etwas aus dem Geschehen heraushalten kann. Denn vorher... habe auch ich diverse Aufträge ausgeführt.« Das Eingeständnis fiel ihm nicht leicht. Sie sah es ihrem Vater an.*

*Er hob den Blick, als wollte er, dass der kalte Wind sein Gesicht streift und wie Nadeln auf der Haut stach. »In jedem Jahrgang gibt es sieben Anwärter, die sich beweisen müssen. Sobald man aufgenommen wurde, beginnt eine Art Ausbildung. Egal, welches Fach man tagsüber an der Universität studiert, werden den neuen Adlern Details aus Politik und Wirtschaft vermittelt. Sportprogramm, Nahkampf, solche Dinge ebenfalls. In jedem Jahr gibt es einen Anführer, der das Team zusammenhält. Er nimmt die Aufträge entgegen, die ausgeführt werden sollen. Dazu gehörte zum Beispiel das*

Beschatten anderer Leute. Begründet wurde es damit, dass andere Geheimbünde unsere Stellung untergraben wollen. Natürlich fragt man nach, wofür das alles notwendig ist und ob das nicht zu übertrieben ist. Die Argumente waren immer sinnvoll und logisch. Ich kann bis heute nicht sagen, dass alles schlecht ist, was die Adler tun. Nur mit einigen anderen Dingen bin ich nicht einverstanden. Manche Mitglieder wurden zu Aufträgen geschickt, bei denen sie jemanden erpressen mussten. Das wäre auf Dauer nichts für mich gewesen, obwohl ich zu Beginn Leute bedroht habe. Ich hatte Glück, dass ich mich meist um die Informationsbeschaffung gekümmert habe.«

Das alles klang für sie, als würde er ihr von einem Film erzählen, den er gestern im Fernsehen gesehen hatte. Nola konnte es nicht fassen. Im Grunde wurde den Studenten bei den Adlern eine Gehirnwäsche verpasst. Anders konnte sie sich nicht erklären, weshalb man freiwillig dort mitmachte.

»Ich habe das Gefühl, dich gar nicht zu kennen…«, sagte sie leise und eine große Traurigkeit überkam sie. »Ich habe lange überlegt, ob etwas Geheimes gut sein kann… aber die Tatsache, dass Sword & Eagle alles für die Wahrung ihres Geheimnisses tut, zeigt mir, dass ihre Taten nicht ehrenhaft sein können. Wieso sollte man sich sonst im Verborgenen aufhalten?! Ich habe gesehen, wie gezielt sie vorgehen, wie sie kämpfen, wie leicht sie an Waffen kommen können. Das ist eine kriminelle Bande und du bist dort Mitglied.«

Ihr Vater hielt sie am Arm zurück, drehte sie so, dass sie sich ansehen konnten. Fast hatte sie den Eindruck, dass die

Falten in seinem Gesicht schlagartig tiefer geworden waren. Seine Augen strahlten Wärme und Bedauern aus.

»Sag das nicht! Ich bin trotzdem die gleiche Person. Ich würde niemals etwas tun, das dich gefährdet. Nicht alle Aktionen der Adler sind in Ordnung, da gebe ich dir recht. Du siehst dir aber nicht die guten Dinge an. Ebenso haben sie viele positive Regelungen im Gesundheitswesen vorangetrieben, die sonst niemals gewählt worden wären. Sie haben Unschuldige vor einer Verurteilung bewahrt. Es ist nicht alles Schwarz und Weiß«, gab er zu bedenken. Sein Tonfall war jedoch nicht so drängend, dass er sie um jeden Preis überzeugen wollte.

»Du würdest nichts tun, das mich in Gefahr bringt?!«, fragte sie scharf. Fassungslos sah sie ihn an und riss ihren Arm aus seinem Griff.

»Ich wusste nicht, dass du den Angriff auf mich als ungefährlich einordnest. Bisher habe ich nichts gesagt, weil ich sehen wollte, ob du selbst darauf zu sprechen kommst. Langsam bin ich mir bei keinem Adler mehr sicher, ob er die Wahrheit sagt oder nicht. Was ist denn mit deinem Anruf bei Richard? Shane sagte mir, dass man mir nach deinem Anruf die zwei Schläger auf den Hals gehetzt hat.« Ihre Stimme wurde lauter und vorwurfsvoller.

Von dem Vorhaben, sich alles in Ruhe anzuhören, war nichts mehr geblieben. Nola fühlte sich unsicher und wusste nicht, was sie glauben sollte. Ihr Magen zog sich zusammen und wieder einmal fragte sie sich, wie sie in all das hineingeraten war.

*Anthony entgleisten sämtliche Gesichtszüge. Ein Fragen, dann Überlegen, Verstehen und schließlich Wut zeichneten sich nacheinander deutlich ab. Sein Mund öffnete und schloss sich. »Niemals, Nola! Ich hätte Richard niemals angerufen, damit er dir wehtut. Ich habe mit ihm gesprochen, ja. Ich wollte mir die Erlaubnis der Loge holen, um mit dir über alles sprechen zu dürfen«, presste er hervor und ballte die Hände zu Fäusten.*

*Noch ein paar Momente beobachtete sie ihren Vater ganz genau, bis sie sich wieder ein wenig entspannen konnte. Er schien die Wahrheit zu sagen und wenn sie ehrlich zu sich war, hatte sie nie geglaubt, dass er Schläger auf sie ansetzen würde. Die Bestätigung in seinen Augen zu lesen, beruhigte sie jedoch ungemein.*

*»Weißt du, Dad… ich wollte das alles gar nicht. Ich wollte nur nach London gehen und studieren. Ich fand die Gerüchte spannend und es hat mich neugierig gemacht. Ich wollte bloß wissen, weshalb mir das mit den Adlern so vage bekannt vorkam. Ich wollte niemals mit hineingezogen werden und hätte nicht gedacht, was das letztlich für Ausmaße annimmt. Ich habe so viele Fragen und bekomme keine Antworten. Dann bestätigst du mir, dass du wirklich dazu gehörst… ich kriege das nicht in meinen Kopf.«*

*Die Gedanken drehten sich wild, kamen selten zur Ruhe. Selbst im Schlaf tauchten immer wieder Bilder auf, Szenen von der Spendengala des Ordens. Nola hatte aus freien Stücken mitgemacht und genau das war der Hauptgrund, weshalb sie so ablehnend reagierte. Sie war erschrocken über sich* selbst und verstand nicht, wie es dazu hatte kommen können. Sie war verstört, weil sie den Adlern geholfen hatte.

Ihr Vater machte einen kleinen Schritt auf sie zu und zog sie in seine Arme. Nola ließ es geschehen und schloss die Augen. Es tat gut, sich für einen Moment fallenzulassen und sich nicht zu sorgen. Tröstend strich er ihr über den Rücken.

»Mach dir keine Vorwürfe, Nola. Du bist kein schlechter Mensch, weil du deiner Neugier nachgegeben hast und die Adler sind auch nicht so böse, wie du momentan denkst. Wenn ich kann, gebe ich dir gerne Antworten auf deine Fragen«, sprach er leise direkt neben ihrem Ohr und gab ihr dann einen sanften Kuss auf die Schläfe.

Sie verharrten ein paar Minuten in der tröstlichen Umarmung und Nola fühlte ein wenig Wärme in ihren Körper zurückkehren. Sie atmete tief durch, sog den vertrauten Geruch ihres Vaters ein, dann löste sie sich schließlich von ihm. Es gab genügend Dinge, über die sie sich in aller Ruhe Gedanken machen musste, aber sie wollte sein Angebot annehmen. Nichts lieber als das.

»Ich verstehe immer noch nicht, was genau Sword & Eagle eigentlich macht. Shane sagte, dass sie die Politik oder die Wirtschaft beeinflussen und ihre Macht ausbauen wollen. Aber wie? Wieso?«, brachte sie die ersten Fragen mit einer wieder etwas festeren Stimme heraus.

Anthony legte den Arm um seine Tochter und drehte sie beide so, dass sie sich auf den Rückweg zum Haus machen konnten. Die Großeltern warteten bestimmt schon, damit sie

Tee trinken und den restlichen Weihnachtsfeiertag gemeinsam verbringen konnten.

»Um wirklich etwas bewirken zu können, braucht man die richtigen Kontakte und die hat sich Sword & Eagle über die Jahrzehnte gesichert. Nimm die Firma deines Großvaters. Er hat klein angefangen, mit der Hilfe anderer Adler. Dadurch ist er mit den richtigen Leuten an den Tisch gekommen, konnte sein Unternehmen immer weiter ausbauen. Wenn du größer denkst, wie in der Politik, dann musst du andere Wege beschreiten«, sagte Anthony.

»Es ist nicht rühmlich, jemanden zu erpressen. Es ist falsch, es ist illegal. Wenn dabei aber gute Gesetze, mehr Sozialleistungen oder Krankenhausreformen herauskommen, dann ist man vielleicht sogar bereit, jemanden dafür zu bedrohen. Ich möchte dir damit nur erklären, wie die Meinung im Bund ist. Sie nehmen etwas in Kauf, um etwas Größeres erreichen zu können«, erläuterte er ihr geduldig.

Nola wusste allerdings nicht, ob sie eine Erpressung dulden konnte, nur, weil eventuell etwas Gutes am Ende dabei herauskam. Der Zweck heiligte nicht immer die Mittel. Da machten die Adler es sich schon verdammt einfach, wenn sie auf diese Weise argumentierten.

»Jedenfalls beantwortet das auch deine Frage. Sie schmieren Polizisten und Richter, um Leute vor dem Gefängnis bewahren zu können. Sie unterstützen eigene Leute, um sie dann erfolgreich in Bankenvorständen platzieren zu können. Dort wird dann im Sinne der Adler abgestimmt. Selbst Aktien sind schon wegen ihnen gefallen, damit eines ihrer Unternehmen im Gegenzug an Wert gewann. Wo und wie sie Einfluss auf die Gesellschaft nehmen, ist sehr breit gefächert. Es ist ein Kreislauf. Um jemanden schmieren zu können oder an die oberste Spitze einer Partei zu bringen, braucht man Geld. Geld bekommen sie wiederum durch andere Beeinflussung.« Lasch zuckte er mit den Schultern, als wäre das die Erklärung für alles.

»Warum heißt der Kreis eurer Vorsitzenden überhaupt ‚Loge‘? Das macht doch überhaupt keinen Sinn. Eine Loge ist doch ein Geheimbund und nicht nur ein Teil davon. Man müsste Sword & Eagle als Loge bezeichnen, weil es sich um einen Geheimbund handelt und nicht nur diese fünf Männer«, hakte Nola bei einer anderen Sache nach. Sie war schon mehrmals darüber gestolpert, wie merkwürdig diese Formulierung klang.

»Loge? Ich weiß es ehrlich gesagt nicht. Das hat sich über die Jahrzehnte so ergeben, schätze ich. Die Strukturen unseres Bundes sind seit der Gründung so festgelegt und an die nächsten Generationen weitergegeben worden.«

Nola nickte leicht. Ihr Kopf fühlte sich schwer an. Selbst hier, weit genug von London entfernt, gelang ihr der Abstand nicht. Sie dachte an die Stadt, an den Geheimbund und an Shane. Dass ihr Vater ihr einige Fragen beantwortete, war hilfreich und setzte das Puzzle etwas weiter zusammen.

Manche Fragen würde sie direkt an Shane richten, denn ihr Vater wusste nichts von den Recherchen, bei denen Nola geholfen hatte. Aber was würde sie letztlich mit den Antworten machen?

***

Nola hatte der Erinnerung an die Unterhaltung so sehr nachgehangen, dass sie den Heimweg von der U-Bahn-Station wie in Trance hinter sich gebracht hatte. Nicht alles war Schwarz und Weiß. Konnte man das so sagen? Sie wusste nur, dass sie sich nicht mehr damit beschäftigen wollte. Die Silvesternacht hatte ihr das in aller Deutlichkeit entgegen geschrien.

Mit der laschen Begründung, etwas Schlechtes zu tun, um etwas Gutes zu erreichen, konnte sie sich nicht anfreunden. Ihre Rolle bei der Spendengala war letztlich das gleiche gewesen. Sie hatte die Anführer des Ordens bedroht, um ein Geständnis ihrer Taten zu erhalten. Zu wissen, dass die Drahtzieher hinter Gitter saßen, gab ihr kein besseres Gefühl.

Im Flur schaute sie in den Briefkasten, angelte die wenigen Briefe und ein Prospekt heraus, und ging dann nach oben zur Haustür. Die Wohnung lag im Dunkeln, da Liz noch eine Vorlesung hatte. Nola knipste das Licht an und schlüpfte aus Schuhen und Jacke.

Sie würde sich auf ihr Studium konzentrieren und sich um ihren eigenen Kram kümmern. Die wichtigen Fragen hatte ihr Vater beantwortet und es gab keinen Grund mehr, sich an Shane und Bleu zu hängen. Nola begann zu lächeln und spürte, wie sich ihre Meinung festigte. Nach vorne schauen, nicht zurück.

Rasch schaute sie auf die Post, die dann auf dem Ess-tisch landete. Die Briefe waren sowieso für Liz. Noch während Nolas Hand in der Luft schwebte, runzelte sie die Stirn. Einen der vier Briefe zog sie aus dem Stapel, da er an sie adressiert war. In der nächsten Sekunde riss sie ihn auf.

Ihre Augen weiteten sich und ihr Herz zog sich un-angenehm zusammen. Ihre Knie wurden weich und sie griff nach der Tischkante, um nicht den Halt zu verlie-ren. Das konnte nicht wahr sein!

# ✂ Die Beichte ✄

Sie hatte lange wach gelegen und an die Decke gestarrt. Ihre Gedanken waren ein einziges wirres Knäuel, das nicht aufzulösen war. Selbst als Nola schließlich eingeschlafen war, hatte sie sich unruhig von einer Seite auf die andere gewälzt. Der Brief hatte sie bis in den Schlaf verfolgt.

Am nächsten Morgen hoffte sie, dass alles nur ein Traum gewesen war.

Vergeblich.

Sie sah den Umschlag auf ihrem Schreibtisch liegen und schon zog sich ihr Magen zusammen. Auf einen Schlag hellwach, setzte sie sich auf und angelte nach dem Brief.

*Du wirst für uns das Rätsel lösen, an dem die Adler arbeiten. Wenn du es nicht tust, werden wir es erfahren. Dein Bruder wird deine Strafe zahlen müssen. Diese Nachricht bleibt zu seiner Gesundheit besser unerwähnt!*
*Wir beobachten dich.*
*SotA*

Wie am Vorabend, wallte die Angst in ihr auf.

Sie wollte mit alldem nichts mehr zu tun haben! Nola wollte am liebsten schreien. Jemandem klar machen, dass es nicht ihre Welt war und sie rein gar nichts tun würde. Aber Mike… sie konnte ihren Bruder nicht in

Gefahr bringen. Leider wusste sie, dass mit den Geheimbünden nicht zu spaßen war. Wenn man ihr drohte, würde man die Drohung wahr machen.

Was sollte sie tun? Wie konnte sie aus der Sache herauskommen? Vielleicht war es sinnvoll, mit ihrem Vater zu sprechen – oder im schlimmsten Fall mit Shane. So brachte sie ihren Bruder jedoch in Gefahr, wie ausdrücklich geschrieben worden war.

Sie drehte den Brief zum hundertsten Mal in ihren Händen. Weißes Papier, ein Computerausdruck. Kein Absender auf dem Umschlag. Das würde sie nicht weiterbringen.

Es war klar, dass die Nachricht von der Society stammte. Sie wollten den Adlern zuvorkommen. Zwischen den Konkurrenten ging es ständig darum, schneller als die andere Partei zu sein. Aber es wusste kaum jemand von dem Rätsel, das übriggeblieben war. Woher wusste die Society dann davon?

Der Kloß in ihrem Hals wurde stärker und am liebsten hätte sie geweint. Sie knüllte das Papier in der Hand zusammen. Nola schlang die Arme um ihren Oberkörper und presste die Lippen aufeinander.

Sie kämpfte mit sich. Alles in ihr sträubte sich dagegen, sich erneut mit etwas zu beschäftigen, das die Geheimbünde betraf. Liebend gerne hätte sie die Ereignisse aus ihrem Gedächtnis löschen lassen, damit man sie nicht mehr in dieses Spiel verwickelte.

Doch eins stand fest. Sie musste ihren Bruder schützen. Um jeden Preis.

Nola war froh, dass Liz schon unterwegs war. Sie wusste nicht, ob sie ihrer Freundin den Brief verschweigen könnte. Zu groß war das Bedürfnis, sich jemandem anzuvertrauen und gemeinsam nach einer Lösung zu suchen.

Nachdem sie geduscht und sich angezogen hatte, machte sie sich ein kleines Frühstück. Nola hatte zwar am Vormittag eine Vorlesung, aber die würde sie ausfallen lassen. Sie konnte sich nicht darauf konzentrieren. Die Seminare am Nachmittag musste sie hingegen auf jeden Fall besuchen, da dort Anwesenheitspflicht galt. Gestern war es noch ihr Plan gewesen, sich nicht von der Uni ablenken zu lassen und jetzt hatte sie schon beschlossen, die Vorlesung sausen zu lassen

Sie überlegte, wie sie aus dieser ganzen Sache mit den Adlern, dem Rätsel und dem Krieg der Geheimbünde wieder herauskam. Am besten war es wohl, das Rätsel schnellstmöglich zu lösen und dann alle Kontakte zu kappen.

Entschlossen schnappte Nola sich ihre Jacke und die Tasche, um sich auf den Weg nach Kensington zu machen. Dort bewohnte Shane eine exklusive, recht große Wohnung. Sie wusste nicht, ob er an der Uni war oder vielleicht sogar bei den Adlern, sie konnte jedoch nicht länger warten.

Würde man sie verfolgen? Wie beobachtete die Society sie? Was, wenn sie ihre Verfolger direkt zu Shane führte? Zweifel nagte permanent an ihr. Das führte sogar dazu, dass Nola prüfend ihre Umgebung musterte und absichtlich längere Wege einschlug.

Die Fahrt in der Tube ging ihr nicht schnell genug, obwohl es nicht viele Stationen waren. Was, wenn er gar nicht zu Hause war? Wo sollte sie ihn suchen? Etwas hielt sie davon ab, sich per Handy bei ihm zu melden. Im erleuchteten Fenster der Bahn blickte ihr das eigene blasse Gesicht entgegen. Wunderbar, dann sah sie wenigstens aus, wie sie sich fühlte. Nervös spielte sie an dem Reißverschluss ihrer Tasche herum und war froh, als sie endlich aussteigen konnte.

Als sie schließlich an Shanes Wohnung ankam, klingelte sie und wartete ungeduldig auf eine Reaktion.

»Na los. Mach schon…«, murmelte sie vor sich hin und trommelte mit den Fingern gegen den dicken Wintermantel. Nola klingelte ein zweites Mal. Die Hoffnung schwand, ihn hier anzutreffen. Sie wartete noch ein paar Augenblicke. Enttäuscht ließ sie die Schultern hängen und ging die zwei Stufen auf den Bürgersteig hinunter.

In der Sprechanlage knackte es, was Nola dazu veranlasste, die Stufen mit einem Satz nach oben zu springen. »Ich bin es, Nola. Kann ich hochkommen?«

Sekunden vergingen, dann summte die Tür und Nola huschte hinein. Allein wegen dieser verzögerten Reaktion ahnte sie, dass Shane nicht besonders erfreut über ihr Auftauchen war. Wie ein Mensch seinen Unmut allein mit den vier Sekunden verdeutlichen konnte, die er zum Öffnen der Tür brauchte.

Sie behielt recht. Mit einem genervten Gesichtsausdruck stand Shane in der Tür, die braunen Haare noch etwas nass. Anscheinend hatte sie ihn aus dem Badezimmer herausgeklingelt. Er hatte die Arme vor dem breiten Oberkörper verschränkt und seine braunen Augen musterten sie eiskalt, als würde er sie gar nicht kennen. Sein Auftreten enttäuschte und verletzte sie. Aber was hatte sie erwartet?

»Hey«, begrüßte sie ihn nochmal und lächelte ihm dünn entgegen. Nola folgte ihm auf seinen Wink hin ins Wohnzimmer, in dem sie gemeinsam mit ihm und Bleu schon über die vorherigen Hinweise und Rätsel gebrütet hatte.

»Was ein unerwarteter Besuch. Ich hätte nicht mit dir gerechnet. Müsstest du nicht an der Uni sein?«, war das erste, das Shane zu ihr sagte.

Wo war die Lockerheit zwischen ihnen hin? Er behandelte sie wie eine entfernte Bekannte, mit der er gar nichts zu tun haben wollte. Es fiel Nola nicht gerade leicht, hier zu sein und ihm gegenüber zu stehen. Ihre Gefühle saßen in einer wilden Achterbahn, die sich partout nicht für eine Richtung entscheiden konnte.

»Schon, aber ich denke, wir sollten dringend über ein paar Dinge sprechen und das wollte ich nicht länger aufschieben.« Sie legte ihre Jacke auf die große dunkle Couch. Unsicher verschränkte Nola die Hände ineinander. Shane machte sie nervös. Sein forschender Blick lag auf ihr, aber wenigstens wirkten seine braunen Augen nicht mehr ganz so kalt auf sie.

»Dann fang an.«

»Ich weiß, dass ich mich nicht bei dir gemeldet habe und dir auf der Silvesterparty aus dem Weg gegangen bin. Damit du nichts falsch verstehst, möchte ich dir das kurz erklären. Es lag einfach daran, dass ich nicht wusste, wie ich mit dir umgehen soll«, begann Nola und spürte, wie gut es tat, die Gedanken offen auszusprechen. »In den Ferien hast du dich dann auch nicht gemeldet, was mich zuerst verwirrt und geärgert hat. Im November war es zwischen uns noch anders, nicht so distanziert und kalt. Dann ist mir aufgegangen, dass ich froh über den Abstand war, weil ich in Ruhe nachdenken konnte. Ich habe immer noch mit meiner Rolle, zu kämpfen, die ich für euch übernommen habe. Du bist ein Adler und ich habe ein Problem damit, für was ihr steht und was du getan hast«, sagte sie.

Sie hätte Shane zu gerne darauf angesprochen, wie sie den Kuss zwischen ihnen zu deuten hatte. Ob das an der damaligen Situation gelegen hatte und es nichts zu interpretieren gab, oder, ob er sie wirklich an sich herangelassen hatte und sie mochte. Aber was würde ihr diese Frage jetzt bringen?! Sie musste zuerst ein paar andere Dinge aus der Welt schaffen.

Wenigstens half ihr diese unschöne Distanz dabei, auf Kurs zu bleiben. Sie wollte den Kontakt nach dem Lösen des Rätsels beenden. Es war deshalb besser, wenn Shane und sie auf einer neutralen Ebene miteinander auskamen, nicht mehr und nicht weniger.

»Du hast uns freiwillig geholfen und warst mit deiner Rolle in unserem Plan, den Orden zu stürzen, einverstanden«, gab er zu bedenken und lehnte sich im Sessel zurück, musterte sie seelenruhig.

»Ich weiß…« Nola zögerte und kämpfte sogar mit sich, die nächsten Worte überhaupt über die Lippen zu kriegen. »Das heißt aber nicht, dass ich das alles so leicht wegstecke. Du bist das vielleicht gewohnt und kennst das, weil du als Adler ausgebildet worden bist, jemanden anzugreifen oder zu bedrohen. Ich habe euch freiwillig geholfen, ja. Ich fand es spannend, die Hinweise zu deuten und weiterzukommen. Von dem Anhänger, den du gefunden hast, zu den Dokumenten in der Bibliothek. Dann die Briefe in den Unterlagen, die uns zum Tower geführt und letztlich das aktuelle Rätsel in die Hände gespielt haben. Ich habe auch eingesehen, dass man dem Orden einen Riegel vorschieben muss. Immerhin hat Oliver mir eine der Hightech-Wanzen in den Nacken eingepflanzt, um mehr über eure Pläne herauszufinden. Ich wollte mich dagegen wehren und nicht bei den Ungerechtigkeiten zusehen, die der Orden in der Stadt angerichtet hat.«

Shane hörte ihr aufmerksam zu und unterbrach sie nicht. Er wusste so gut wie sie, wie oft sie den Plan durchgegangen waren und dass Nola sich mit eingebracht hatte.

»Aber ich frage mich, ob ich wirklich besser als der Orden bin. Oder als ihr Adler. Shane, ich habe eine Waffe auf drei Menschen gerichtet! Auch wenn die nicht geladen war, war das nicht richtig. Ich bin von mir erschrocken, dass ich das getan habe«, gab sie schließlich kraftlos zu.

Nola hatte dabei geholfen, die Machenschaften der Studentenverbindung *Ordo Aurea Mediocritas* zu stoppen und dem ganzen Land davon zu berichten. Sie konnte von Glück reden, dass ihre Identität dabei nicht publik geworden war und sie keine entsprechenden Konsequenzen zu fürchten hatte.

Der Orden der goldenen Mitte hatte die U-Bahnen und das Mobilfunknetz lahmgelegt, hochrangige Politiker bestochen und gemeinsame Sache mit kriminellen Banden gemacht. Sie hatten illegale Technologien entwickelt und sie teuer an Firmen im Ausland verkauft. Darunter waren neueste Abhörtechniken und Virenprogramme gewesen, da die Studenten, die dem Bund beitraten, besonders im Programmieren, im Ingenieurwesen oder generell in den technologischen Fächern angesiedelt waren.

Als die Polizei die zahllosen Unterlagen im Hauptquartier des Ordens sichergestellt hatte, waren Unmengen weiterer Taten ans Licht gekommen.

Schneller als sie gucken konnte, war Nola in diese Sache verstrickt gewesen. Alles nur wegen ihrer Neugier und Shane. Vermutlich hätte sie niemals Wind von der Welt der Geheimbünde bekommen, wenn sie nicht so penetrant gewesen wäre. Ob sich die Hartnäckigkeit gelohnt hatte, konnte sie nicht sagen. Sie war der Wahrheit um Sword & Eagle zwar nähergekommen, dem Geheimbund, dem sie ursprünglich auf der Spur gewesen war, aber sie hatte auch viele verstörende Situationen durchlebt.

Shane beugte sich nach vorne und sah sie so eindringlich an, dass sie nicht wegsehen konnte. »Ich kann dir deinen Part nicht mehr schönreden. Wir waren uns damals einig, dass du diese Rolle übernimmst und du warst nicht dagegen. Ich kann aber verstehen, dass es dir im Nachhinein Probleme bereitet. Du solltest nicht darüber grübeln, ob du ein guter Mensch bist oder nicht. Du wusstest schon viel über uns Adler und hättest jederzeit aussteigen können. Du hast weitergemacht, weil dir die Ungerechtigkeiten des Ordens nicht gefallen haben. Weil du die Bevölkerung schützen wolltest, die von alldem gar nichts mitbekommen hat«, begann er.

»Leider sind die Mittel, die man dazu benötigt, nicht immer gut oder legal. An einer Sache solltest du nicht zweifeln: Du bist ein guter Mensch, Nola. Du hast dich für die Spendengala an unsere Seite gestellt, weil es in deinen Augen das Richtige war. Nicht für dich oder für mich oder die Adler – sondern für die Leute da draußen in London«, sagte Shane in einem ganz ruhigen Tonfall. Seine Augen wirkten warm und freundlich auf sie.

»Ich hab mich in den Ferien nicht bei dir gemeldet, weil wir mit den Adlern genug um die Ohren hatten. Außerdem musste ich ebenfalls ein paar Ereignisse sacken lassen, mir Gedanken darüber machen. An Silvester bin ich nicht auf dich zugegangen, weil Bleu mich darauf hingewiesen hat, dass es womöglich keine gute Idee wäre. Du sollst dich nicht verpflichtet fühlen, uns bei dem Rätsel zu helfen. Du bist kein Adler und es ist verständlich, dass du dich nicht in unsere Welt ziehen lassen möchtest. Ich habe dir damals bereits gesagt, dass es zu gefährlich für dich ist. Genieß deine Studienzeit, ohne all den Stress der Geheimbünde.«

Wieso war er so verständnisvoll? Nola war davon ausgegangen, ihn relativ gut durchschauen zu können, dennoch überraschte er sie immer wieder. Genau das waren die Charakterzüge, die sie in den Bann gezogen und das Herzklopfen in Shanes Nähe erst verursacht hatten.

Sie ließ sich seine Worte durch den Kopf gehen. Heiligte der Zweck wirklich die Mittel? Tatsache war, dass sie niemanden verletzt hatte und die Pistole nicht geladen gewesen war. Sie war allerdings dazu bereit, Menschen zu bedrohen, um ein Ziel zu erreichen. Es hatte sich gut angefühlt, eine kriminelle Vereinigung auffliegen zu lassen, zu wissen, dass man dabei geholfen hatte. Vielleicht konnte sie ihren Frieden mit ihren Taten schließen, aber es würde eine ganze Weile dauern.

»Ich möchte euch bei dem Rätsel helfen. Auch wenn ich Bleu gesagt habe, dass ich es nicht tun will. Ich habe ein Versprechen gegeben und ich will die Sache zu Ende bringen, nicht mittendrin aufhören. Gemeinsam haben wir es bis hierhin geschafft«, sagte sie.

Shane wirkte erstaunt, hatte aber gleichzeitig nichts dagegen einzuwenden. Er schenkte ihr ein schiefes Grinsen, das die Mauer um ihr Herz wieder etwas kleiner werden ließ.

»Ich habe am Nachmittag noch Seminare und abends essen wir in der WG zusammen, aber wir könnten uns das Rätsel aus dem Holzkästchen jetzt nochmal anschauen. Ein paar Gedanken dazu sammeln«, schlug sie vor und erwiderte sein Lächeln.

Die Anspannung zwischen ihnen war mittlerweile verflogen. Shanes Körpersprache war ebenfalls entspannter. Vielleicht hatte er insgeheim mit einer Szene gerechnet.

Shane holte die kleine Schatulle, in der sie den Siegelring der Gründer gefunden hatten. Der Ring war jedoch verschwunden und Shane erklärte ihr, dass Bleu ihn aus Sicherheitsgründen woanders aufbewahrte.

Bis zu der Entdeckung des Ringes, war man davon ausgegangen, dass er ein Mythos war. Angeblich gab es zwei Ringe – einen für jeden der beiden Gründer. Nola faltete das dünne Papier auseinander, das in dem Kästchen lag.

*Wie bei der Hatz den heißen Atem wir schon spür'n,*
*Die Kreise sich enger ziehen, wollen uns verschnür'n.*
*Die verborgene Macht, sie ist zu groß,*
*Deshalb wir legen sie in deinen Schoß.*
*Doch wird das Rätsel niemand knacken,*
*Der nicht richtig weiß zu hacken.*
*Dein Weg dich führt aufwärts zu den Zinken,*
*Wo du auf die Knie zunächst musst sinken.*
*Die Lösung liegt in einem nahen Raum,*
*In welchem alte Schätze sind zu schau'n.*
*Jedoch ans Ziel kann nur gelangen,*
*Wer zuvor zu Herrschern ist gegangen.*
*Wem's glückt, die Tore endlich aufzustoßen,*
*Ist bestimmt zu Großem.*

»Haben Bleu und du schon irgendwelche Ideen dazu?«

»Wir haben zwei Mal drauf geschaut, mehr Zeit war nicht. Wir sind uns einig, dass das Rätsel in der Mitte beginnt. Der Anfang deutet ja daraufhin, dass sich die Gründer der Adler verfolgt gefühlt haben. Jemand holte auf, saß ihnen im Nacken und zog die Kreise enger. Es geht um eine verborgene Macht, die zu groß ist, um sie in falsche Hände geraten zu lassen. Wenn wir das Rätsel lösen, sollten wir am Ende die große Macht finden. Wobei die Frage ist, was genau diese Macht ist. Vielleicht eine Erfindung?«, überlegte Shane laut.

Wie Nola von ihm wusste, hatten die Gründer von Sword & Eagle regen Kontakt zu Wissenschaftlern gehalten. Es wäre durchaus möglich, dass die große Macht in einer Erfindung ruhte, die das Leben aller verändern konnte. Die Schlüsse, die Shane und Bleu gezogen hatten, waren für sie daher nachvollziehbar.

»Das klingt logisch. Also fangen wir dort an, wo uns der Weg aufwärts zu den Zinken führt. Erst hoch, dann auf die Knie. *Die Lösung liegt in einem nahen Raum…*« Nola las die letzten Zeilen halblaut vor sich hin und seufzte dann.

»Ganz so einfach wird das nicht werden. Zinken… was soll das denn sein? Ich kenne Zinken als Geheimzeichen. Gezinkte Karten oder so. Wo gibt es in London solche Zeichen?« Ratlos sah sie Shane an, der leicht den Kopf schüttelte. Ihm fiel spontan auch nichts ein. Nola drehte ihren Blattanhänger zwischen den Fingerspitzen hin und her, wie so oft, wenn sie in Gedanken war.

Sie nutzten den restlichen Vormittag, um sich ein paar Notizen zu machen und Ideen im Internet zu überprüfen. Als Nola sich verabschiedete, um zum Campus zu fahren, hatten sie keine Lösung, aber wenigstens eine erste Ideensammlung, der man nachgehen konnte.

***

Abends saßen Nola, Liz und Ethan gemütlich in der WG zusammen. Sie hatten eine leckere Lasagne gezaubert und als Ethan eingetroffen war, hatten sie sich direkt an den gedeckten Tisch gesetzt. Liz' Freund hatte ein paar lustige Anekdoten von der Weihnachtsfeier mit seiner Familie erzählt, ehe Liz sich nach Nolas Tag erkundigte.

Sie berichtete, dass sie bei Shane gewesen war. Logischerweise war Liz entsprechend überrascht. Nach der Unterhaltung am Silvesterabend war sie bestimmt davon ausgegangen, dass sich so schnell kein Gespräch ergeben würde. Nola hatte das ja selbst auch gedacht. Durch den Drohbrief war vorerst alles verändert worden. Alle Vorsätze waren wieder über Bord geworfen.

»Also ist jetzt wieder alles in Ordnung?«, hakte Liz nach.

»Momentan schon. Wir haben über die Dinge gesprochen, die im Raum standen und konnten sie soweit klären. Mal sehen, wie es jetzt weitergeht.« Nola wollte sich nicht zu positiv über den gelockerten Umgang mit Shane äußern.

»Shane war dein Begleiter auf der Spendengala, nicht wahr?«, wollte Ethan wissen. Die beiden jungen Männer waren sich an diesem Abend im Oktober ganz kurz begegnet. »Ich wusste nicht, dass ihr euch gestritten habt.«

»Richtig gestritten haben wir uns nicht mal. Wir haben gar nicht geredet. Deswegen wurde es langsam Zeit, das aus der Welt zu schaffen. Ständig irgendwelche Szenen durchgehen und überlegen, wie man die Missverständnisse klären kann, bringt einen nicht weiter.« Der Zustand hatte sie belastet, auch wenn Nola sich das teilweise schöngeredet und lieber ignoriert hatte.

Ethan schenkte ihr ein freundliches Lächeln. »Gut, wenn ihr das klären konntet. Es ist nie verkehrt, gewisse Dinge zu hinterfragen und offen miteinander zu reden.«

Liz machte sich daran, das Geschirr zusammen zu räumen, was das Gespräch der drei vorerst unterbrach. Gemeinsam brachten sie die Teller in die Küche, um kein halbes Schlachtfeld zu hinterlassen. Danach zogen sie vom Esstisch auf die Couch um.

»Apropos Spendengala. Der Abend ist ziemlich aus dem Rahmen gefallen. Ich verstehe immer noch nicht genau, wie du dazugehörst, Nola. Ich habe lange gegrübelt, ob ich euch darauf ansprechen soll, weil ich gemerkt habe, wie durcheinander ihr danach gewesen seid. Wobei ich es ja eigentlich nur bei Liz mitbekommen habe.« Ethan lächelte seiner Freundin entgegen und griff nach ihrer Hand.

Worauf wollte er hinaus? Die Spendengala, die vom Orden organisiert worden war, war zwei Monate her. Nola wusste, dass Liz Ethan nichts von den Adlern oder Oliver verraten hatte. Außerdem konnte Nola sich beim besten Willen nicht vorstellen, dass Ethan in der Zwischenzeit nicht mit Liz über den Abend gesprochen hatte. Er sorgte sich als Freund um Liz und sie war wegen der Panik, die der Tumult ausgelöst hatte, total durch den Wind gewesen. Die Mädels rührten sich nicht, tauschten lediglich einen raschen Blick aus.

»Ich denke, wir sollten uns auf jeden Fall darüber unterhalten. Denn es gibt eine Sache, die ihr wissen solltet«, fügte er an und sah die beiden an.

»Ich bin mit Mitglied der Society. Dem Geheimbund, der seine Wurzeln am University College London hat.«

# ⚞ Geheimzeichen ⚟

Die Spitze des Kugelschreibers kratzte über den Block, als Shane sich ein paar Notizen zu dem machte, was der Professor erklärte. Ein paar Reihen schräg hinter ihm, hörte er andere Studenten miteinander flüstern. Er hatte selbst keine große Motivation für diese Vorlesung, aber demnächst würde er zu einem der Themen eine Hausarbeit schreiben, weshalb er sich lieber ein paar Informationen aufschrieb.

Die Überlegung, wie er seinen aktuellen Auftrag ausführen könnte, schob sich unablässig in den Vordergrund. Das Jurastudium zu machen und gleichzeitig ständig für die Adler auf Achse zu sein, war zeitlich fast nicht machbar. Oft genug hatte Shane für das eine oder andere schon eine Nachtschicht eingelegt.

Richard wollte das Labor der Society finden, welches die Nervengifte herstellte. Shane hatte schon am eigenen Leib erfahren dürfen, wie diese Gifte wirkten. Es handelte sich um kleine, runde Kapseln, die sich sofort öffneten, wenn sie stärker gegen etwas geworfen wurden. In seinem Fall war die Kapsel gegen seinen Oberkörper geprallt, woraufhin sie sich geöffnet hatte. Atmete man das Gas ein, war das Ergebnis eine Muskelverkrampfung, die das Opfer handlungsunfähig machte. Shane hatte sich nicht mehr auf den Beinen halten können, die Muskeln am ganzen Körper hatten sich schmerzhaft zusammengezogen. Die Dauer des Zustands hing von der Dosierung in der Kapsel ab.

Wo konnte Shane mit seinem Team ansetzen? Die Labore konnten überall in der Stadt verstreut sein und die Sicherheitsvorkehrungen waren garantiert hoch. Er würde sich erkundigen, ob eines der anderen Teams auf die Idee gekommen war, ein Mitglied der Society zu verhören. Das wäre sicherlich die schnellste Lösung und konnte weitere Informationen zu Tage fördern.

Dann geisterte Nola durch seine Gedanken. Ihr spontaner Besuch war überraschend gewesen. Shane war froh, dass sie hauptsächlich über das Rätsel gesprochen hatten. Zu dem Thema, das unausgesprochen zwischen ihnen hing, wollte er nichts sagen.

Ihre direkte Art und die Tatsache, dass sie sich von ihm nicht einschüchtern ließ, hatten ihr zunächst seinen Respekt eingebracht. Je mehr er von ihr erfuhr und ihre Eigenschaften kennenlernte, desto mehr ließ er Nola an sich heran. Selbst wenn sie es nicht erkennen konnte. Shane wusste, dass er es nicht gerne zeigte, wenn er jemanden mochte. Außerdem standen die Aufgaben für die Adler für ihn an erster Stelle und würden Außenstehende wie Nola stets in Gefahr bringen.

Einerseits freute er sich darüber, dass sie ihm weiterhin mit dem Rätsel half. Sie war schlau, hatte gute Ideen und er würde weiterhin mit ihr Zeit verbringen können. Doch gleichzeitig schwankte er aus genau diesen Gründen in seiner Entscheidung, eben weil sie ihm zu wichtig geworden war, um sie in Gefahr zu bringen.

Frustriert stieß er ein gedämpftes Stöhnen aus und versuchte sich wieder auf die Vorlesung zu konzentrieren. Er hörte zu, machte sich weitere Notizen und fing dann an, auf die leeren Papierstellen zu kritzeln.

Das Rätsel. Wo in London konnte man Geheimzeichen finden? Bestimmt überall, je nachdem, was man suchte. Das wurde aus dem Text nicht deutlich. Nur, dass es irgendwo in der Höhe sein musste.

Shane wollte dieses Rätsel unbedingt lösen. Besonders, da er sich auf den direkten Spuren der Gründer seines Geheimbundes befand. Wenn er die Lösung hatte, konnte er sie der Loge präsentieren und sich somit profilieren. Es würde ihm eine bessere Stellung einbringen, von der er nicht so leicht vertrieben werden konnte. Das war der Grund, weshalb er Richard und den anderen bisher verschwiegen hatte, an welcher Sache er arbeitete.

Etwas klarer war der nächste Hinweis. Schätze konnte man zum Beispiel im Tower finden. Dort waren die Kronjuwelen ausgestellt. Würde das Rätsel sie zweimal an den gleichen Ort führen?

Es ärgerte ihn, dass er bei so vielen Themen in der Schwebe hing und nicht richtig weiterkam. Sonst hatte er stets alles im Griff und wusste genau, wie er vorgehen musste.

Aus den Kringeln, die er gemalt hatte, war ein wirres Gebilde geworden. Verschlungen, sich überlagernd und ineinandergreifend. Shane warf einen kurzen Blick darauf. Wie aus dem Nichts traf ihn ein Gedanke und er zog den Block näher. Am unteren Ende seines künstlerischen Ausflugs hatte er kreisähnliche Gebilde gemalt, deren wilde Zacken zu den Lücken der nächsten rundlichen Form passten.

»Verdammt«, murmelte er leise.

Es ging weder um gezinkte Karten, noch um Geheimzeichen. Zinken sagte man zu den spitzen Enden einer Gabel oder eines Rechens. Das war eine Zahnung von Werkzeugen. Zahnung! Das, was er hier gekritzelt hatte, sah aus wie Zahnräder.

Damit lag die Lösung des ersten Teils klar und deutlich vor ihm. Big Ben! In einer Uhr gab es Zahnräder und diese hier waren hoch oben in einem Turm.

Bereits im Oktober war Shane davon ausgegangen, dass der Elizabeth Tower mit der Sache zu tun haben könnte. Ein Brief hatte den Kontakt zwischen den Gründern der Adler und dem Uhrmacher Edward John Dent aufgedeckt. Dent hatte unter anderem den Auftrag für die Herstellung der Turmuhr erhalten, die man üblicherweise Big Ben nannten.

Shane hatte im Turm nichts gefunden, aber auch nicht gewusst, wonach er hätte suchen sollen. Jetzt wendete sich das Blatt. Er würde noch heute ein weiteres Mal hingehen. Als britischer Staatsbürger durfte er zwar in den Turm, aber es war fraglich, ob er sich tagsüber lange genug von der Gruppe absetzen konnte, um in Ruhe nach Hinweisen zu suchen.

Er könnte Bleu als Verstärkung mitnehmen. Wirklich nötig war es allerdings nicht und Bleu konnte sich stattdessen in der Zwischenzeit bei den anderen Teams umhören, was die Society und deren Labore anging. Shane rechnete nicht mit Problemen im Turm, denn ein großer Vorteil des Geheimbundes war, dass er viele Kontakte hatte. Es war ein Leichtes, an die Pläne der Sicherheitsfirma zu kommen, um auf keiner Überwachungskamera aufzutauchen. Oder er würde die Kameras für die Dauer seiner Suchaktion mit einem Standbild versehen.

Seine Überlegungen überschlugen sich und wurden zu einem konkreten Plan. Den anderen konnte er anschließend Bescheid sagen, falls er etwas fand. Jetzt musste Shane seinen abendlichen Ausflug bloß wasserdicht planen und umsetzen.

*\*\**

Wie erwartet, war es kein Problem, am Mittwochabend in den Turm zu kommen. Dank seines Informanten konnte er die Kameras umgehen. Um nicht aufzufallen, nahm er die Treppe. Zielstrebig eilte Shane die Stufen hinauf, darauf bedacht, den Strahl der kleinen, robusten Stabtaschenlampe auf den Boden zu halten.

Wo sollte er seine Suche beginnen? Da der Turm verschiedene Ebenen besaß, musste Shane sich entscheiden, ob er auf der Etage der Pendel begann oder nach oben ging. Der Uhrenmechanismus war weiter oben zu finden. Da ihn die *Zinken* hierhergelockt hatten, entschied er sich für den Uhrenmechanismus.

»Dann wollen wir mal…«

Er drehte sich einmal um sich selbst, um sich einen Überblick zu verschaffen. Laut Text sollte man auf die Knie sinken. Der nächste Hinweis war also auf dem Boden, nicht an der Wand zu finden.

Aufmerksam wanderte sein Blick über den Boden, Zentimeter für Zentimeter arbeitete er sich voran. Der alte, ausgetretene Stein machte es nicht leichter. Bei jeder Erhebung, bei jedem Kratzer musste man genauer hinsehen. Es war die Suche nach der Nadel im Heuhaufen.

Shane suchte fast eine halbe Stunde, als er innehielt und sich nach vorne fallen ließ. Ungläubig fuhr er mit den Fingerkuppen über den Boden. Der Untergrund fühlte sich glatt an. Es war ein Wunder, dass die fünf Zentimeter kleine Einkerbung nicht gänzlich ausgetreten und verschwunden war. Es war deutlich zu erkennen, dass es sich um ein eingraviertes Schwert handelte. Direkt daneben entzifferte er mühsam etwas Eingeritztes.

$N > 1.$

Was sollte denn das bedeuten? Wie viele Hinweise gab es noch und wann war der Weg endlich zu Ende? Diese Schnitzeljagd frustrierte ihn langsam.

Um sicher zu sein, nichts übersehen zu haben, sah Shane sich den restlichen Boden auf dieser Etage an. Es dauerte weitere zehn Minuten, bis er das zweite Schwert fand. Neben dem Schwert stand dieses Mal kein Buchstabe, nur ein weiteres Zeichen mit einer Zahl.

^ *8.*

Na wunderbar. Dann ging es mit Mathematik weiter. Welches Genie war denn auf diesen brillanten Einfall gekommen?

Wieso hatten sich die Gründer der Adler überhaupt solche Mühe gemacht? Die Macht, die am Ende auf den Finder wartete, musste gigantisch sein, wenn dafür solch ein Aufwand betrieben worden war.

Shane schloss seine Suche ab, nachdem er über den gesamten Boden gerutscht war. Außer den beiden Schwertern, war nichts auf dem Boden zu finden gewesen. Er war dem Winkel gefolgt, in dem die eingravierten Schwerter zueinanderstanden, um sich zu vergewissern, dass am Endpunkt nicht etwas versteckt war.

Der Ausflug war definitiv lohnenswert gewesen. Trotzdem war er enttäuscht. Was sollten diese Zeichen und Zahlen bedeuten? Wie sollte es weitergehen? Wenn er sich mit der Idee verrannte, dass der Turm und diese Zeichen eine Bedeutung hatten, würde er ausflippen. Die ganze Mühe und Arbeit, die er in diese ganze Suche steckte, sollten sich wenigstens lohnen.

Shane hatte den Turm unbemerkt verlassen und sich auf den Heimweg gemacht. Er entschied sich dafür, ein Stück zu Fuß zu gehen, um seine Überlegungen anzukurbeln. Die U-Bahn konnte er ab der nächsten oder übernächsten Haltestelle nehmen.

War das wirklich alles gewesen, was er im Elizabeth Tower hatte finden können? Im Rätseltext war die Rede davon, dass man richtig hacken musste, um die Lösung finden zu können. Hätte er sich womöglich die Arbeit machen müssen, den Boden an den zwei Punkten aufzustemmen? War das mit Hacken gemeint? Falls Shane wirklich nicht weiterkam, musste er das in Erwägung ziehen.

Der Ausflug ließ ihn unzufrieden zurück. Ein weiteres Holzkästchen oder ein Zettel wären ihm lieber gewesen. Momentan wusste er mit den eingravierten Hinweisen absolut nichts anzufangen.

Er schlug den Kragen seines Mantels hoch. Es kribbelte in seinem Nacken. Nach ein paar Schritten war er sich sicher, dass es nicht an der Kälte lag. Angespannt achtete Shane auf seine Umgebung, lauschte auf weitere Schritte. Ganz sicher war er sich nicht. Manchmal klang es, als wäre jemand hinter ihm. Dann wieder war gar nichts zu hören.

Spann sein Instinkt jetzt auch schon?

Wenn er in eine andere Straße abbog, warf er unauffällige Blicke über die Schulter. Hinter ihm war niemand. Wieso ließ das Kribbeln dann nicht nach? Wieso erahnte er Schritte, die ihm folgten? Normalerweise konnte Shane sich blind auf seine Instinkte verlassen.

Nach zwei weiteren Straßen wurde es ihm zu bunt. Shane tauchte in eine Seitenstraße ein und wartete, mit dem Rücken an die kalte Wand gepresst.

Stille.

Keine Schritte.

Er wartete rund fünf Minuten. Da war niemand. Shane presste die Lippen aufeinander, genervt von sich selbst. Seine Sinne waren überreizt. Im Oktober war er ständig auf der Hut gewesen, hochkonzentriert. Selbst nach dem Fall des Ordens hatte der Zustand nicht nachgelassen, da es galt, sich gegen die Society durchzusetzen. Scheinbar holte ihn das ein.

Nach weiteren Momenten entspannte er sich und stieß sich schließlich von der Wand ab, um seinen Weg fortzusetzen. Bei der nächsten Möglichkeit würde er die U-Bahn nehmen und versuchen, mal früher ins Bett zu kommen.

Dann waren sie da. Tauchten aus dem Nichts auf. Shane war ihnen regelrecht dankbar, denn das bedeutete, dass sein Instinkt bestens funktionierte.

Sie waren zu viert und hatten ihn bereits eingekreist, traten aus der Dunkelheit heraus. Sie trugen dunkle

Kleidung, die Kapuzen tief ins Gesicht gezogen. Ohne ein Wort zu verschwenden, griffen sie Shane an.

Den ersten Schlägen konnte er ausweichen, doch während er zwei Kerlen auswich, attackierten ihn die anderen von hinten. Shane zog die Taschenlampe aus der Jackentasche und wirbelte herum. Mit einem unschönen Geräusch traf sie auf die Wange des Angreifers, der schräg hinter ihm gestanden hatte.

Er sah die Klinge eines Messers aufblitzen und wandte sich dem nächsten Kerl zu. Shane kassierte einen Schlag in die Seite, konnte dafür dem Typ mit dem Messer mit einem hohen Tritt die Waffe aus der Hand treten.

Seine Gegner nutzten die Gelegenheit. Sie gaben ihm einen heftigen Stoß, während er den Tritt ausführte und brachten ihn somit zu Fall. Shane schaffte es, sich über die Schulter abzurollen und wieder auf die Füße zu kommen. Dann traf ihn die kleine Kapsel an der Schulter.

Nicht schon wieder!

Jetzt wusste er mit Sicherheit, dass die vier Kerle von der Society waren. Dann dachte er gar nichts mehr, als der Schmerz in seinem Körper explodierte. Die Muskeln krampften sich mit aller Macht zusammen, was Shane sogar einen kurzen, dunklen Aufschrei entlockte. Mit dem Rücken prallte er zurück auf den Boden. Gegen vier Leute und eine Giftkapsel konnte selbst er nichts ausrichten.

Shane kassierte die ersten Tritte in die Magengrube und konnte sich nicht dagegen wehren. Er sah die Taschenlampe unweit von ihm liegen, konnte seinem Körper aber nicht befehlen, danach zu greifen. Ein Schlag traf seine Nase und Sekunden später lief ihm das warme Blut über die Wange. Wenn diese Kerle ihm die Nase gebrochen hatten, konnten sie was erleben!

Shane biss die Zähne zusammen, kämpfte gegen den Krampf an.

»Durchsucht ihn! Er muss irgendetwas im Turm gefunden haben!«, forderte einer der Kerle.

»Ich habe nichts gefunden, ihr Idioten«, brachte Shane mühsam hervor, wobei er seinen restlichen Körper noch nicht wieder im Griff hatte. »An eurer Stelle würde ich so weit weglaufen, wie möglich. Wenn ich herausfinde, wer ihr seid, findet euer Dasein ein ganz schnelles Ende. Das verspreche ich euch«, spie er verächtlich und voller Hass aus.

Ein amüsiertes Lachen der Kerle folgte. Natürlich hatten sie gerade die Oberhand und seine Lage sah übel aus, aber das Blatt konnte sich wenden.

»Er hat wirklich nichts dabei. Die Taschenlampe und das Portemonnaie, mehr nicht«, verkündete schließlich einer der Handlanger.

Es war an Shane zu lachen. »Da haben sie mal wieder die hellsten Leuchten geschickt. Kein Wunder, dass der Orden eure Drecksarbeit machen musste. Einer schlauer als der andere.«

Dafür kassierte Shane weitere Schläge in den Magen. Selbst die Kampftechnik hatten sie sich beim Orden abgeguckt. Wie schwach. Wenigstens überlagerte dieser Schmerz den der Muskelkrämpfe. Einer der Kerle beugte sich zu ihm hinunter, griff nach dem Mantelkragen, um Shane minimal vom Boden anzuheben.

»Wir werden die Adler dem Erdboden gleich machen und wir werden herausfinden, welcher Sache du gerade auf der Spur bist. Deine überheblichen Sprüche kannst du dir also sparen.« Der Schlag kam aus dem Nichts und setzte seinen Wangenknochen in Flammen.

Shane spürte, wie in diesem Moment seine Hand zusammenzuckte. Er hatte wieder Gefühl in den Fingern, konnte sie bewegen. »Das werdet ihr bereuen«, verkündete er und tastete währenddessen nach der Taschenlampe. »Es sagt genug über euch aus, dass ihr mir vier Leute auf den Hals hetzen müsst. Wir werden am Ende sehen, wer wirklich als Gewinner aus dem jahrelangen Krieg hervorgehen wird.«

Das Mitglied der Society beugte sich ein weiteres Mal zu ihm hinunter. »Das werden wir sehen…« Er ließ Shanes Kragen los, gab ihm noch einen Schubs, sodass dieser mit dem Hinterkopf auf den Asphalt schlug.

Sein Griff schloss sich um die Taschenlampe und Shane schoss in eine sitzende Position. Mit voller Wucht schlug er die Kante der Taschenlampe gegen das noch gebeugte Knie seines Gegners. Es krachte laut und der Kerl schrie auf.

Leider konnte Shane sich noch nicht aufrappeln, um nachzusetzen. Seine Gegner hatten sich jedoch ohnehin für den Rückzug entschieden. Sie hatten das Erhoffte nicht gefunden und einer von ihnen war mit einer gebrochenen Kniescheibe zur Last geworden. So still wie sie aufgetaucht waren, verschwanden sie wieder.

Mit einer Hand betastete Shane seine Nase und wischte sich anschließend über den Mund. Seine Finger waren voller Blut. Sein Magen schmerzte tierisch. Wenigstens hatten die Muskelkrämpfe aufgehört, sodass er wieder aufstehen konnte.

»Was ein mieser Tag…«, brachte Shane hervor.

# ౭ Nächtlicher Besuch ౩

Nola hatte es sich auf der Couch gemütlich gemacht und ließ sich von einem Film berieseln. Liz war an diesem Freitagabend mit Ethan unterwegs. Vermutlich gab es noch einige Dinge zwischen ihnen zu klären. Selbst Nola war von der Beichte, die Ethan vergangene Woche wie eine Bombe hatte einschlagen lassen, weiterhin überfordert.

*Ich bin Mitglied der Society.*

Reichte es nicht langsam an Neuigkeiten, die die eigene Welt derart ins Wanken brachten?! Nola hatte genug damit zu tun, die Adler zu verstehen und deren Taten zu verarbeiten. Den Drohbrief, der sie dazu brachte, doch das Rätsel zu lösen, nicht zu vergessen. Und zuletzt Ethan, der sich gegenüber Liz und ihr als Mitglied des dritten Geheimbundes preisgab.

Besonders Liz war fix und fertig gewesen, obwohl sie bisher in keine der Auseinandersetzungen zwischen den Gruppierungen verwickelt worden war. Ihr reichte, was sie über Nola mitbekommen hatte und jetzt war ausgerechnet ihr Freund ein Teil dieser kriminellen Welt.

Ethan hatte jedoch versichert, dass er seit einiger Zeit darüber nachdachte, seinem Bund den Rücken zu kehren. Er hatte ihnen viele Fragen beantwortet und bereitwillig von der Society erzählt.

Doch konnte sie ihm trauen? Was, wenn er von der Drohung ihr gegenüber wusste oder sogar dazu abgestellt war, sie zu beobachten? Nola hoffte inständig, dass Ethan nichts damit zu tun hatte, aber eine Garantie gab es nicht. Sie musste auf der Hut sein, was sie in seiner Gegenwart erzählte.

Nola wusste also nicht, was sie mit diesen neuen Informationen anfangen sollte und wie weit sie Ethan glauben konnte. Es beschäftigte sie sehr, aber der Druck, den sie wegen des Drohbriefes und des Rätsels spürte, wog schwerer. Sie musste Shane dazu bringen, verstärkt an dem Rätsel zu arbeiten. Für Nola hing vermutlich mehr daran als für ihn.

Als es plötzlich an der Tür klingelte, zuckte Nola heftig zusammen. Ihr Blick suchte die Uhr. Fast Mitternacht. Sie schaute zur Tür, als könnte sie dadurch erfahren, wer sich davor befand. Sie stellte den Fernseher auf stumm. Langsam erhob sie sich und ging vorsichtig auf die Tür zu. Wer konnte das sein? Sie erwartete niemanden, Liz würde erst morgen zurückkommen und hatte sowieso einen Schlüssel. Wartete die nächste Drohung auf Nola?

Es klingelte erneut. Diesmal etwas länger. Nola schüttelte ihre Angst ab und ging energisch auf die Haustür zu. Mit Schwung riss sie diese schließlich auf. Sie blinzelte und wich erschrocken ein Stück zurück.

»Du meine Güte! Was ist passiert?«, fragte sie besorgt und winkte Shane hinein. Er sah schrecklich aus. Das

Gesicht wieder einmal lädiert, hielt er sich die Seite und humpelte ein wenig. Seine Jacke war zerrissen und dreckig. An seiner Unterlippe klebte getrocknetes Blut. Nur gut, dass ihm darüber hinaus nichts zugestoßen war und er noch atmete. Nola konnte nicht anders, als ihn in eine Umarmung zu ziehen. Ein Kloß bildete sich in ihrem Hals, als das Kopfkino zu laufen begann. Shane erwiderte die Umarmung und der Moment, in dem sie sich danach in die Augen sahen, zog sich in die Länge.

»Halb so wild. Das meiste ist nicht von eben, sondern von Mittwoch«, spielte er sein Aussehen schließlich mit weicher Stimme herab, um sie zu beruhigen. Gleichzeitig ließ er sich ohne zu murren von Nola zur Couch führen und setzte sich mit einem Stöhnen hin.

»Warte, ich hol dir einen Schluck Wasser. Brauchst du sonst noch was? Verbandszeug?« Aufmerksam musterte sie sein Gesicht, suchte nach Verletzungen. Shane schüttelte den Kopf.

Ihre Gedanken überschlugen sich. Was war geschehen? Weshalb kam er ausgerechnet zu ihr? Eilig verschwand Nola in der Küche, um nur Augenblicke später mit einem Glas Wasser zurückzukehren. Sie schaute noch nach einer Nachricht von Liz auf ihrem Handy und nahm es mit ins Wohnzimmer.

Shane hatte sich derweil aus der Jacke geschält. Das Fernsehbild warf bunte, sich abwechselnde Farben auf sein erschöpftes Gesicht. Die widersprüchlichen Gefühle für Shane kämpften erneut in ihr. Wobei Sorge und Zuneigung die Oberhand gewannen. »Was ist los?«, wiederholte Nola ihre Frage.

Er hatte die Augen geschlossen, öffnete sie wieder und entdeckte das Glas auf dem Tisch. Shane streckte sich, trank einen Schluck und räusperte sich dann. »Ich hatte gerade einen etwas heftigeren Einsatz für die Adler. Und…«, zog er den begonnenen Satz unschlüssig in die Länge.

Nola besaß nicht annähernd so viel Geduld, wie sie nach außen zeigte. Sie hatte keine Lust, alle Details einzeln aus ihm herauszukitzeln. »Und?«

»Deine Wohnung lag in der Nähe. Und ich bin über ein wenig Gesellschaft nicht böse.« Es kostete ihn sichtbar Überwindung, das auszusprechen. Nola quittierte es mit einem sanften Lächeln.

»Was war es für ein Auftrag und was hast du am Mittwoch angestellt, dass du davon so zugerichtet aussiehst? Wenn du gerade nicht alleine sein möchtest, dann erzähl es mir doch, ohne, dass ich so viel fragen muss.« Sie ließ es ganz deutlich wie einen Vorschlag klingen, damit Shane sich nicht sogleich in sich zurückzog. Er schien das Bedürfnis zu haben, zu reden, dann wollte sie ihn nicht verscheuchen, in dem sie zu forsch nachfragte.

»Richard will, dass wir die Labore der Society finden. Du hast ja im Oktober miterlebt, was diese kleinen Kapseln anrichten können. Abgesehen von diesen Kugeln, gibt es bestimmt weitere Erfindungen. Wir wollen die in die Finger kriegen. Um endlich an Informationen zu kommen, habe ich eben einen Wachmann verhört, der für die Society tätig ist. Er war ein harter Brocken und hat ordentlich ausgeteilt. Dass er mir nicht noch die Maske vom Gesicht gerissen hat, war alles. Seit der Orden vernichtet wurde, hat sich die ganze Situation weiter angespannt.«

Shane trank einen weiteren Schluck Wasser, ehe er fortfuhr: »Ich dachte, die Lage würde sich ein bisschen beruhigen, aber das Gegenteil ist der Fall. Die Society hat mit dem Orden zusammengearbeitet, um uns zu zerstören. Jetzt versuchen sie mit Hochdruck selbst an das gesetzte Ziel zu kommen. Wir provozieren uns gegenseitig weiter und weiter.«

Nola hatte die Arme um ihren Oberkörper geschlungen und aufmerksam zugehört. Allein diese wenigen Sätze waren Beweis genug, weshalb sie sich nicht mit der Society oder den Adlern abgeben sollte. Man wurde in etwas hineingezogen, das nicht gut war.

»Wo soll das hinführen? Ich meine, ihr befindet euch in einem Krieg, den ihr ohne Rücksicht auf Verluste führt. Es werden immer mehr Außenstehende und Unschuldige hineingezogen. Muss das alles sein? Was passiert, wenn einer von euch gewinnt? Glaubst du, der siegende Geheimbund wird dann einfach aufhören, Menschen zu verletzen und zu bedrohen?«

Nola war der Ansicht, dass man gewisse eingespielte Handlungsweisen nicht mehr so leicht abstellen konnte. Wenn man jahrelang Menschen erpresst und versucht hatte, die eigene Macht auszubauen, würde man dann aufhören können? Sie glaubte viel eher, dass der Gewinner weitermachen würde. Vielleicht würden die Politiker die nächsten auserkorenen Feinde werden, die es zu bekämpfen galt.

»Die Situation schaukelt sich hoch und wird immer schlimmer oder nicht? Wie sahen deine Aufträge für die Adler früher aus?«, hakte sie nach.

Shane dachte darüber nach. Sie sah es regelrecht hinter seiner Stirn arbeiten. »Anfangs waren es kleine Aufträge. Observierungen zum Beispiel. Allerdings ist es logisch, dass man erst die verantwortungsvollen Aufträge bekommt, wenn man sich bewiesen hat.«

»Findest du, es ist eine verantwortungsvolle und wichtige Aufgabe, jemanden zu verhören und zu verletzen? Macht dich das stolz?«

Ein paar Sekunden verstrichen. Nola befürchtete schon, seine ruhige Stimmung mit ihrer Gegenfrage vertrieben zu haben. Manchmal konnte er binnen weniger Sekunden kalt und abweisend werden. Heute schien eine große Ausnahme zu sein, denn Shane schoss nicht zurück.

»Ja, weil ich weiß, dass mir die Loge vertraut und sich darauf verlässt, dass ich gute Arbeit mit entsprechenden Ergebnissen abliefere. Nein, weil es sicherlich

nicht erstrebenswert ist, anderen Menschen etwas an-
zutun. Ich hatte keine Freude daran, den Wachmann zu
verletzen. Mir wäre es lieber, wenn ich die Angelegenheiten anders regeln könnte. Dann denke ich daran,
dass ich ein Ziel erreichen will und häufig kann ich
nicht darauf Rücksicht nehmen, ob ich jemandem weh-
tue oder nicht. Manche Handlungen sind nötig, um
weiterzukommen«, antwortete er überraschend ehrlich.

Nola hatte nicht damit gerechnet, dass er die Dinge
so sah und das aufrichtig aussprach. Meist kam er ihr
vollkommen skrupellos vor. Die Adler waren sein Ein
und Alles. Er würde alles für diese Gruppe tun und
stand hinter deren Ansichten. Dass Shane teilweise
zweifelte, war umso erstaunlicher.

»Damit… hätte ich nicht gerechnet. Du wirkst immer
so entschlossen, was die Adler angeht. Dass es dir
nichts ausmacht, was du tust«, sprach sie ihre Gedanken zaghaft aus.

Lasch zuckte er mit den Schultern. »Ich tue das, was
getan werden muss. Wie gesagt, für mich steht das Ziel
im Fokus. Im Studium musst du auch ein paar Kurse
besuchen, die du nicht unbedingt magst.«

Der Vergleich hinkte stark, weshalb Nola sofort den
Kopf schüttelte. Es war absurd, kriminelle Handlungen
mit einem Studium zu vergleichen. Sie biss sich auf die
Lippe, um keinen gereizten Kommentar abzugeben.
Wollte er etwa, dass sie ihm seine Taten vergab? So
lächerlich seine Argumentation klang, es schwang da-

rin mit, dass er ja eigentlich niemanden verletzen wollte. Erschreckend für sie war, dass eine kleine innere Stimme ihn sogar verstehen konnte und ihm am liebsten die Vergebung zugesichert hätte.

»Du hast gesagt, viele deiner Verletzungen sind von Mittwoch. Was war denn da?«, wechselte sie abrupt das Thema, um sich den Kopf jetzt nicht über die letzte Frage zerbrechen zu müssen.

»Ich bin mit dem Rätsel weitergekommen. Die Zinken sollen uns zum Elizabeth Tower führen. Ich war Mittwochabend dort, um mich umzusehen. Auf dem Heimweg bin ich allerdings von der Society überfallen worden. Die wissen wohl, dass ich an irgendeiner Sache dran bin, denn sie wollten das, was ich gefunden habe. Vier zu Eins, inklusive eine der tollen Kapseln, die Muskelverkrampfungen auslösen, das schaffe selbst ich nicht. Voilà.« Mit einer schwungvollen Geste, deutete er auf sein Gesicht und die Seite, die er sich mit einer Hand hielt.

Aufregung erfasste Nola. Am liebsten hätte sie sofort neugierig nach den nächsten Hinweisen gefragt. Zeitgleich bäumte sich Wut in ihr auf. »Das ist doch nicht dein Ernst! Genau das meine ich. Ihr lauert einander auf, schlagt euch gegenseitig die Köpfe ein, bis einer auf der Strecke bleibt oder sogar ein Unschuldiger stirbt. Shane, das muss aufhören! Die Society und die Adler sind nicht gut für London, für das Königreich. Was ihr da macht, ist nicht richtig und einfach nur brutal. Deshalb habe ich auch so Probleme mit den ganzen Ereignissen«, machte Nola sich Luft. Man musste der Society einen Riegel vorschieben, den Adlern gleich mit. Da war keine Gruppe besser oder schlechter.

Sie versuchte, sich zu beruhigen. Das war nicht ihr Krieg. Sie würde das Rätsel lösen und sich dann aus allem heraushalten. Wenn das so weiterlief, hatten sich die beiden Geheimbünde sowieso irgendwann gegenseitig vernichtet.

»Okay, lassen wir das… Erzähl mir lieber, was du herausgefunden hast«, bat Nola ihn deutlich ruhiger.

Nachdem Shane ihr von dem nächtlichen Ausflug berichtet hatte, grübelten sie eine Weile über die Bedeutung der eingeritzten Schwerter, Symbole und Zahlen. Zu einem Ergebnis kamen sie nicht und die nächsten Schritte blieben unklar.

Der alte Krieg zwischen den Adlern und der Society ließ Nola jedoch nicht los. Sie wusste darüber viel zu wenig, um wirklich alles verstehen zu können. Shane hatte ihr von den drei konkurrierenden Geheimbünden erzählt. Ihr Vater hatte zahlreiche Fragen über die Adler beantwortet und doch reichte es ihr nicht.

»Kannst du mir etwas über die Fehde zwischen euren Bünden erzählen? Wieso seid ihr verfeindet? Du hast damals bloß grob umrissen, wer die Bünde gegründet hat.« Obwohl sie unglaublich müde war, war ihr Kopf hellwach. Automatisch rieb Nola über ihre Augen, sah dann aber wieder aufmerksam zu Shane.

»Du nutzt meine Plauderlaune richtig aus. Aber was solls… Dein Vater dürfte dir schon einige Dinge verraten haben. Die Gründer der Adler – William James Wellington und Zacharias Arthur Thompson waren ursprünglich Studenten am University College London. Sie wollten gemeinsam mit einem Freund eine Studentenverbindung gründen. Der Dritte im Bunde war Edward Rushworth, der letztlich die Society gründete und radikale Ansichten vertrat. Die drei konnten sich nicht auf gemeinsame Regeln und Visionen einigen. Die Streitigkeiten wurden immer heftiger und als Wellington und Thompson ans neu gegründete King's College wechselten, um dort ihre Studien fortzuführen, war vorprogrammiert, dass die ehemaligen Freunde sich ganz und gar zerstreiten würden. Sword & Eagle wurde gut ein halbes Jahr nach der *Society of the Ascent*, der Gesellschaft des Aufstiegs, gegründet. Seither existiert die Feindschaft.«

Seine Stimme klang ehrfürchtig und Nola vergaß fast, dass es sich um die Realität handelte. Man hätte glauben können, er würde ihr eine spannende Geschichte erzählen.

»Denkst du, man könnte einen Waffenstillstand zwischen euch erreichen?«

Shane lachte kurz auf, ein sicheres Zeichen dafür, dass er den Vorschlag albern fand. Mit einer Hand fuhr er durch die ohnehin schon verstrubbelten braunen Haare und schüttelte den Kopf. »Wie soll das denn funktionieren?! Die Fronten sind verhärtet und wieso sollten wir einen Schritt auf die Society zu machen? Wenn wir anbieten, uns an einen Tisch zu setzen, dann ist das ein Zeichen der Schwäche.«

»Oder der Stärke, weil ihr einseht, dass es euch viel mehr bringt, zusammenzuarbeiten. Ihr habt jeweils genügend Einfluss und Kontakte. Wenn ihr das zusammenlegen würdet, könntet ihr viel mehr erreichen. Gutes für das Land. Nicht darauf fixiert, euch zu bekämpfen.«

Es sprach für Shane, dass er sich nicht über sie lustig machte, sondern ihre Anmerkungen mittlerweile ernst nahm und sich das Gesagte wenigstens anhörte. »Das ist nicht so einfach, Nola. Wir haben unsere Ziele und da wollen wir nicht von abweichen.«

»Was, wenn eure Ziele gar nicht so verschieden sind? Du könntest dich wenigstens mit jemandem von der Society an einen Tisch setzen«, schlug sie trotzdem vor.

»An einem Tisch mit diesen Verrätern? Wer sollte sich dazu bereit erklären?«, blockte er vehement ab.

»Wie wäre es mit Ethan? Er ist bereit, sich mit dir zu unterhalten und gemeinsame Pläne zu schmieden.«

Die Stille, die daraufhin eintrat, war erdrückend. Shane starrte Nola an, als würde er die Bedeutung ihrer Worte nicht verstehen.

»Ethan? Liz' Ethan? Der ist von der Society? Hätte ich mir denken können, als er sagte, an welcher Uni er studiert… Super. Ich glaube kaum, dass wir uns etwas zu sagen haben, was die Bünde angeht«, schmetterte Shane den Vorschlag sogleich ab.

Er begann sich darüber auszulassen, dass Ethan ihm sofort unsympathisch gewesen sei. Nola wurde derweil von ihrem piependen Handy abgelenkt und Shanes Tirade trat kurzzeitig in den Hintergrund. Es war viel zu spät für eine Nachricht. Es sei denn, das Gespräch zwischen Liz und Ethan war nicht gut verlaufen. Nola zögerte, da sie es nicht ausstehen konnte, das Handy während eines Gesprächs in die Hand zu nehmen, machte das doch den Eindruck, als wäre ihr die Unterhaltung egal oder als würde diese sie langweilen.

Die Sorge um Liz überwog und Nola zog ihr Handy möglichst dezent über die Armlehne zu sich.

»Jedenfalls wird sich niemand mit Ethan hinsetzen. Da kannst du Bleu fragen«, kam Shane endlich zum Ende seiner Schimpferei.

*Nur ein Wort zu deinem nächtlichen Besucher und dein Bruder Mike wird nicht mehr an seinem Rugby-Training teilnehmen können. Wir wollen Ergebnisse. Lös endlich das Rätsel.*

»Hörst du mir zu? Ist was?« Shane musterte sie, als würde er genau wissen, dass etwas nicht stimmte. Sein siebter Sinn war bisher erschreckend exakt gewesen.

»Nein. Alles gut«, sagte sie nur tonlos.

# ০৪ Die Versammlung ৪০

Was hatte er sich dabei gedacht, bei Nola aufzukreuzen? Er wusste selbst nicht, was los war. Nach seinem Auftrag hatte er das Bedürfnis gehabt, sich mit jemandem zu unterhalten. Er hatte nicht *allein* sein wollen. Selbst in Gedanken spie Shane die Worte aus.

Er wollte Nola erklären, weshalb er die grausamen Dinge für Sword & Eagle tat. Er wollte, dass sie ihn verstand und ihn nicht für seine Handlungen verurteilte. Es nervte ihn, dass er so dachte. Es schwächte seine Konzentration auf die wesentlichen Aufgaben, die es momentan zu erledigen galt. Da konnte ihm egal sein, was Nola davon hielt oder ob ihre braunen Augen vorwurfsvoll auf ihn gerichtet waren.

Heute musste er besonders auf der Hut sein, Augen und Ohren überall haben. Im Vorfeld hatte er mit Bleu gesprochen, seine rechte Hand im Team. Er vertraute ihm blind und Bleu sollte sich ebenfalls unter die Leute mischen, alles aufsaugen, was er mitbekam. Jedes Detail konnte wichtig für sie sein.

Die erste Versammlung von Sword & Eagle in diesem Jahr würde am Abend stattfinden. Sonntags hatten alle Mitglieder Zeit, niemand konnte sich mit anderen Verabredungen entschuldigen. Unter anderem würden sie die neuen Anwärter verkünden.

Shane hörte, wie ein Auto vor seiner Wohnung hielt. Rasch zog er den Wintermantel über das Jackett seines schwarzen Anzugs und schritt das Treppenhaus hinunter. Mit einer eleganten Bewegung stieg er auf der Beifahrerseite des schwarzen Wagens ein. Er grinste dem Fahrer entgegen.

»Hallo, Onkel. Nett von dir, dass du mich mitnimmst. Wobei ich den Weg eher gefunden hätte als du«, stichelte Shane. Sein Onkel war schon eine ganze Weile nicht mehr im Hauptquartier der Adler gewesen, während Shane dort fast täglich ein und aus ging.

Alexander Cavendish war der jüngere Bruder von Shanes Vater. Er hatte Jura am King's College studiert und war mittlerweile als Richter tätig. Es war entschuldbar, dass Onkel Alexander nicht regelmäßig bei den Adlern auftauchte. Er tat genug für den Bund, indem er die Weichen in den Gerichten für sie stellte.

Shanes Großvater war Mitglied der Sword & Eagle gewesen sowie schon dessen Vater zuvor. Die restliche Familie war nicht in die Existenz des Bundes eingeweiht. Selbst Shanes Eltern wussten nichts davon, zumal beide an einer anderen Universität studiert hatten. Seine Herkunft alleine hätte damals nicht ausgereicht, um aus ihm einen Adler zu machen. Er hatte sich beweisen müssen, wie jeder andere Kandidat auch.

»Das gibt mir wenigstens die Gelegenheit, ein paar aktuelle Details von dir abzugreifen, solange noch nicht so viele Ohren um uns versammelt sind«, gab Alexander zurück und lächelte ihm entgegen. Vom Aussehen her hätte er Shanes Vater sein können. Die gleichen braunen Haare, die gleiche leicht arrogante Ausstrahlung und das selbstsichere Auftreten.

»Was willst du wissen? Richard ist verstärkt hinter der Society her. Er will unbedingt die Labore finden, in denen sie ihre Erfindungen herstellen und vorantreiben.«

»Man kann von Richard halten, was man will, aber er treibt uns Adler definitiv voran. Ich bin nie wirklich warm mit ihm geworden und hatte einige Auseinandersetzungen mit ihm, trotzdem muss ich ihm zugestehen, dass er alles für unsere Ziele tut. Er wird seine Gründe haben, weshalb er es auf die Labore abgesehen hat. Solange du ihn nicht gegen dich aufbringst, ist alles in Ordnung.« Alexander schaute nach vorne auf die Straße, auf der es sich selbst um diese Uhrzeit etwas staute.

»Ich komme nicht reibungslos mit ihm zurecht, aber wir ziehen an einem Strang, ganz wie du sagst. Mich hat es die letzten Monate bloß aufgeregt, dass wir derart unflexibel sind und in alten Ansichten verhaftet bleiben. Ich finde, dass die Loge deutlich aufgeschlossener und moderner werden sollte. Wir könnten so viel erreichen, wenn wir eine bessere Strategie hätten«, sprach Shane seine Beobachtungen und Ideen aus.

»Lass das besser niemanden von der Loge hören. Du kannst Vorschläge und Tipps anbringen, aber im korrekten Rahmen. Wenn du es als Vorwurf formulierst, kommst du nicht weit. Manche der alten Einstellungen haben sich bewährt und es wäre dumm, sie zu ändern. Kommt ganz drauf an, woran du deine Kritik festmachst und wie deine Argumente aussehen«, gab sein Onkel zu bedenken.

Wie überaus hilfreich, dass Shane den Ratschlag erst jetzt erhielt. Zu gut erinnerte er sich an seinen Ausbruch gegenüber den fünf führenden Adlern. Sie setzten die Teams nicht sinnvoll genug ein, richteten sich nicht nach den einzelnen Stärken. Und alles, was Shane wollte, war, die Adler weiter zu stärken.

»Wir haben in den letzten Jahren viel erreicht. Wir konnten das Vermögen von Sword & Eagle nahezu verdoppeln. Wir haben wichtige Personen im Griff, die ganz nach unseren Wünschen Entscheidungen treffen. Sei es im Gericht oder in der Wirtschaft. Wir ziehen die besten Geschäftsdeals an Land, investieren immer genau in die richtigen Start-Up-Unternehmen. Jetzt sind wir sogar den Orden losgeworden und müssen die Macht nur noch mit der Society teilen. Wenn wir so weitermachen, steigern wir uns in den nächsten fünf bis zehn Jahren noch einmal rasant. Die Entscheidungen der Loge können also nicht so falsch sein, wie du in manchen Punkten vielleicht annimmst«, fügte Alexander an. Geschickt lenkte er den Wagen auf die rechte Spur und drosselte das Tempo vor der Ampel.

Sie waren fast angekommen und suchten nach einem geeigneten Parkplatz, sodass sie nicht allzu weit zu Fuß gehen mussten. Shane musste seinem Onkel zustimmen. Er wollte die Struktur der Adler gar nicht in Frage stellen. Er war lediglich der Meinung, dass ein paar Optimierungen mehr Erfolg bringen würden.

»Lassen wir uns überraschen, welche Ziele wir präsentiert bekommen«, kommentierte er und blickte an dem dunklen Gebäude hinauf, an dem sie langsam vorbeifuhren.

Er spürte, wie sein Onkel ihn musterte. »Ich habe damit gerechnet, dass du mir viel vehementer widersprichst. Dass du mir deine Ideen zu einem Umbau innerhalb der Adler aufzählen würdest. Wo ist dein Temperament hin?«, zog er Shane lachend auf.

»Das ist noch da. Mir geistern ein paar Aufgaben durch den Kopf und Dinge, die Nola gesagt hat.«

»Ach, eine Frau. Hätte ich selbst draufkommen können... Pass auf, dass du dich nicht zu sehr ablenken lässt! Wer ist diese Nola?«

Shane ärgerte sich. Da er sich in der Gesellschaft seines Onkels befand, hatte seine Deckung nachgelassen und er sprach gedankenverloren das aus, was ihm durch den Sinn ging. Nola brauchte ihm an diesem Abend nicht durch den Kopf zu spuken.

Er machte eine wegwerfende Handbewegung. »Eine Studentin, der ich über den Weg gelaufen bin. Ich kenne sie über Ben und hatte ein paar Mal mit ihr zu tun. Nola Devaney. Hat sich rausgestellt, dass ihr Vater ein Adler ist. Anthony Montgommery.« Er spielte den

Kontakt absichtlich herunter. Solange er nicht selbst wusste, wohin das lief, wollte er den Ball flach halten.

Alexanders Kopf flog herum. »Montgommery? Der hat eine Tochter? Halt dich bloß von den Montgommerys fern!«, entfuhr es ihm heftig und voller Abscheu.

Was war in seinen Onkel gefahren? Shanes Augen verengten sich und schon holte er Luft, um eine Erklärung einzufordern.

\*\*\*

Shane war in den dunkelblauen Umhang geschlüpft, den er in seinem Spint im Hauptquartier lagerte. In der Masse der anderen Umhangträger ging er unter, während er sich durch den großen, prunkvollen Saal schob. Einige Mitglieder waren nicht im gleichen Maß aktiv wie andere. Man sah sich teilweise recht selten, sodass diese Versammlungen die Gelegenheit boten, sich auszutauschen und das Wiedersehen zu feiern.

Die Stuhlreihen standen eng beieinander, um allen Adlern Platz zu bieten. Am anderen Ende des Raumes, unter einem großen Ölgemälde, stand ein massiver Tisch auf einem kleinen Podest. An diesem Tisch saßen bereits die fünf Adler, die die Loge bildeten. Richard, George, Aldwyn, Holden und James.

Die ersten Stuhlreihen waren für die zwanzig Ratsmitglieder reserviert, ebenso wie für die fünfzehn weiteren Führungspositionen. Zu diesen Positionen gehörten zum Beispiel der Schatzmeister, die Ausbilder der neuen Jahrgänge und ein Waffenmeister.

Das Gespräch mit seinem Onkel verfolgte Shane jeden einzelnen Schritt, den er in diesem Saal tat. Sein Verstand arbeitete auf Hochtouren, doch äußerlich ließ er sich nichts anmerken.

Shane würde auf der Versammlung geschlossen mit seinem Team auftreten. Nachdem er Bleu endlich in der Menge entdeckt hatte, steuerte er auf ihn zu und setzte sich dazu. »Gibt es Neuigkeiten zu unserem derzeitigen Auftrag?«, wollte er wissen.

Bleu setzte ihn ins Bild, welche weiteren Laborstandorte, die sie durch das Verhör des Wachmannes erhalten hatten, sie im nächsten Schritt prüfen würden. Shane nickte zufrieden, nachdem er die Pläne vernommen hatte und wandte sich mit dem Dank an sein gesamtes Team.

Mit einem lauten Pochen von Holz auf Holz, wurde schließlich ihre Aufmerksamkeit gefordert.

Die Versammlung begann.

»Willkommen, Adler. Wie zu Beginn eines jeden Jahres gilt es, unsere nächsten Ziele zu besprechen«, wandte Richard sich an sämtliche Anwesenden und breitete die Arme in einer begrüßenden Geste aus. »Viele Aufgaben werden sich erst im Laufe der Monate ergeben, doch wir haben uns bereits ein paar wichtige Themen zu Herzen genommen. So werden wir unseren Erzfeind weiter in die Ecke drängen. Die Society soll weitere Einflussbereiche einbüßen und mit der Unterstützung aller Adler werden wir sie ebenso vernichten können, wie wir es mit dem Orden getan haben. Wir werden unsere Leute in den öffentlichen Medien verstärken, um die Berichterstattung in unserem Sinne lenken zu können. Dies ist in der Vergangenheit leider nicht immer geglückt. Ein besonderer Fokus wird zudem auf dem Ausbau unserer Forschung liegen. Dazu werden wir die Unterlagen nutzen, die wir im Versteck des Ordens sichergestellt haben. Mit deren IT- und Programmierwissen, gepaart mit den naturwissenschaftlichen Entwicklungen der Society, können wir etwas ganz Neues für uns kreieren.«

Shane nickte leicht vor sich hin. Die Suche nach den Laboren machte definitiv Sinn. Sword & Eagle hatte in den vergangenen Jahren zu wenig Nachwuchs aus Technologiebereichen aufgenommen und es galt einiges nachzuholen.

»Sollte jemand weitere Anregungen haben, kann er diese jederzeit gegenüber der Loge anbringen«, fuhr Richard fort.

Es war üblich, eine grobe Marschrichtung vorzugeben, einen ersten Plan. Sie wollten flexibel bleiben, um auf äußere Entwicklungen eingehen zu können. Eine strikt vorgegebene Agenda brachte ihnen nicht viel.

Es war ein Raunen durch die Reihen gegangen, als Richard mitgeteilt hatte, die Society vernichten zu wollen. Es war das erste Mal, dass dieses Ziel ganz explizit ausgesprochen worden war. Die anwesenden Adler schienen mit den drei Hauptpunkten zufrieden zu sein, da sich trotz der Unruhe niemand zu Wort meldete.

»Nun gut. Kommen wir zum zweiten Punkt. In den letzten Monaten wurden potentielle Anwärter beobachtet und ausgewählt. Wir haben sieben neue Anwärter gefunden, bei denen wir sehr sicher sind, dass sie für unsere Sache einstehen werden.«

Jetzt war Shane gespannt. Er hatte den Prozess mitverfolgt und seine eigene Einschätzung abgegeben. Welche seiner Vorschläge waren angenommen worden?

In jedem Jahrgang wurden sieben neue Adler aufgenommen. Sie wurden vorab genauestens unter die Lupe genommen, da keine Reservekandidaten benannt wurden. Sollte einer der sieben Studenten die Aufnahmeprüfung nicht bestehen oder sich letztlich gegen die Studentenverbindung entscheiden, rückte niemand nach. Seit Gründung der Adler war das höchstens ein halbes Dutzend Mal geschehen.

»Die folgenden Studenten haben sich durch herausragende Leistungen in ihrem Studienfach oder in weiteren Aktivitäten qualifiziert: Jacob Adams, Jura. Sophie Jones, Physik. Lucas Palmer, Finanzmanagement. Benjamin Perceval, Internationales Management. Daniel Cooper, Medizin. Finley O'Sullivan, Politikwissenschaften und Poppy Saunders, Computerwissenschaften.«

Shane konnte sich ein triumphierendes Grinsen nicht verkneifen. Drei seiner Vorschläge waren akzeptiert worden, allen voran Ben. Er kannte ihn bereits seit Kindheitstagen, da ihre Familien eng miteinander befreundet waren. Sie hatten außerdem dieselbe Schule besucht. Damals hatte Shanes Lebensinhalt noch aus Partys bestanden und die Schulnoten waren ihm herzlich egal gewesen. Auf einigen der Partys war auch Ben dabei gewesen. Jedenfalls war er davon überzeugt, dass Ben sich gut als Adler machen. Noch wusste er nichts von seinem Glück, aber das würde sich bald ändern.

Wie zu Shanes Zeiten würde man den Anwärtern einen Brief zukommen lassen, der Ort und Zeit für die erste Prüfung enthielt. Er hatte von der Existenz der Adler gewusst und sich nicht über den Brief gewundert, aber für andere war der Augenblick sicherlich eine große Überraschung.

*Mister Cavendish, Sie wurden auserwählt. Beweisen Sie uns, dass unsere Einschätzung richtig ist und meistern Sie die Prüfungen. Sie sind nur wenige Flügelschläge davon entfernt, ein Adler zu werden.*

Adrenalin war damals durch seine Adern gerauscht, Vorfreude und das Gefühl des ersten Sieges auf dem Weg zum Adler hatten ihn berauscht. Vermutlich würde es für Ben ein ähnliches Gefühl sein.

»Wir werden die Aufnahmeprüfung in den nächsten Wochen vorbereiten und im März durchführen.« Richards Worte drängten in Shanes Unterbewusstsein und holte ihn aus der Erinnerung zurück.

Zustimmendes Gemurmel erfolgte. Obwohl viele Mitglieder aus bekannten, wohlhabenden Familien stammten, gab es mittlerweile zahlreiche Ausnahmen. Wichtig war, dass die Kandidaten zu den Adlern passten. Sie brauchten eine gehörige Portion Ehrgeiz und Fleiß. Des Weiteren eine gute Kondition, um den Aufträgen körperlich gewachsen zu sein und einen starken Charakter. Ein Adler musste belastbar und loyal sein. All das würde durch die Initiation geprüft werden. Shane konnte sich bestens an seine eigene Aufnahmeprüfung erinnern. Schon jetzt freute er sich darauf, die Neulinge bei diesen Schritten begleiten zu dürfen.

»Dann hat Ben es ja in die Auswahl geschafft«, sagte Bleu leise und grinste Shane entgegen.

»Seine Noten an der Uni hätten nicht ausgereicht, aber seine sportlichen Leistungen haben ihn gerettet. Jetzt muss er sich im Test gut anstellen«, stimmte Shane zu und wandte sich nach vorne, wo Richard sich soeben vom Stuhl erhoben hatte.

»Bevor wir den offiziellen Teil beenden, gilt es über den Fehltritt eines Mitglieds zu urteilen. Wie allen bekannt sein dürfte, hat Kyle Winston eine unserer Regeln gebrochen. Regel Drei besagt, dass dem Befehl eines höher gestellten Mitglieds unbedingt Folge zu leisten ist. Winston hatte den Auftrag, einen wichtigen Zeitungsbericht zu verfassen und zu verbreiten. Es ging um den Fall am Central Criminal Court, bei dem die Society versucht hat, einen unserer Männer hinter Gittern zu bringen. In dem Artikel sollte die Staatsanwaltschaft angeprangert werden, die mit mangelhaften Beweisen arbeitet und beinahe ihr Ziel erreicht hätte. Der leitende Staatsanwalt ist Mitglied der Society. Der Artikel war letztlich eine allgemeine Zusammenfassung der Gerichtsverhandlung. Kyle sagte uns, er habe Probleme damit, die journalistische Ehre zu verletzen, zumal unser Mitglied tatsächlich schuldig sei.«

Richard legte eine theatralische Pause ein. Erste Entrüstung machte sich unter den Adlern breit und der Beschuldigte Kyle Winston saß zusammengesunken auf seinem Stuhl an der Längsseite des Raumes.

Eins musste Shane Richard lassen, er wusste sehr gut mit Worten umzugehen. So simpel er die Ereignisse darlegte, machte er den anderen Mitgliedern sogleich die Ungeheuerlichkeit klar, mit der hier Befehle missachtet worden waren.

»Mit dieser Aussage, die sein Verhalten entschuldigen sollte, brach Winston die nächste Regel. Wir Adler stehen in jeder Lebenslage füreinander ein, auch wenn Mister Winston das wohl nicht mehr so sieht. Die Loge hat sich bereits auf eine Strafe geeinigt und wir bitten die Ratsmitglieder, diese in einer offenen Wahl zu bestätigen oder abzulehnen.«

Shane wusste, wie die Abstimmung ausfallen würde. Er hatte vorab dafür gesorgt, dass Richard alle Stimmen erhielt, die er benötigte. Hätte er dem Befehl nicht Folge geleistet, säße er jetzt neben Kyle und würde auf eine Bestrafung warten. Richard bekam immer seinen Willen.

Für den Auftrag hatte Shane nicht viel Druck aufbauen müssen. Er hatte dem Ratsmitglied, dessen Stimme Richard noch gefehlt hatte, einen Besuch abgestattet und lediglich ein paar mögliche Konsequenzen aufzeigen müssen. Drohungen gegen die Kinder zogen am besten, wie sich mal wieder herausgestellt hatte.

Folglich dauerte die Wahl der Ratsmitglieder auf der Versammlung nur wenige Sekunden – Richard bekam die volle Zustimmung.

Man würde Kyle Winston ein Schandmal an die Seite des Oberkörpers einbrennen. Ein Adler mit angelegten Flügeln. Darüber hinaus würde er ein Jahr lang auf den Schutz von Sword & Eagle verzichten müssen. Niemand würde ihm helfen, wenn er in Schwierigkeiten geriet – von der Society entführt, vor Gericht gestellt oder welches Schicksal ihm ansonsten widerfahren konnte.

Das ohnehin dämmrige Licht wurde weiter verdunkelt. Vier junge Adler trugen eine schwere Schale in den Raum, in der ein Feuer prasselte. Sie stellten die Schale vor dem Tisch, an dem die Loge saß, ab.

Winston wurde herangeführt, auf einen Stuhl gesetzt und dort festgehalten. Richard ließ es sich nicht nehmen, die Bestrafung selbst auszuführen. Der Metalladler lag bereits im Feuer und glühte vor sich hin. Am Holzgriff zog Richard die Stange heraus. Er zögerte nicht, das Symbol auf die nackte Haut zu pressen. Kyle Winston schrie vor Schmerzen auf.

Es zischte und in den ersten Sitzreihen konnte man den Geruch des verbrannten Fleisches wahrnehmen. Er breitete sich aus, wie eine nicht zu übersehende Warnung. Zog langsam durch den Raum, um bloß jeden Anwesenden zu erreichen.

Kyle atmete heftig und wurde von zwei Helfern auf die Beine gezogen, um ihn aus dem Raum zu führen. Richard klatschte in die Hände. Vermutlich freute er sich über die Bestrafung und applaudierte sich selbst. Zuzutrauen wäre ihm das. Shane presste die Lippen für einen Augenblick missbilligend aufeinander.

»Lasst uns den letzten Schritt tun, ehe wir uns nebenan den einen oder anderen Drink gönnen. Arbeiten wir gemeinsam an den neugesteckten Zielen. Einmal ein Adler, auf ewig ein Adler!«, sprach Richard feierlich die wichtigsten Worte ihres Bundes.

Der Satz schallte ihm einheitlich und voller Inbrunst gesprochen von hunderten Adlern zurück.

Sie setzten die Kapuzen ihrer Umhänge auf und schritten nacheinander aus den Stuhlreihen hinaus. Jeder einzelne Adler ging zu der Feuerschale, ritzte sich mit einem Messer in die Handfläche und ließ ein paar Blutstropfen ins Feuer fallen.

Man reichte Shane das gereinigte Messer. Ungerührt schnitt er sich in die Hand und drückte sie als Faust über den Flammen zusammen. Es zischte leise, als die Flüssigkeit auf die heiße Schale traf.

»Einmal ein Adler, auf ewig ein Adler«, wiederholte er erneut.

# ❧ Frische Luft ❧

Nola schlenderte an den verschiedenen Ständen vorbei und sog die vielfältigen Gerüche auf. Die frische Luft und die Bewegung taten gut, nachdem sie bis zum Nachmittag in einem Seminar gesessen hatte. Sie schob ihre Umhängetasche zur Seite, um sich die Apfelsinen in den Kartons besser ansehen zu können. Sie sammelte ein paar in eine Plastiktüte und zahlte.

Während sie weiterging und sich in der Menschenmasse treiben ließ, die trotz der kalten Temperaturen unterwegs waren, schaute sie sich die Auslagen an. Überall gab es Leckereien zu probieren und zu kaufen. Käse, Wurst, Gewürze aus aller Welt. Leider war sie keine begnadete Köchin, sodass sie mit all den Gewürzen besondere Mahlzeiten hätte zaubern können, aber sie ließ sich gerne inspirieren.

Als sie den Kopf wieder nach vorne drehte, hatte sie das Gefühl, eine dunkel gekleidete Person schräg hinter sich gesehen zu haben.

Sie sah anscheinend mittlerweile Gespenster. Es war Winter und die meisten Leute trugen dunkle Jacken. Wenn man sich auf einem Markt befand, war es vorprogrammiert, dass irgendjemand hinter ihr lief. Das hatte überhaupt nichts zu bedeuten. Nola schüttelte ganz leicht den Kopf, als könnte sie ihre Einbildung somit von sich abschütteln.

An einem schmalen Stand blieb sie stehen und sah auf die Nüsse, die man sich zusammenstellen konnte. Wie zufällig warf sie einen Blick in die Richtung, aus der sie gekommen war. Der grimmig dreinblickende Mann, in einem dunklen Parka, hatte sie angeschaut und blickte im gleichen Moment weg. Er interessierte sich überhaupt nicht für die Obststände oder sonstigen kleinen Läden.

Nolas Herz begann schneller zu schlagen. Bildete sie sich doch nichts ein? Augenblicklich gab sie den Geheimbünden erneut die Schuld an ihrer Situation. Gleichzeitig brachten ihr die Überlegungen nichts, wie es heute wäre, wenn sie sich damals nicht an Shanes Fersen geheftet hätte.

Sie ging weiter und dachte nach, wie sie den Verdacht, verfolgt zu werden, überprüfen konnte. Darauf bedacht, nicht zu schnell zu gehen, steuerte sie auf den Ausgang des Marktes zu. Die Menschentraube löste sich dort auf und verteilte sich in alle Richtungen, aus denen wiederum neue Leute auf den Markt zuströmten.

Wann immer es ihr möglich war, schaute sie an einer Ecke über die Schulter oder versuchte den Mann in den Glasfronten der hohen Gebäude zu erspähen. Er war tatsächlich da, ungefähr vierzig oder fünfzig Meter hinter ihr. Sie konnte Entfernungen nicht besonders gut abschätzen.

Was sollte sie tun? Wohin sollte sie gehen? Ihr war kalt, bis das Adrenalin wieder eine warme Woge durch ihren Körper jagte. Unsicherheit und Angst wuchsen in ihr.

Als ein dunkles Auto neben ihr langsamer wurde, obwohl die Ampel auf Grün stand, setzte ihr Verstand aus. Die Panik übermannte Nola und sie begann zu rennen. Sie bog in die nächste schmale Gasse ab, die sie finden konnte und hörte, wie ihre Schritte auf den Asphalt knallten. Sie waren nicht das einzige Geräusch.

Gehetzt sah sie über die Schulter und erkannte den Mann vom Markt. Er hatte jede Tarnung abgelegt und rannte hinter ihr her. Der Abstand war bereits geringer geworden.

Nolas Lungen pumpten hektisch frischen Sauerstoff in ihren Körper, was sie zwar zu Höchstleistungen brachte, aber an ihrer schlechten Kondition zu scheitern drohte. Das Seitenstechen hatte sie fest im Griff und machte es schwerer, voranzukommen.

Sie platzte aus der Gasse heraus, hielt sich mit einer Hand an der Laterne fest, um den Schwung beim Abbiegen nicht zu verlieren. Die Apfelsinen fielen dumpf zu Boden und kullerten über das Pflaster. Sie hatte gar nicht bemerkt, dass sie die Tüte noch in der Hand hielt. Leute blieben stehen und sahen ihr verständnislos hinterher. Niemand erkannte den Ernst ihrer Lage oder die Angst in ihren gehetzten Augen.

An der nächsten Kreuzung sah sie das dunkle Auto wieder. Die Scheiben waren getönt und der Lack war schwarz. Den Fahrer konnte Nola nicht erkennen, da er sein Gesicht hinter einer Sonnenbrille verbarg.

Aus reiner Verzweiflung schaffte sie es, noch einmal schneller zu werden und sich weiterzuquälen. Sie konnte sich wieder mehr Vorsprung erarbeiten, indem sie sich unter einer Absperrung hindurchduckte und dann weiterlief. Der Mann war größer als sie und konnte die kurzzeitige Hürde nicht so schnell hinter sich bringen.

Auf der anderen Straßenseite strahlte ihr das rettende Schild der U-Bahn-Station entgegen. Der Verfolger holte wieder auf und sie musste handeln. Obwohl die Autos gerade grün hatten, rannte Nola weiter. Sie passte einen Moment ab, in dem die Wagen nicht zu schnell über die Straße rasten und überquerte die ersten Spuren. Es hupte seitlich von ihr. Automatisch riss sie die Hand entschuldigend in die Höhe. Der Wind zerrte an ihren Haaren, schlug die Strähnen wild zurück in ihr Gesicht.

Noch ein paar Schritte. Nur ein paar Schritte.

Der Mann hatte es nicht so leicht wie sie. Die Autos, die wegen ihr hatten anhalten müssen, waren wieder angefahren und durchkreuzten seinen Weg. Ein glückliches Gurgeln kroch Nolas Kehle hinauf.

Ein lautes Quietschen ertönte und Nola befand sich direkt vor einer Motorhaube, sah ihre vor Schreck aufgerissenen Augen in der Windschutzscheibe. Als könne sie den Wagen aufhalten, riss sie beide Arme in die Höhe. Der schwarze Wagen mit den getönten Scheiben erwischte sie mit dem Scheinwerfer am Oberschenkel. Nola wurde fast zu Boden geworfen, konnte sich aber geradeso taumelnd auf den Gehsteig retten.

Ihr Bein schmerzte, aber sie durfte nicht stehenbleiben. Sie biss die Zähne zusammen und lief auf die Treppen der U-Bahn-Station zu. Hinter sich hörte sie, wie eine Autotür geöffnet wurde. Rufe.

So viele Stufen wie möglich auf einmal nehmend, rannte sie der Tiefe Londons entgegen. Aus der Jackentasche zog sie ihr Ticket, drängelte sich rücksichtslos an anderen Leuten vorbei.

Vollkommen außer Puste quetschte sie sich in die erste Bahn, die sie sah und war froh, als diese sich sofort in Bewegung setzte. Nolas Beine zitterten und schlagartig wurde sie von Erschöpfung übermannt. Sie spürte, wie die Emotionen mit ihr durchgehen wollten, aber sie konnte sich das hier jetzt nicht erlauben.

Das Piepen ihres Handys lenkte sie ab. Sie nestelte an der Umhängetasche, bis sie den Reißverschluss mit ihren zitternden Fingern geöffnet hatte.

*Noch einmal so eine Aktion und wir werden dir keine weitere Warnung schicken. Du nimmst das Rätsel nicht ernst genug. Ab jetzt solltest du dringend Ergebnisse liefern. Deine Zeit läuft ab.*

Wieder eine Nachricht mit unterdrückter Nummer. Es folgte ein Bild von ihrem Bruder, wie er gerade die Schule verließ und sich von seinen Freunden verabschiedete. Was eine Eiseskälte in Nola auslöste, war die Pistole, die unübersehbar im unteren Bereich des Fotos war. Das Bild war aus einem Auto heraus aufgenommen worden, der Pistolenlauf war auf ihren Bruder gerichtet.

Sie wollte dieses verdammte Rätsel doch lösen! Aber wenn Druck aufgebaut wurde, konnte sie nicht richtig denken. Shane hatte den ersten Hinweis im Elizabeth Tower gefunden, bislang wussten sie jedoch nicht, wie sie weitermachen sollten. Hinzu kam, dass sie ihn seit letzter Woche nicht erreicht hatte und er sich auch nicht gemeldet hatte.

Würden die Drohungen jetzt alle paar Tage auf ihrem Handy eingehen?! Wobei, die Männer wollten nicht mehr drohen. Beim nächsten Mal würden sie ernst machen und Mike verletzen. Im besten Fall. Im schlechtesten brachten sie ihn um. Nola glaubte, dass die Männer nicht davor zurückschrecken würden.

Was jetzt? Am liebsten hätte sie sich verkrochen, aber das war schon lange keine Option mehr. Nola musste alle Bedenken zur Seite wischen und die Sache durchziehen. Es brachte ihrem Bruder nichts, wenn sie zitterte und Angst hatte. Mühsam kämpfte sie darum, sich wieder zu beruhigen und stark zu sein.

Sie hob den Kopf, um sich zu orientieren. Sie wusste nicht einmal, in welche U-Bahn sie eingestiegen war, geschweige denn, in welche Richtung sie fuhr.

Nola hatte so lange auf die Klingel gedrückt, bis Shane höchst angenervt die Tür geöffnet hatte. Unfreundlich und ablehnend hatte er sie mit der Frage begrüßt, was sie überhaupt hier wolle. Wie oft wollte er dieses Spiel noch spielen?

»Was soll das?«, maulte er sie an, weil sie einfach an ihm vorbei gegangen war und sich erst im Wohnzimmer wieder zu ihm umdrehte.

»Das kann ich dich viel eher fragen! Welche Laus ist dir schon wieder über die Leber gelaufen? Wir klären letzte Woche die Dinge, die zwischen uns stehen und einigen uns darauf, das Rätsel gemeinsam anzugehen. Dann höre ich nichts von dir, nachdem du mitten in der Nacht bei mir aufgekreuzt bist und heute behandelst du mich wieder wie eine Aussätzige. Entscheid dich doch endlich mal«, warf sie ihm energisch entgegen.

Mal im Ernst. Er konnte nicht jeden Tag eine andere Meinung über sie haben und wieder in sein distanziertes Verhalten zurückfallen. Was war eigentlich mit diesem Kerl kaputt?

»Während ich meinen Fokus auf das Rätsel richten will, hast du ständig andere Befindlichkeiten. Vielleicht arbeite ich besser mit Bleu zusammen«, schob Nola hinterher und sah Shane angriffslustig an.

»Nein. Am besten hältst du dich komplett raus und lässt uns in Ruhe! Das ist der richtige Weg.« Shane klang gleichgültig und ruhig.

Das war nicht zu fassen. Nola verdrehte die Augen. »Weil? Dann sag mir wenigstens, was dein Problem ist!«

»Deine Familie ist mein Problem«, spukte Shane aus, seinen Blick voller Hass auf sie gerichtet. »Glück für mich, dass mein Onkel mich vor euch gewarnt hat. Ihr Montgommerys lügt und betrügt, wo ihr könnt. Bloß, um eure Position innerhalb der Adler zu verbessern. Oder willst du mir sagen, du hast noch nicht mit deinem Großvater gesprochen?«

Wovon zum Henker sprach Shane da? Die Angst vor den Verfolgern, die sie in Wut gegen Shane umgewandelt hatte, drohte zu verblassen. Fast.

»Ich habe keinen blassen Schimmer, wovon du redest.«

»Ich rede davon, was dein Großvater meinem angetan hat und mit welchen Mitteln er sich seine Position in der Loge gesichert hat.«

Nola trat auf Shane zu. »Du willst mir also weismachen, du verhältst dich wie ein Irrer, weil unsere Großväter nicht miteinander ausgekommen sind?! Du weißt sehr gut, dass ich erst vor kurzem erfahren habe, dass mein Vater und mein Grandpa zu den Adlern gehören und dass es eure Gruppe überhaupt gibt. Wann soll ich also mit ihm darüber gesprochen haben, was er angeblich damals zu seiner Studienzeit getan hat?«

Ungläubig sah sie Shane an. Seine Miene hatte sich kein bisschen verändert. Die braunen Augen wirkten so eiskalt und voller Hass auf die Welt, wie ganz zu Beginn, als sie ihn nicht gekannt hatte.

»Was ist mit dir los, Shane? Du bist unruhig. Du springst auf jedes Detail an, das man dir vor die Füße wirft. Das sieht dir überhaupt nicht ähnlich! Sonst bist du bedacht und kalkulierend. Du überlegst dir einen Plan und ziehst den dann konsequent durch. Du bist zwar temperamentvoll, aber nicht unberechenbar und derart explosiv. Dein Auftritt gerade, das bist nicht du. Selbst wenn unsere Großväter Differenzen hatten, lass es nicht an mir aus. Verdammt, ich habe Gefühle für dich, Shane, und du kannst mich nicht jedes Mal von dir wegschubsen!«, fuhr sie ihn gereizt an und platzte unbedacht mit ihren Emotionen heraus. »Ich dachte, du vertraust mir«, sprach sie danach ruhiger auf ihn ein und war von ihrer kleinen Beichte selbst überrascht, sogar verlegen.

Shane hielt inne und sah sie durchdringend an. Zu dem sorgsam gehüteten Geheimnis ihrer Gefühle, das soeben an die Oberfläche gedrungen war, sagte er jedoch erst einmal nichts.

»Ich kann nichts für die Taten meines Großvaters. Aber was hältst du davon, wenn ich dir helfe, Licht ins

Dunkel zu bringen? Erzähl mir, was damals vorgefallen ist und lass uns zu meinem Grandpa fahren. Dann können wir uns wenigstens beide Varianten anhören. Anschließend kannst du dir dein Urteil bilden«, schlug Nola vor.

Sie hatte schon einmal das Bild eines eingesperrten Raubtieres vor sich gehabt, als sie Shane beobachtet hatte. Damals, als ihm aufgegangen war, dass ihr Vater ein Adler war. Heute war es genauso. Vorsichtig hob sie die Hand und zögerte kurz, ehe Nola sie auf seinen Arm legte. Meist brauchte Shane nicht viel, um weiter auszuflippen. Nach dem Sturz des Ordens war er zwar ein wenig entspannter geworden und seine ständig aufkochende Wut hatte nachgelassen, doch viel war von der Gelassenheit jetzt nicht mehr übrig.

»Wir haben gesagt, wir lösen das Rätsel gemeinsam. Ebenso ergründen wir zu dieser Sache gemeinsam die Wahrheit. Okay? Lass mich dir helfen und schieb mich nicht ständig weg. Erzähl mir, was zwischen unseren Großvätern passiert ist.«

Es brauchte ihre Kraft auf, ständig gegen ihn anzugehen, ihn ständig von ihrer Aufrichtigkeit überzeugen zu müssen. Dabei war ihr ganz und gar nicht danach, sich wegen Shane zurücknehmen zu müssen. Er flippte wegen irgendeiner alten Geschichte aus und sie hatte Angst um das Leben ihres Bruders.

Der einzige Grund, weshalb sie Shane das nicht ins Gesicht schrie, war die Drohung der Society, niemandem etwas zu verraten.

Mit einem Seufzen sanken seine Schultern ein Stück hinunter. »Okay.« Shane schien zu überlegen, ob er noch etwas anfügen sollte. Nola erkannte den inneren Kampf auf seinen Gesichtszügen.

»Es tut mir leid. Ich weiß auch nicht, was los ist. Die ganze Situation mit dem Rätsel, den Adlern und der Society lässt mich nicht zur Ruhe kommen. Ich bin permanent angespannt. Ich kann nicht noch mehr Probleme gebrauchen und habe deshalb schwarzgesehen.«

Nola folgte ihrem Gefühl und umarmte Shane. Wenn er sie hinter seine Fassade blicken ließ, wirkte er meist verloren auf sie. Nicht annähernd so kühl und perfekt, wie er sonst tat.

Sie würde gleich ihren Großvater anrufen und fragen, ob sie morgen gemeinsam mit Shane vorbeikommen konnte. Sie ließ zwar die Uni zum wiederholten Male sausen, aber es war ihr wichtiger, die unnötigen Hindernisse aus dem Weg zu räumen. Sie meinte es ernst, dass sie ihn nicht alleine lassen würde. Wenn Shane sich danach wieder auf das Rätsel konzentrieren konnte, war Nola ebenfalls geholfen.

# ❧ Auf dem Dachboden ❧

Die Fahrt zum Anwesen ihrer Großeltern hatte länger als eine Stunde gedauert. Nola war am frühen Vormittag von Shane abgeholt worden und während der Fahrt hatten sie ausnahmsweise nicht über irgendetwas gesprochen, das in Verbindung mit Sword & Eagle stand.

Shane hatte sich nach ihrer Familie erkundigt. Mal ganz entspannt und aufrichtig nach ihrem Stiefvater und ihrem Stiefbruder gefragt. Sie hatten gemeinsam über peinliche Geschichten aus Nolas Schulzeit gelacht. Er hatte ebenfalls von seiner Familie erzählt und Nola fühlte sich ihm dadurch verbundener. Shane bekam für sie mehr Formen, mehr Hintergrund. Bislang hatte sie sich zwar trotz seiner schroffen Art zu ihm hingezogen gefühlt, dann seine freundliche Seite kennengelernt, aber nie wirklich etwas über den wahren Shane erfahren. Die Fahrt hatte das geändert.

Sie warfen sich einen letzten verschwörerischen Blick zu, lächelten einander an, als Nolas Großvater sich mit einem Ächzen in den flauschigen Sessel sinken ließ.

»Du bist also der Enkel vom verdammten Reginald. Gott hab ihn selig. Ekelhaftes Scheusal war er, kann man sagen, was man will«, eröffnete Joseph Montgommery das Gespräch.

Nola wandte sich entrüstet an ihren Großvater, der jedoch abwinkte. Ihm war es egal, wie er über andere Menschen sprach. Er hatte seinen Beitrag geleistet, die kleine Baufirma *Montgommery Construction* aufgebaut, die sein Sohn zu einem großen Konzern ausgebaut hatte. Mit seinen fünfundsiebzig Jahren hatte er keine Lust mehr, sich für andere zu verbiegen und an die gesellschaftlichen Regeln zu halten.

»Nola hat sich etwas zurückgehalten mit ihren Auskünften. Sie hat die Bombe platzen lassen, dass sie über Sword & Eagle Bescheid weiß und du auch zur Truppe gehörst – wie dein Großvater. Was genau hat euch denn zu eurem Besuch getrieben? Mitten in der Woche. Das hätten wir uns damals mal wagen sollen.« Seine wachsamen Augen wanderten von einem zum anderen.

»Mister Montgommery, Nola war der Meinung, dass Sie uns mehr zu den Streitigkeiten sagen können, die Sie mit meinem Großvater hatten. Nola fand es besser, sich nicht darauf zu verlassen, was uns erzählt wird. Es gibt immer zwei Seiten der Medaille«, trug Shane sein Anliegen vor.

Ein paar einzelne Sonnenstrahlen drangen durch das Fenster in das Arbeitszimmer ihres Großvaters und ließen sein weißgraues Haar silbern schimmern. Auf dem Schreibtisch türmten sich zwei Papierstapel, weshalb sie sich in die gemütlichere Sitzecke zurückgezogen hatten. Ihre Großmutter hatte eben ein Tablett mit Tee und Scones gebracht.

Joseph brummelte etwas Unverständliches vor sich hin. »Das hat damals doch niemanden interessiert.

Selbst heute fragen die Leute nicht nach beiden Seiten. Man glaubt nur das, was man will. Spricht für dich, dass du die Wahrheit nicht verdrehen willst. Wie war noch gleich dein Name? Shane Cavendish. Ja, die Cavendishs sind keine einfache Familie, ebenso wenig wie die Montgommerys. Aber im Gegensatz zu euch haben wir für unseren Ruhm noch arbeiten müssen.«

»Grandpa, bitte. Es geht um den Streit...«, versuchte Nola ihren Großvater wieder in die richtige Richtung zu drängen. Er neigte seit einiger Zeit dazu, abzuschweifen. Schon bei ihrem Besuch im Sommer war ihr das aufgefallen.

»Ach ja. Der Streit. Reginald und ich sind nie miteinander ausgekommen. Wir trafen uns bei Sword & Eagle und hatten unterschiedliche Auffassungen zum Vorgehen im Bund und in der Loge. Beide waren wir Anführer unseres jeweiligen Jahrgangs und sehr gut darin, die Aufträge der Loge auszuführen. Es gab einen gesunden Konkurrenzkampf zwischen uns. All das wurde schlimmer, als es, wie so oft im Leben, um eine Frau ging. Dein Großvater ging mit einer jungen Frau aus und bändelte mit ihr an. Nach einer Weile erkannte sie, dass sie ihn nicht wirklich liebte. Zur gleichen Zeit lernte auch ich jemanden kennen und wir verliebten uns ineinander. Ich wusste nicht, dass es sich um dieselbe Frau handelte, bis mir dein Großvater schwor, mich bis ans Lebensende zu hassen und alles zu tun, um mein Leben zu zerstören.«

Nola, die gerade einen Schluck Tee getrunken hatte, verschluckte sich und begann zu husten. Ihr Großvater bekam das nicht mit. Er blickte versonnen aus dem Fenster, ein zartes Lächeln auf den Lippen.

»Das ist alles? Deshalb hassen sich unsere Familien?«, fragte Nola ungläubig.

Ihr Großvater blinzelte. »Ja. Das war der Auslöser für alles. Wir haben uns danach gegenseitig Steine in den Weg gelegt, wo es nur ging. Als ich Mitglied der Loge wurde, ist Reginald fast vergangen vor Wut. Wir konnten nicht einmal mehr in einem Raum sein. Wir haben uns viele seelische und körperliche Verletzungen zugefügt. Ich schätze, wir waren uns zu ähnlich. Aber angefangen hat es mit deiner Großmutter. Wenn ihr mir nicht glaubt, fragt sie selbst. Florence mochte Reginald, verliebte sich jedoch nicht in ihn, während er allerdings sein Herz an sie verlor. Ich habe sie ihm nicht absichtlich weggeschnappt«, sagte Joseph mit einem entschuldigenden Tonfall.

Wie vom Blitz getroffen saß Shane neben Nola. Ihm stand ins Gesicht geschrieben, dass er es nicht fassen konnte. Sie waren davon ausgegangen, eine weitaus dramatischere Geschichte zu hören. Wie lächerlich die Gründe waren. Aber war es nicht oft so? Ein kleiner Stein brachte etwas ins Rollen, das sich später nicht mehr stoppen ließ. Das zu groß wurde, um es wieder aus der Welt zu schaffen.

»Ich habe mit etwas anderem gerechnet«, gab Shane trocken zu und sank gegen das Rückenpolster des Sofas.

»Das hat dein Onkel Alexander auch gesagt, als ich ihm meine Sicht der Dinge dargelegt habe. Der Einfluss von Reginald war allerdings zu groß und Alexander glaubte mir nicht. Er war ein paar Mal hier, hat mir Löcher in den Bauch gefragt. Was tut man nicht alles, um einem Adler zu helfen, nicht wahr?«

Shanes Onkel hatte ihren Opa besucht? Wieso warnte er Shane denn dann vor ihrer Familie, wenn er die Wahrheit kannte? Krallte er sich an die Version von Reginald Cavendish? Dabei wusste man normalerweise, dass die Wahrheit irgendwo in der Mitte lag.

»Es war schon so, dass wir uns bekriegt haben. Wir haben unsere Kontakte innerhalb des Bundes gegeneinander eingesetzt. Ich konnte den Platz in der Loge nur ergattern, weil ich ein paar Stimmen mehr hatte als Reginald. Der Auslöser unserer Feindschaft war halt nicht besonders spektakulär«, fügte er ungefragt an. Joseph griff beherzt nach einem der Scones und strich etwas Marmelade darüber. »Ihr solltet häufiger kommen. Florence gibt sie mir sonst ja nur nachmittags. Besonders seit meinem Herzinfarkt«, kommentierte er sein Handeln spitzbübisch und zwinkerte seiner Enkelin zu.

»Grandpa, kannst du uns denn etwas über deine aktive Zeit bei den Adlern erzählen? Du hast sicherlich mitbekommen, dass der Orden vernichtet wurde. Jetzt gibt es nur noch die Society, die gegen die Adler arbeitet.« Nola wollte nichts unversucht lassen, um an neue Informationen zu kommen. Wenn sie hierhin gefahren waren, sollte es nicht umsonst gewesen sein.

»Zu meiner Zeit war der Orden noch keine ernsthafte Bedrohung und hat uns nicht gekümmert. Unser Fokus lag darauf, die Macht unseres Bundes auszuweiten und gegen die Society vorzugehen. Unser Erzfeind ist bis heute nicht zu unterschätzen. Es wäre das Beste, wenn wir sie dem Erdboden gleichmachen würden.«

Jeder Adler, den Nola bisher getroffen hatte, war felsenfest von den Dingen überzeugt, die im Namen des Bundes getan wurden. Dabei ging es letztendlich darum, das eine Übel mit dem anderen zu ersetzen. Die Society war böse und sollte vernichtet werden. Und dann? Dann würden die Adler an deren Stelle treten, die ebenfalls Mitglieder in allen wichtigen Ämtern und auf entscheidenden Positionen hatten.

»Wieso bist du überhaupt beigetreten? Soweit ich das verstanden habe, kann man sich gegen die Aufnahme entscheiden. Was macht euch besser oder anders als die Society?«, stellte sie die nächsten Fragen, die sich ihr aufdrängten. Nola wollte die Beweggründe verstehen, was ihr selbst durch das Gespräch mit ihrem Vater nicht gelungen war.

»Ich wollte in meinem Leben etwas erreichen. Du bist nur jemand, wenn du Geld und Einfluss hast. Die Adler konnten mir helfen diesen Status zu erreichen. Ich habe meine Firma aufgebaut und genoss hohes Ansehen. Teil dieser Gemeinschaft zu sein, hat mich weitergebracht und für mich war es selbstverständlich, im Gegenzug ein paar Aufträge für unsere Anführer zu erledigen. Die Society und andere Bedrohungen wären mir und meinem neuen Status ebenso gefährlich geworden wie dem gesamten Bund. Ich bereue nichts davon. Lieber habe ich dafür gesorgt, dass unsere Macht größer wurde und somit auch meine, als eine Stufe zurückzufallen. Dass wir besser sind als die Society, glaube ich nicht. Sagen wir eher, es ist das Prinzip: Fressen oder gefressen werden«, beantwortete Joseph ihre Fragen.

Da Nolas leiblicher Vater den Kontakt zu ihr erst gesucht hatte, als sie sechzehn gewesen war, war sie auch ihren Großeltern sehr spät begegnet. Zu der Zeit hatte sich Joseph Montgommery aus den Geschäften der *Montgommery Industries* zurückgezogen. Als sie mit ihrem Vater dann auf diesem Anwesen zu Besuch gewesen war, hatte sie Joseph als vorsichtigen, eher unbeholfenen Großvater kennengelernt. Er hatte seine neue Aufgabe erst lernen müssen, war aber ein sehr einfühlsamer Mensch.

In seinen jüngeren Jahren, als Gründer einer schnell wachsenden Firma, hatte er sich vehement durchgesetzt. Nola hatte keine Probleme damit, sich vorzustellen, wie ihr Großvater Konkurrenten einschüchterte oder bei Mitarbeitern auf den Tisch haute. Zu ihr war er nett, aber er konnte anders. Sein Gesicht wirkte entschlossen und kampfbereit, sollte ihm jemand in die Quere kommen. Die Tatsache, dass er ein Adler war, unterstrich das. Joseph Montgommery hatte Macht und Geld angestrebt – und erhalten.

»Du verstehst das vielleicht nicht, Nola. Du bist eben kein Adler. Wir hatten damals eine tolle Zeit. Wir waren eine eingeschworene Truppe, die füreinander einstand. Wo findet man das heute noch?« Er hatte sich zur Seite gedreht und schaute auf ein Foto, das auf dem Sims gleich neben dem Kamin stand. Sieben junge Männer, die lachten und fröhlich in die Kamera schauten.

Shane nahm die Andeutung zum Anlass, aufzustehen und näher an den Servierwagen zu treten, der an der Wand stand und über dem sich das Foto befand. Eine kleine Adlerfigur aus dunklem Holz stand neben dem Rahmen. »Das Foto wurde im Kaminzimmer aufgenommen. Man erkennt zwar das Wappen nicht, aber es müsste der dunkle Teil hier im Hintergrund sein«, sagte er halblaut.

»Ganz recht! Das Kaminzimmer. Wellingtons altes Büro. Ich war schon eine Weile nicht mehr dort, aber die Stunden, die ich darin verbracht habe, sind unvergessen. Du hast bestimmt auch Verbündete und Freunde fürs Leben gefunden. Was man als Adler gemeinsam erlebt, schweißt zusammen.« Ihr Großvater blühte auf und seine Augen leuchteten begeistert.

Unterhielt sie sich hier eigentlich mit zwei Verrückten? Als könnte man außerhalb eines Geheimbundes keine Freunde fürs Leben finden, denen man vertraute. Mochte sein, dass man mehr Extremsituationen miteinander erlebte, die einen zusammenschweißten, aber es waren nicht die einzig wahren Freundschaften.

Shane sah ihr die Gedanken wohl an, denn er lächelte ihr entgegen. »Was dein Großvater meint, ist, dass man wegen der Geheimhaltung anders aneinandergebunden wird. Man muss sich blind vertrauen, wenn man die Aufträge der Loge ausführt. Du hast selbst mitbekommen, dass es manchmal ums Überleben geht. Ich habe aber auch Freunde außerhalb des Bundes, die mir wichtig sind. Trotzdem ist die Zugehörigkeit zu den Adlern etwas Besonderes.«

»Tut mir doch bitte einen Gefallen, ja? Geht auf den Dachboden und holt etwas für mich. Ihr müsst ziemlich weit durchgehen und dann stehen die Kartons auf der rechten Seite, glaube ich. Oder links? Ihr findet das schon. Da sind Fotoalben und ein paar Bücher, um die es mir geht.«

Das Gespräch hatte viele Erinnerungen wachgerüttelt und es war verständlich, dass er weiter darin eintauchen wollte. Nola legte eine Hand auf die ihres Großvaters und drückte sanft zu.

Shane und sie gingen in das obere Stockwerk des großen Anwesens und er sah sich neugierig um, betrachtete die großen Gemälde an den Wänden. Der Wohlstand, den ihr Großvater erlangt hatte, spiegelte sich in diesen Gegenständen wider.

Eine schmale Treppe führte steil nach oben auf den Dachboden. Die Glühbirne funktionierte nicht mehr, doch es fiel genügend Sonnenlicht durch die kleinen Dachfenster, um sich frei bewegen zu können. Staub wirbelte von den Holzbrettern auf.

»Warte«, sprach Shane halblaut aus und griff nach Nolas Hand, um sie zu sich zu ziehen.

Sie drehte sich um und lächelte ihm entgegen. »Mhm?«

»Du darfst deinem Großvater nicht in allen Dingen glauben. Man findet auch außerhalb der Adler Menschen, die einem viel bedeuten.«

Seine Finger verschränkten sich mit ihren. Die freie Hand legte er an ihre Wange, strich sanft mit dem Daumen über die Haut. Nola hatte das Gefühl, durch seine Augen in seine Seele eintauchen zu können. Er ließ sie bereitwillig hinter seine Fassade blicken und wollte, dass sie seinen wahren Kern kannte. Ihr Herz schlug stärker. Aufgeregt und ruhig zugleich. Dann küsste Shane sie zärtlich. Sämtliche Gedanken waren wie weggeweht. Die Zweifel an ihren aufkeimenden Gefühlen für ihn verschwanden. Ebenso das nagende Gefühl, das sie seit gestern verspürt hatte, weil er nicht auf ihren emotionalen Ausbruch reagiert hatte. Nur dieser Augenblick zwischen ihnen zählte.

Erst einige Momente später lösten sie sich voneinander und sahen sich an, ein Lächeln auf ihren Zügen. Ihre Nasenspitzen berührten sich fast.

»Ich wollte nur, dass du das weißt. Wo du mich schon deinem Großvater vorstellst…«, sagte er leise und der Schalk blitzte in seinen dunklen Augen auf.

Anstatt ihm zu antworten, stellte Nola sich wieder auf die Zehenspitzen und gab Shane einen weiteren Kuss. Besitzergreifend legte er die Arme um sie und zog sie näher an sich. Sie zogen den besonderen Augenblick in die Länge.

Schließlich sank Nola unwillig zurück. Ein glückliches Lachen sprudelte in ihr auf und drang über ihre Lippen. Lachend zog sie Shane weiter über den Dachboden. Manchmal brauchte man keine Worte, um zu beschreiben, was man fühlte. Die Blicke zwischen ihnen sprachen Bände.

»Sind das die Kartons? Sieht aus wie der Versuch, einen Vogel zu malen.« Nola deutete auf den schlecht gemalten Adler auf den Kisten, die sie hinter zwei weiteren entdeckt hatte. Sie klappte die Deckel zur Seite. Wie von ihrem Großvater angekündigt, lagen ein paar Notizbücher und Fotoalben darin. Eine schmale Pappschachtel mit Kleinkram kam unter dem dritten Album zum Vorschein.

»Hat das mit den Adlern zu tun?«, wollte Nola wissen und hielt Shane die Schachtel hin. Der schüttelte jedoch den Kopf.

»Es sind keine Sachen von uns. Vielleicht haben sie mit alten Aufträgen von deinem Großvater zu tun. Zufällig ist der Kram sicherlich nicht in diesem Karton gelandet.« Er wühlte durch die Anhänger, Anstecknadeln und weiteren Erinnerungsstücken.

»Und hier?«, murmelte Nola. Sie rückte an den anderen Karton. Ein muffiger, alter Umhang lag ganz oben. Er war dunkelblau und der Stoff fühlte sich weich an. Mit gerunzelter Stirn wandte sie sich zu Shane um.

»Jeder von uns hat einen Umhang. Wir tragen ihn auf den Versammlungen für den offiziellen Teil. Dein Großvater braucht ihn nicht mehr, weil er schon länger an keiner Versammlung mehr teilgenommen hat«, kam sogleich die Erklärung.

Neben dem Umhang befand sich eine Schachtel mit losen Fotos in der Kiste und ein kleinerer Karton. Nola stellte ihn auf ihrem Schoß ab und hob den Deckel ab. Noch ein Kleidungsstück. Die gleiche dunkelblaue Farbe wie bei dem Umhang. Sie zog an dem Stoff, um ihn hochzuheben. Es klapperte und neugierig sah sie nach, was aus dem Stoff in den Karton zurückgefallen war. Automatisch wollte sie danach greifen.

»Fass das nicht an, Nola!«

Erschrocken sah sie zu Shane, der wie gebannt auf den langen Dolch in der Box starrte. Ihre Gedanken verbanden sich. Der Stoff in ihrer Hand stellte sich als Maske heraus. Eine Sturmhaube, in die der Dolch eingewickelt gewesen war. Angeekelt ließ sie die Haube fallen.

»Was…« Sie schluckte heftig.

»Das ist Blut auf der Klinge.«

# ⚘ Misstrauen ⚘

Sie schlang die Arme von hinten um Liz, die auf der Couch saß. »Bist du fleißig?«, fragte Nola, als sie die Unterlagen sah und medizinische Fachbegriffe entzifferte.

»Ich versuch es wenigstens. Mein Kopf ist nicht gerade aufnahmefähig. Aber wem erzähle ich das...«

Nola trat um das Sofa herum und ließ sich gegenüber von Liz nieder. Sie hatten schon über die neuesten Ereignisse gesprochen, denn Nola wollte sich nicht noch einmal derart abkapseln wie im Oktober. Liz wusste jetzt ohnehin über alles Bescheid, da wäre es dumm, die Last alleine zu tragen.

»Ach Liz, ich dachte, Ethan und du hättet alles geklärt. Du hast mir doch gesagt, dass du ihn verstehen kannst. Was beschäftigt dich?«, fragte Nola besorgt.

»Einerseits kann ich ihn verstehen und ich bin froh, dass er ehrlich war. Er hätte mich belügen können, was die Society angeht. Andererseits denke ich daran, was du mir von den Adlern erzählt hast und was das unter Umständen für Ethan bedeutet. Wenn die Anführer der Society ähnlich ticken, wie Richard und seine Leute, dann werden sie Ethan nicht gehen lassen und ihn stattdessen verletzen oder sogar aus dem Weg räumen. Sie werden verhindern, dass er Geheimnisse an die Adler oder andere Außenstehende weiterträgt. Deshalb frage ich mich, ob er aus dieser Sache jemals heil herauskommen kann.« Zaghaft hob Liz die Schultern an. »Du triffst dich gleich mit ihm, oder? Das war doch heute?«

Nola nickte. Sie hatte sich mit Ethan an diesem Sonntag verabredet, weil sie mehr über die Society erfahren wollte. Wenn er nicht log und der Society wirklich den Rücken kehren wollte, dann konnte er ihr helfen. Zumindest war das der Grund, den sie Liz genannt hatte. Nola hatte keine Lust mehr darauf, sich herumschubsen zu lassen und tatenlos auf die nächste Drohung zu warten. Sie wollte aktiv werden und die Geschehnisse bewusst mitgestalten. Die Zeit der Hilflosigkeit musste vorüber sein.

»Du hast wegen Shane zu mir gesagt, dass ich mir anhören soll, was er zu sagen hat. Das hast du bei Ethan auch beherzigt und er hat dir reinen Wein eingeschenkt. Es kommt nicht darauf an, dass er Mitglied der Society ist und was er vielleicht in der Vergangenheit getan hat. Es kommt darauf an, ob du ihm glaubst und vertraust. Wenn er sich ändern will, dann ist es das, was zählt. Verurteile ihn nicht aufgrund seiner Vergangenheit«, versuchte sie ihrer Freundin mit einem Ratschlag zur Seite zu stehen.

Ethan hatte wohl schon länger das Ziel, den Geheimbund zu verlassen. Der Wunsch war nicht erst durch Liz in sein Leben gekommen. Bislang hatte er keine Möglichkeit gesehen, wie er der Gesellschaft des Aufstiegs entkommen könnte, wie er den Mädels bei dem gemeinsamen Abendessen erzählt hatte.

»Du hast ja recht. Mir ist es schwergefallen, zu glauben, dass es diese Geheimbünde überhaupt gibt. Jetzt muss ich in den Kopf bekommen, dass Ethan dazugehört. Und ehrlich gesagt, geht mir Oli auch nicht aus dem Kopf. Ich war eng mit ihm befreundet und habe nicht geahnt, was er mit seiner Studentenverbindung tut. Dass er fähig ist, jemanden in dem Maß zu belügen und benutzen, hätte ich niemals gedacht.« Traurig schüttelte sie den Kopf und gab auf, etwas für die Uni machen zu wollen. Sie schob die Unterlagen zusammen, um sie auf den Tisch zu legen.

»Du kanntest Oliver länger als ich und hast ihm viel nähergestanden. Ich kann mir nur ungefähr ausmalen, wie schlimm das für dich sein muss. Das wird dich weiterhin verfolgen, aber du darfst das nicht auf Ethan projizieren.« Aufmunternd sah Nola ihre Freundin an. Schenkte man Menschen Vertrauen, erschütterte es einen zutiefst, wenn es missbraucht wurde. Die Wunden mussten heilen, was oft lange dauerte. Liz durfte sich deswegen nicht unter Druck setzen.

»Ich weiß, dass nicht hinter jeder Ecke eine Person lauert, die meine Freundschaft ausnutzt und mich belügt, aber ich habe daran zu knabbern. Ich werde versuchen, die beiden nicht zu vergleichen. Ethan hätte das nicht verdient«, erklang es ein bisschen optimistischer von Liz.

»Du kriegst das hin! Hilf Ethan aus der Society heraus und dann wirst du auch besser damit klarkommen. Ich muss jetzt zwar los, aber ich erzähle dir später, was er gesagt hat. Schreib mir, wenn was ist.« Nur zu gut wusste sie, was in Liz vorging. Wichtig für ihre Freundin war, dass sie nicht alleine war und jederzeit mit Nola über alles sprechen konnte. Sie stand auf und drückte Liz einen kurzen Kuss auf die Wange.

***

Die warmen Getränke standen dampfend vor ihnen auf dem runden Tisch. Ethan war pünktlich im Café gewesen und hatte sie herzlich, wenn auch vorsichtig begrüßt.

»Ehrlich gesagt, war ich echt überrascht, als du mich wegen eines Treffens gefragt hast«, gab ihr Gegenüber offen zu und strich sich fast verlegen über den Dreitagebart. »Ich dachte erst, Liz hätte dich vorgeschickt.«

»Da kann ich dich beruhigen«, winkte Nola lachend ab. »Ich finde nur, dass wir uns unbedingt in Ruhe unterhalten sollten. Deine Beichte hat regelrecht eingeschlagen und wir haben ein paar Tage gebraucht, um das zu begreifen. An dem Abend hätte ich nicht gewusst, was ich dich fragen soll oder was ich wissen will. Und danach hatte ich ein paar andere Dinge zu tun.«

»Mit Shane?«

Zwar war sie bereit, sich Ethans Version der Geschichte anzuhören, aber sie würde ihm garantiert noch nicht komplett vertrauen. Informationen über die Adler oder Shane würde sie nicht preisgeben. Entsprechend skeptisch sah sie Ethan an und antwortete ihm mit einem Nicken

»Ich verstehe nicht ganz, was du mit ihm und den Adlern zu tun hast oder wie du da drinsteckst, aber das ist für mich erstmal zweitrangig. Liz hat mir in der Hinsicht nichts erzählt, was okay für mich ist. Wie kann ich dir denn jetzt weiterhelfen?«, kam Ethan recht schnell zum Thema.

»Du solltest wissen, dass ich nicht zu den Adlern gehöre und zufällig in eine ihrer Angelegenheiten hineingeraten bin. Ich finde, dass die Geheimbünde unserer Stadt und dem ganzen Land nicht guttun. Ihr macht eure eigenen Regeln und benachteiligt Menschen, die von alldem nichts wissen. Ich glaube, dass der Krieg zwischen euren Bünden aus den Fugen geraten ist. Vielleicht könnten wir es gemeinsam schaffen, eine Lösung dafür zu finden. Aber das ist nicht der Grund für unser Treffen. Mich würde interessieren, weshalb du aufhören möchtest.«

Der leckere Duft der heißen Schokolade zog zu ihr. Nola nippte an dem heißen Getränk und versicherte sich dabei, dass niemand in direkter Umgebung der beiden saß.

»Die Society und Sword & Eagle sind Bünde, die nicht vor Gewalttaten und Verbrechen zurückschrecken. Die jungen Mitglieder werden dazu ausgebildet. Ich schätze, dass es bei den Adlern ähnlich abläuft, denn in den Kämpfen, die wir miteinander haben, geht es ordentlich zur Sache. Mein Vater ist ebenfalls Mitglied der Society. Er hat viel Geld an der Börse gemacht und du kannst darauf wetten, dass er das der Society zu verdanken hat. Ich bin extrem ehrgeizig und habe die Schule als Bester meines Jahrgangs abgeschlossen. Ich will hoch hinaus und die Society kann mir das garantieren. Aber ich bin mir nicht mehr sicher, dass es der richtige Weg ist. Wie du schon sagst, wird der Krieg immer extremer.«

Ethan legte eine Pause ein, um von seinem Cappuccino zu trinken. Seine grünen Augen musterten sie eindringlich, was Nola allerdings nicht aus der Ruhe brachte.

»Viele Entscheidungen, die getroffen werden, sind nicht gut für das Königreich. Was bringt es mir, eine angesehene Position zu genießen, in einem Land, das dann völlig am Ende ist? Die Gedanken geistern mir seit einer Weile durch den Kopf. Als ich dich auf der Spendengala gesehen habe, wurde mir klar, wie sehr Außenstehende in diesen Krieg involviert werden. Wozu? Es geht darum, dem anderen Bund möglichst viel Schaden zuzufügen«, sagte Ethan. »Ich habe keinen Beweis für meinen Sinneswandel. Ich kann nur sagen, dass ich stolzer auf mich wäre, meinen späteren Job ehrlich verdient zu haben.«

Früher hatte sie sich stets auf ihre Menschenkenntnis verlassen, doch mittlerweile zweifelte Nola jedoch an ihren Einschätzungen. Sie hatte Oliver vertraut und nicht damit gerechnet, dass er sie hintergehen würde. Er hatte ihr sogar unbemerkt eine Abhörwanze in den Nacken eingepflanzt. Wieso sollte sie Ethan glauben? Es gab keinerlei Garantie. Erstaunlich, in welch kurzem Zeitraum man paranoid werden konnte.

Frustriert fuhr Nola sich mit den Handballen über die Augen. »Wieso sollte ich dir glauben? Du weißt, dass Liz und ich auf Oliver hereingefallen sind. Niemand hat erwartet, dass er die Freundschaft zu Liz ausnutzen würde.«

»Du musst mir nicht glauben und ich verstehe, wenn du es nicht kannst. Ich kann dir aber versprechen, dass ich es ernst mit Liz meine und sie unter keinen Umständen verletzen will. Meine Entscheidung hat nichts mit euch zu tun und ich werde mir den Weg für einen Ausstieg aus der Society suchen, egal, ob mir Liz beisteht oder nicht.« Er klang wie bei einem feierlichen Schwur und für den Augenblick tendierte Nola dazu, ihm zu glauben.

Ethan hatte den Kopf ein wenig gesenkt, sodass er wie ein geprügelter Hund wirkte. Er riskiert viel, in dem er sich gegenüber Liz und Nola als Mitglied der Society verriet. Wenn die Regeln so streng waren wie bei den Adlern, hatte er dadurch ein großes Problem. Man durfte sich gegenüber Außenstehenden nicht zu erkennen geben. Die Mitgliedschaft im Bund galt mit Sicherheit ebenfalls ein Leben lang. Wie wollte er aussteigen? Er würde damit außerdem seine Familie vor den Kopf stoßen und eventuell mit ihr brechen.

Nola rang mit sich. Sie hatte sich in dieser Woche geschworen, nicht kampflos und ängstlich zuzusehen, wie andere Leute ihr Leben bestimmten. Dazu gehörte, dass sie nicht jeder neuen Bekanntschaft voller Misstrauen begegnen wollte. Trotz ihrer Erfahrungen mit Oliver, verdienten andere Menschen einen Vertrauensvorschuss.

»Okay, lassen wir das erst einmal so stehen. Wie willst du aussteigen?«

Er atmete tief ein und zuckte dann mit den Schultern. Die Frage hatte ihm viele schlaflose Nächte bereitet, wie er sagte. »Ich habe keinen Plan. Man steigt nicht einfach aus und nimmt Geheimnisse mit nach draußen. Das Risiko ist zu groß für die Society. Vielleicht könnte ich mich mit Shane zusammensetzen. Er hilft mir und ich liefere ihm ein paar Informationen, an die er sonst nicht kommen würde. Dann würde ich mich aber in die Schuld der Adler begeben, wenn sie für meine Sicherheit garantieren müssten. Da muss ich die Vor- und Nachteile abwägen.«

Viel war das ja nicht. Keine handfeste Idee, mit der man arbeiten konnte. Ein Treffen mit Shane wäre deshalb wahrscheinlich gar keine schlechte Option. Er kannte sich in der Zwischenwelt, in der die Geheimbünde existierten, besser aus und konnte sich in Ethans Lage versetzen.

»Ich kann es ihm vorschlagen, aber nichts garantieren. Sprich mit Liz darüber, überlegt euch zusammen ein paar Möglichkeiten und in der Zwischenzeit kannst du mir einen Gefallen tun«, kam Nola auf den eigentlichen Grund des Treffens zu sprechen.

Ethan war nicht allzu erstaunt. Er schmunzelte sogar, ehe er fragte, um welchen Gefallen es sich handelte. Das war eine Chance gegenüber Nola, zu beweisen, dass er seinen Ausstieg ernst meinte. Es lag ganz an ihm, wie er die Gelegenheit nutzte.

»Hör dich für mich in der Society um. Ich werde von euch verfolgt und bedroht. Von wem? Shane hat genug um die Ohren, ihn will ich da nicht mit reinziehen. Ich hoffe, dass es über dich leichter und schneller herauszufinden ist. Um welche Probleme es geht, braucht dich nicht zu kümmern«, forderte sie von Ethan. Im Vorfeld hatte Nola sich überlegt, wie sie ihr Anliegen vortragen sollte. Es interessierte sie in erster Linie, wer den Befehl innerhalb der Society gegeben hatte. Dass es um das Rätsel ging, war ihr ja bereits klar.

»Du wirst von uns verfolgt?!« Ethan machte ein Geräusch, das wie ein Zischen klang. »Das wusste ich nicht, aber es dürfte kein Problem sein, etwas darüber herauszufinden. Sobald ich etwas weiß, melde ich mich bei dir. Ich werde Liz vorerst nichts davon sagen, wenn das in deinem Sinn ist. Aber ich hätte auch eine Bitte.«

Nola zog eine Augenbraue in die Höhe. Was würde jetzt kommen? Überhaupt fühlte sich das Gespräch zum Teil an wie eine Verhandlung.

»Du kannst Shane besser einschätzen als ich, aber sei vorsichtig, okay? Niemand, egal ob von der Society oder den Adlern, ist zu unterschätzen. Ich sage das nicht, um Zwietracht zwischen euch zu säen. Ich kenne lediglich die Geschichten, die man sich über Shane erzählt.«

Sie lachte kurz auf. »Ist das dein Ernst? Du willst dich mit ihm an einen Tisch setzen, warnst mich aber vor ihm?«

Ethan ließ sich nicht anmerken, was er von ihrem Kommentar hielt. Er blieb ruhig und verständnisvoll. »Ich hoffe auf seine Hilfe, eben *weil* ich viel über ihn gehört habe und weiß, wozu er fähig ist. Shane ist der Goldjunge der Adler. So rasant wie er hat sich dort noch niemand einen guten Namen gemacht. Er ist die Geheimwaffe der Adler. Jede schwierige Aufgabe bekommt er übertragen. Du glaubst nicht, wie viele Mitglieder der Society er in den Fingern hatte und wie es ihnen danach ging. Wir sind nicht besser, aber Shane ist ungeschlagener Meister der Verhöre und Erpressungen. Sein Ruf eilt ihm voraus. Pass einfach auf, das ist alles.«

Als keiner der beiden weitersprach, legte sich Stille über den Tisch. Es war ihr jedoch nicht unangenehm. Es gab Nola die Gelegenheit, über Ethans Worte nachzudenken. Wenn er ihr half, würde sie sich bei ihm revanchieren und ihm bei seinem Ausstieg aus der Society helfen.

Wie sie mit der Warnung vor Shane umgehen sollte, konnte sie nicht sagen. Es spiegelte einerseits Nolas Gefühle wider, die sie wegen Shanes Taten hatte. Andererseits hatte er bei ihr keine seiner so genannten Fähigkeiten eingesetzt.

Ethan kurbelte das Gespräch mit Smalltalk wieder an, denn beide wollten nicht sofort aufstehen und gehen. Nola erzählte unter anderem, wie sie zu ihrem Studienfach Management & Business gekommen war und Ethan amüsierte sie mit ein paar Sportgeschichten von seiner Uni.

Dann brachen sie schließlich auf. Nola schlang den wärmenden Schal um den Hals, ehe sie die Jacke komplett schloss. Sie wartete darauf, dass Ethan soweit war und schritt dann an den anderen Tischen vorbei zum Ausgang.

»Dann lassen wir den Abend mal gemütlich ausklingen«, meinte Ethan entspannt und schaute durch die breiten Schaufenster in den dunklen, aber trockenen Himmel.

»Du sagst es!« Nola rückte ihre Tasche zurecht und murmelte leise: »Und denken über den Ort der Herrscher nach.«

»Mhm, was sagst du?«

Da Ethan stehengeblieben war und ihr soeben die Tür des Cafés aufhielt, hatte er ihre gedämpften Worte teilweise mitbekommen. »Ach, nichts«, winkte sie ab.

»Herrscher?«

Der kalte Wind wirbelte um sie herum, sobald sie beide auf dem Bürgersteig waren. Nola nestelte an ihrem Schal herum, um jegliche Kälte so gut wie möglich aussperren zu können.

»Ich habe eines dieser Rätselbücher zu Weihnachten bekommen. Wie ein Escape Room, aber als Buch und speziell auf London zugeschnitten. Da hänge ich an einem Rätsel, bei dem es um einen Ort geht, an dem Herrscher zu finden sind«, improvisierte sie blitzschnell, um nichts von der wahren Suche preiszugeben.

Ethan nickte. »Davon habe ich gehört. Diese Rätselräume und -bücher müssen richtig gut sein. Scheint knifflig zu sein, wenn du nicht weiterkommst.«

Erleichtert lächelte sie ihm entgegen. Mit der Ausrede war sie nochmal davongekommen und hatte es sogar sehr glaubwürdig verpackt. Leider runzelte sich gerade Ethans Stirn verdächtig. Nola hoffte inständig, er würde nicht auf die Idee kommen, mit in die WG kommen zu wollen.

»Wieso kommst du da nicht weiter? Ich meine, wenn du Herrscher in London suchst, gibt es keine hundert Orte dafür. Was ist mit dem Palast? Oder geh die Orte durch, die man mit ihnen in Verbindung bringt. Der Kensington Palace zum Beispiel oder Westminster Abbey«, schlug Ethan ihr vor. »Probier daheim mal aus, ob eins davon die Lösung ist. Würde mich jetzt auch interessieren, was rauskommt.«

Es war ja nicht so, als hätte sie nicht selbst an den Palast gedacht. Wenn dort der nächste Hinweis versteckt war, wie sollte sie da reinkommen? »Westminster?«, hakte sie nach, da Nola in dem Punkt irgendwie auf dem Schlauch stand.

»Meines Wissens nach, werden dort die Herrscher gekrönt und beigesetzt. Hast du in der Schule nicht aufgepasst?«, zog Ethan sie gut gelaunt auf.

Nola stöhnte auf. »Ich fass es nicht. Du hast recht! Da habe ich gar nicht dran gedacht. Ich war so auf den Palast fixiert, dass mir die Idee überhaupt nicht gekommen ist. Danke für den Tipp! Das werde ich mal ausprobieren.«

Sie war wie elektrisiert und schaffte es mit Mühe, sich gelassen von Ethan zu verabschieden. Er versicherte ihr erneut, sich wegen ihrer Verfolger umzuhören. Nola hörte mit halbem Ohr hin, denn ihre Gedanken rasten in eine andere Richtung.

War Westminster Abbey die nächste Lösung des Rätsels?

# ଔ Wo die Gräber liegen ଓ

Sie hatte in der vergangenen Nacht kaum ein Auge zugetan und fühlte sich wie gerädert. Am liebsten wäre Nola schon gestern Abend zur Westminster Abbey gefahren, um nachzusehen, ob es dort einen neuen Hinweis gab. Stattdessen hatte sie die halbe Nacht überlegt, wie sie ihre Suche angehen und ob sie Shane Bescheid sagen sollte.

Nach einer Dusche und dem ersten Kaffee war Nola sich sicher, die Jungs mit an Bord zu holen. Stellte sich die Abbey als falsche Spur heraus, konnten sie das wenigstens abhaken. Die Society hatte ihr gedroht, dass sie Shane und Bleu nichts von dem Brief und der SMS sagen sollte, bei dem Rätsel konnten die beiden hingegen weiterhin mitmachen.

Leider blieb ein Anruf bei Shane ohne Reaktion, selbes bei Bleu. Shane hatte seine nächtliche Aktion am Elizabeth Tower alleine durchgezogen und die anderen zwei erst später informiert. Nola würde das genauso machen, denn sie konnte nicht mehr stillsitzen. Ohne an die Kurse an der Uni zu denken, eilte sie zur U-Bahn-Station.

Die Fahrt zog sich in die Länge und sie wippte nervös mit dem Bein. Wo sollte sie anfangen? Es gab keine Garantie, dass es der gesuchte Ort war und doch kribbelte ihr Bauch, als müsste es die richtige Antwort sein. Nola wurde zusehends aufgeregter. An der Westminster Station kämpfte sie sich an den anderen Fahrgästen vorbei an die Oberfläche und stand eine gefühlte Ewigkeit an der Kreuzung.

»Mach schon«, feuerte sie die Ampel an und konnte endlich die Kreuzung überqueren, um direkt auf die beeindruckende Abbey zuzulaufen.

Sie war früh unterwegs, sodass noch nicht viele Touristen am Eingang standen. Die meisten saßen bestimmt gemütlich beim ausgedehnten Frühstück, bevor sie die Stadt erkundeten. Nola spielte das hervorragend in die Karten.

An der Kasse zahlte sie ihr Tagesticket und bekam einen kleinen Flyer ausgehändigt, der eine Übersichtskarte der Abbey enthielt. Weiterhin unsicher, woran sie sich orientieren sollte, überflog sie den Text auf dem Flyer.

»Ja, sicher. Wie überaus passend…«, murmelte sie vor sich hin, als sie las, dass über dem Haupteingang im Westen nicht nur Märtyrer dargestellt waren, sondern auch die vier Tugenden Wahrheit, Gerechtigkeit, Barmherzigkeit und Friede. Die Tugenden passten mal überhaupt nicht mit dem Auftreten der Adler zusammen. Weshalb sollte ausgerechnet hier ein Hinweis versteckt sein?!

Nola folgte den ersten Besuchern und schaute sich die Inschriften der Grabplatten auf dem Boden und an den Wänden aufmerksam an. Dies waren allerdings keine ehemaligen Herrscher Englands. Dafür würde sie in einen anderen Bereich gehen müssen.

*Jedoch ans Ziel kann nur gelangen,*
*wer zuvor zu Herrschern ist gegangen.*

Der Übersichtsplan sagte ihr, dass der Krönungsstuhl hier ausgestellt war. Der befand sich hinter dickem Glas und sie würde auf keinen Fall an den Stuhl selbst kommen. Was konnte sonst eine Möglichkeit sein? Stand einer der beigesetzten Könige in Verbindung mit den Adlern? Davon war ihr bisher nichts bekannt. Shane und Bleu hätten den Einfall sicherlich sofort gehabt, wenn es einen speziellen Herrscher gegeben hätte.

Vielleicht gab es ähnliche Eingravierungen an den Särgen, wie Shane sie oben bei Big Ben gefunden hatte? Aber dann hätten irgendwelche Forscher und Wissenschaftler die Botschaften längst bemerkt.

Das Rätsel war für einen Adler bestimmt, denn die Hinweise der Gründer hatten sie erst auf die Spur gebracht. Es musste einem Mitglied also möglich sein, den nächsten Schritt zu finden. Es wäre zu langwierig und auffällig, alle Gräber zu untersuchen. Ein anderer Teil des Textes wurde Nola dadurch klar.

*Doch wird das Rätsel niemand knacken,*
*der nicht richtig weiß zu hacken.*

Das konnte nur auf die Adler anspielen und stütze ihre Überlegung. Ein Adler besaß einen scharfen Schnabel, mit dem er hacken konnte. Okay, so weit, so gut. Was gab es in Westminster Abbey, das einem Adler sofort ins Auge springen würde? Ein ehemaliges Mitglied, das hier die letzte Ruhe gefunden hatte? Jemand, der am King's College studiert hatte? Es war zum Haare raufen.

Nola ging brav hinter den anderen Besuchern her, wobei ihr Herz aufgeregt schlug, blieb hier und da stehen. Äußerlich ruhig und interessiert, kam ihr Verstand innerlich kaum noch hinterher. Die Gedanken überschlugen sich und sie versuchte sich an alles zu erinnern, was sie jemals von Shane oder Bleu gehört hatte. Sie fühlte sich, als würde ein Schild an ihrer Stirn herausposaunen, dass sie keine Touristin war.

Nola war am imposanten Hochaltar angelangt, hinter dem sich der Sarg von König Edward anschloss. Frustriert, keinen Anhaltspunkt zu haben, wandte Nola sich ab und schlenderte ein Stück des Weges zurück. Sie passierte den Bereich des Chores und war wieder im Mittelschiff angekommen. Hier befand sich das Grab des unbekannten Soldaten und neuerdings auch das von Stephen Hawking.

Eine Idee durchzuckte Nola. Hawking war doch nicht der einzige Wissenschaftler, dem man hier ein Denkmal gesetzt hatte! Es gab einen anderen Wissenschaftler, den sie mit den Adlern in Verbindung brachte. Nur wenige Schritte neben der Bodenplatte, auf der Hawkings Namen stand, sprang ihr das Denkmal von Sir Isaac Newton an der Wand sofort ins Auge.

Im ersten Teil des Rätsels war Newton schon einmal vorgekommen. Zacharias Thompson, einer der Gründer der Adler, hatte in dem Brief an seine Tochter auf Newton angespielt. Shane hatte daraufhin ein altes Teleskop-Modell von Newton in den Räumen der Adler gefunden, in dem tatsächlich der nächste Hinweis gewartet hatte. Wieso sollte er nicht ein weiteres Mal der Schlüssel sein?!

Nolas Herz schlug so laut, dass sie fürchtete, die umstehenden Leute müssten es hören. Um sich unauffällig zu verhalten, sah sie sich das Denkmal interessiert an, blieb aber nicht allzu lange auf einer Stelle stehen. Sie tat, als würde sie sich weitere Bodenplatten ansehen und schielte zwischendurch erneut zu Newtons Denkmal. Ihr Körper war angespannt und sie rechnete damit, jeden Augenblick angesprochen zu werden.

Sollte sie einen der Angestellten fragen, was es über das Denkmal zu erzählen gab? Sie konnte sich wohl kaum direkt davorstellen und anfangen, es zu untersuchen. Vielleicht konnte sie sich mit einer ausgedachten Studienarbeit herausreden, aber ihr sah man solche Ausreden an der Nasenspitze an. Ihr Atem ging jetzt schon schneller vor Aufregung.

Die Figur Newtons lag seitlich, mit dem Ellbogen auf einen Stapel Bücher gestützt. Er blickte nach links und auf seiner anderen Seite waren zwei Engel. Darüber schwebte eine Weltkugel oder vielleicht ein anderer Planet. Die Säulen links und rechts des Denkmals waren mit goldenen Blumen verziert sowie mit Figuren und einer aufwendigen Schnitzerei, die den Bogen über dem Denkmal schloss.

»Was jetzt, Nola? Lass dir was einfallen«, spornte sie sich an und ärgerte sich, dass die Jungs nicht ans Telefon gegangen waren. Im Team hatten sie bisher die besten Ergebnisse erzielt.

Eins führte normalerweise zum anderen. Shane hatte ein paar Schwerter und Zahlen auf dem Boden des Elizabeth Towers entdeckt. Wie konnte ihr das hier weiterhelfen?

Fast hätte sie laut losgelacht. Die besten Verstecke waren die, die offensichtlich waren. Die Symbole hatten sie direkt hierhin geführt! Es war keine mathematische Formel oder etwas dergleichen.

$N > 1 / \wedge 8$

N stand für Newton. Das einzige, das man abzählen konnte, eins nach rechts und acht nach oben, waren die Blumen am Rand des Denkmals. Welche Seite sollte sie nehmen? Nola ging wieder näher heran, ließ die Figuren auf sich wirken. Newton schaute nach links, also würde sie dort zuerst ihr Glück versuchen.

Von der untersten Blume zählte sie acht nach oben und eins nach rechts. In einem unbemerkten Moment, drückte Nola gegen die Blume, aber nichts geschah. Fieberhaft suchte sie weiter. Es kamen immer mehr Besucher in die Abbey und auch die Mitarbeiter durfte sie nicht vergessen.

Da! In unmittelbarer Nähe der goldenen Blüte gab es eine Einkerbung. Ganz leicht, dass es Nola an ein Fossil erinnerte. Als hätte dort vor Urzeiten ein zartes Blatt geklebt und die Einkerbung hinterlassen.

Gezielt griff Nola an ihren Hals und angelte unter dem Schal und der dicken Jacke ihre Kette hervor, die ein Geschenk von ihrem Vater gewesen war. Konnte es sein? Die Kette war lang genug, dass Nola sie über den Kopf ziehen konnte und sich nicht mit dem Verschluss aufhalten musste. Liebevoll strich sie über den filigranen Blatt-Anhänger.

In diesem Rätsel gab es keine Zufälle und sie war sich sicher, dass es mit diesem Anhänger funktionieren würde. Schnell sah sie sich um und ging zwei Schritte näher an das Denkmal heran. Nola wagte kaum zu atmen. Sie legte den Kettenanhänger in die Vertiefung. Augenblicklich schoben sich die vier Blütenblätter der goldenen Blume aus der Mitte zurück und gaben einen kleinen Schlüssel frei, den Nola sofort herauszog und in die Hosentasche schob.

»Was tun Sie da?«

Nola zuckte vor Schreck heftig zusammen. Die Blüten hatten sich geschlossen, aber wahrscheinlich war die Aktion dennoch aufgefallen. Sie drehte sich um und stand einem Mann gegenüber, der durch seine Kleidung eindeutig als Mitarbeiter der Abbey zu erkennen war.

»Ich…« Verdammt, wie kam sie aus der Nummer wieder heraus?

»Was haben Sie da in der Hand? Sie dürfen das Denkmal nicht anfassen!«

Nola nickte einsichtig. »Es tut mir leid. Ich habe mir die schönen Blumen angesehen und wollte darüber fühlen. Das hätte ich nicht tun sollen.« Sie öffnete die Hand, in der ihre Kette lag. »Außerdem habe ich meine Kette aufgehoben. Als ich meinen Schal gelockert habe, ist wohl der Verschluss aufgegangen.«

Nur gut, dass der Verschluss an der Seite herunterhing und dem Mann entging, dass er gar nicht offen war.

»Halten Sie sich bitte an unsere Regeln. He! Junger Mann, ich bitte Sie! Keine Fotos in der Abbey«, verwarnte der Mann direkt die nächste Person und ließ Nola mit zitternden Knien zurück.

Wie ferngesteuert stelzte Nola los. Sie wollte nicht an dem Denkmal stehenbleiben und gleich wieder angesprochen werden. Die Abbey auf direktem Weg zu verlassen, war jetzt aber aus drei Gründen keine gute Idee. Erstens wusste sie noch nicht, ob der Schlüssel zu einem Schloss in der Abbey passte, zweitens wäre es ziemlich auffällig und drittens war ihr der Weg durch eine dicke Kordel versperrt. Man hatte den Besuchern einen festen Weg vorgegeben. Nola würde durch den Chor zum Hochaltar gehen müssen, einmal drumherum und zurück zur Westseite.

Währenddessen konnte sie sich überlegen, was mit dem Schlüssel zu tun war. Nola schob die Hand in die Tasche und ertastete das kleine Metallstück. Der Schlüssel war höchstens fünf Zentimeter lang und sehr schmal gearbeitet. Sie würde sich ihn gleich in einer ruhigen Minute ansehen.

Sie kam bis zum Grab von König Edward, als es in ihrem Nacken zu kribbeln begann. Mittlerweile hörte Nola auf solche Signale. Ihre Nerven waren bereits überspannt, weshalb sie darauf verzichtete, sich unbemerkt umzusehen. Sie blieb stehen und drehte sich einfach um. Am Ausgang des Chors stand der Mann, der sie auf dem Markt verfolgt hatte. Er grinste ihr frech entgegen und setzte sich in Bewegung.

So schnell, wie es möglich war, eilte Nola weiter. Sie überlegte, sich in einer der Seitennischen zu verstecken. Die Gräber würden ihr Sichtschutz bieten. Sollte der Mann ihr jedoch folgen, saß sie in der Falle und hatte ihren Vorsprung verspielt.

Das Adrenalin rauschte durch ihren Körper, verschaffte ihr wenigstens einen klaren Verstand. Nola entschied sich dafür, die Abbey zum großen Innenhof hin zu verlassen. Dort lümmelten einige Besucher auf den breiten Steinplatten herum und fotografierten die hohen Bogenfenster. Wenn sie ihren Verfolger hier irgendwo abschüttelte, konnte sie wieder in die Abbey hinein und zum Hauptausgang hinaus entkommen.

Der Schlüssel! Was, wenn sie erwischt wurde? Der Kerl würde sie garantiert durchsuchen. Falls er nicht sowieso mitbekommen hatte, wie sie an Newtons Grab herumgebastelt hatte! Wieder ärgerte sie sich, dass die Jungs nicht erreichbar gewesen waren.

Nola angelte den kleinen Schlüssel aus der Hosentasche und versicherte sich, dass ihr Verfolger gerade nicht in Sichtweite war. Sie bückte sich und schob den Schlüssel an der Seite des Schuhs in ihre Socke, dann eilte sie weiter.

Eigentlich hatte sie den Innenhof umrunden, sich eventuell auf der Toilette verstecken oder sonst irgendwie improvisieren wollen. Als sie an der Abzweigung vorbeikam, die zu einem alten Versammlungsraum der Mönche führte, wurde sie grob am Arm gepackt und in den Gang gezogen. Vor Schreck kam sie ins Stolpern.

Der Verfolger war nicht allein gekommen. Wieso hatte sie nicht daran gedacht?

»Lassen Sie mich sofort los!«, forderte Nola und wehrte sich gegen den unerbittlichen Griff. Sie holte Luft, um nach Hilfe zu schreien, als ein Schlag sie heftig im Gesicht traf. Ihr Kopf wirbelte herum.

Es waren zwar Besucher in dem Versammlungsraum, bekamen aber nicht mit, was in dem dunkleren Gang vor sich ging. Zu allem Überfluss kam der Verfolger hinzu und beide zogen Nola auf eine niedrige, alte

Holztür zu. Sie wehrte sich, wollte noch einmal um Hilfe rufen, schaffte es aber nicht.

Die älteste Tür Englands. Sie sah das Schild neben der Tür und wurde dann hindurch gezogen. Wie konnte es sein, dass die Tür überhaupt geöffnet war?

In dem leeren, gedrungenen Raum war es düster und kein anderer Besucher war hier.

»Ich dachte, ich soll das Rätsel für Sie lösen. Wieso lassen Sie mich dann nicht meine Arbeit machen?«, sprach Nola die beiden Männer an, in der Hoffnung, Zeit zu gewinnen. Zeit, die sie für einen Fluchtplan brauchte.

»Weil du deine Arbeit nicht zu machen scheinst. Wieso gibt es sonst keine Fortschritte? Es wird langsam klar, dass wir dich besser aus dem Spiel nehmen und die Sache selbst erledigen«, antwortete der zweite Mann ihr überraschend und bestätigte damit, dass er zur Society gehörte.

»Ich tue meine Arbeit, aber ich komme nicht weiter. Ich verstehe den nächsten Teil des Rätsels nicht«, log sie. »Deshalb bin ich heute hierhin gekommen und habe auf eine Idee gehofft.« Die Kerle konnten den Wortlaut des Rätsels nicht kennen. Den kannten nur drei Personen. Selbst Liz hatte sie ihn nicht verraten.

»Wenn das so ist, solltest du trotzdem einen Denkzettel bekommen. Es hätte nicht soweit kommen müssen, aber du hast deine Chancen verstreichen lassen. Wenn du in den nächsten Tagen keine Ergebnisse lieferst, werden wir deinen Bruder Mike schnappen und bearbeiten. Das Sportstipendium, auf das er hinarbeitet, kann er sich dann abschminken. Humpelnd gewinnt er keinen Preis mehr oder ich bringe ihn direkt um«, informierte der Mann eiskalt. Seine Augen waren leblos und Nola glaubte ihm aufs Wort, dass er Mike töten würde.

Der Verfolger kam auf sie zu und versuchte, nach ihrem Arm zu greifen. Beim ersten Versuch zog Nola den Arm weg, dann erwischte er sie. Wild fuchtelte sie mit dem Arm herum, konnte sich aber nicht befreien. Sie trat nach dem Mann und traf ihn in die Seite. Leider konnte sie das nicht annähernd so gut wie Shane und es war auch weitaus schwieriger, als es bei ihm ausgesehen hatte.

Der Mann gab ihr einen heftigen Schubs, der sie gegen die Wand prallen ließ. Der Atem presste sich aus ihren Lungen und ihre Wange schmerzte, wo sie gegen die Wand geknallt war. Nola wusste nicht, wie sie sich wehren konnte. Außerdem bot der enge Raum kaum Bewegungsfreiheit.

Nola wurde herumgewirbelt und mit dem Rücken gegen die Wand gepresst. »Mach.« Er schlug sie ins Gesicht. »Deine.« Er zog sie an der Schulter nach vorn, damit sie nicht mehr ganz gerade an der Wand stand und hieb mit der Faust in ihren Magen. Der Schmerz explodierte in ihrem Bauch. Nola krümmte sich zusammen und wollte sich den Bauch halten, aber der Mann zog sie wieder in die Höhe.

Den Kerlen war schon klar, dass sie es nicht mit einem trainierten Adler zu tun hatten?!

»Arbeit.« Er holte erneut aus, aber Nola ließ sich nach vorne fallen. Der Kerl musste seinen Schlag abbrechen und zwei Schritte zurückgehen. Mit den Fingernägeln fuhr Nola ihm kratzend über das Gesicht. Gepeinigt schrie er auf, wurde aber sofort von dem anderen Mitglied der Society angefahren. Es wäre zu gefährlich für sie, von den anderen Besuchern gehört zu werden.

Während der eine sich das blutende Gesicht hielt, übernahm der andere. Er trat an seinem Kollegen vorbei und stand sogleich vor ihr. Seine Hände schlossen sich wie ein Schraubstock um Nolas Oberarme. Geistesgegenwärtig zog sie ihr Knie in die Höhe und traf den Mann zwischen den Beinen. Mit einem Keuchen ließ er von ihr ab und stützte sich mit einer Hand an der Wand ab.

Sie sah zur Tür auf der gegenüberliegenden Raumseite. Nur wenige Schritte trennten sie von dem rettenden Gang. Nola ignorierte ihren schmerzenden Magen so gut es ging und hechtete nach vorne. Sie kam bis zur Hälfte des Raumes, bevor sie die Faust direkt vor sich sah. Und dann... nichts mehr.

# ❧ Achterbahn ☙

Ihr Schädel dröhnte. Kein Wunder, dass es eine ganze Weile gedauert hatte, bis Nola gewusst hatte, wo sie war. Die zwei Männer waren verschwunden und sie hatte sich zur Tür vorgearbeitet. Die ersten Schritte stachen ihr schmerzhaft in der Magengrube. Ehe sie das Räumchen verließ, versicherte Nola sich, dass ihre Tasche und deren Inhalt unversehrt waren. Der Schlüssel war noch da, denn sie spürte ihn gegen ihre Haut pieken.

Ihre Hand zitterte, als sie die Tür öffnete und in den Gang schlüpfte. Die Fingerkuppen waren durch den Angriff auf einen der Männer blutig. Nola versuchte das Blut abzurubbeln, hatte aber kaum Erfolg. Mit einer fahrigen Geste fuhr sie sich durch die Haare, um nicht allzu zerzaust auszusehen. Sie ließ sich die Haare etwas ins Gesicht fallen, um ihre Wange zu kaschieren. Wenn die so ramponiert aussah, wie sie sich anfühlte, war es besser, keine Aufmerksamkeit darauf zu ziehen. Trotz dieser Maßnahme sahen einige Besucher sie merkwürdig an.

Es tat gut, ins Tageslicht zu treten und das beklemmende Gefühl dieses kleinen Raumes hinter sich zu lassen. Als könnte sie hier zum ersten Mal richtig atmen. Nola wollte nur noch nach Hause. Auf dem Weg zur U-Bahn rief sie Shane an. Er war nicht erreichbar.

Als sie sich in den Fensterscheiben der U-Bahn sehen konnte, war ihr klar, weshalb die Leute sie misstrauisch beäugten. Ihre Jacke war dreckig und verstaubt, ihre Haare sahen trotz des lahmen Versuchs, sie zu ordnen, wirr aus. Dann war da der große, rote Fleck, der auf ihrer Wange prangte. Sie machte den Eindruck, gänzlich neben sich zu stehen. Für den Augenblick war es ihr sogar recht, wenn die Leute Abstand hielten. Es gab ihr die Gelegenheit, sich ganz langsam zu sammeln.

Sobald sie die U-Bahn verlassen hatte und auf dem Weg zurück zu ihrer Wohnung war, wählte sie Bleus Nummer. Sie war sich gar nicht bewusst gewesen, wie angespannt sie war und welchen Schrecken die Begegnung hinterlassen hatte, bis sie Bleus Stimme hörte und aufschluchzte.

Möglichst genau erzählte sie ihm, was geschehen war und er versprach, Shane anzurufen und bei ihr vorbei zu kommen. Sie war dankbar dafür, dass er alles stehen und liegen ließ und schämte sich gleichzeitig dafür, ihn an Silvester behandelt zu haben, als wären sie nicht zu Freunden geworden.

Nola atmete erleichtert auf, als sie die Haustür hinter sich schloss und in der schützenden Umgebung ihrer Wohnung war. Ihr war eiskalt. Sie schwankte zwischen einem Tee und einer heißen Dusche, entschied sich dann zuerst für letztere. Als sie ihre Socken abstreifte, fiel der kleine Schlüssel auf den Boden und blieb dort liegen.

Der warme Wasserstrahl belebte sie ein bisschen. Wie hypnotisiert starrte sie auf ihre Handflächen, von denen sie das fremde Blut abwusch. Die hellroten Tropfen fielen in die Duschwanne und verschwanden im Ausguss. Sie war chancenlos gegen die Männer gewesen, aber beide verletzen können. Sie bereute nicht, dem einen Angreifer das Gesicht zerkratzt zu haben. Nola wünschte, sie hätte viel mehr tun können. Wenn sie sich nur richtig verteidigen könnte!

Sie war nie eine reizbare oder aggressive Person gewesen, aber mittlerweile sah sie die Dinge anders. Man hatte sie angegriffen und dann war es ihr gutes Recht, sich zu verteidigen. Sie wollte den beiden Männern den Schmerz zurückgeben, den sie ihr zugefügt hatten. Den Schrecken und die Angst. Das Gefühl, nicht zu wissen, wozu sie vielleicht fähig war, erschütterte Nola nicht mehr in dem Maß, wie es das vor ein paar Wochen getan hätte.

Ruhiger und aufgewärmt, trat Nola schließlich aus dem Badezimmer. Jetzt war der Tee an der Reihe. Sie sehnte sich regelrecht nach dem tröstlichen Geschmack und stellte in der Küche den Wasserkocher an. Mit sicheren Griffen bereitete sie die Tasse vor, stellte die Milch aus dem Kühlschrank. Das Wasser sprudelte. Das Schrillen der Türklingel vermischte sich mit dem Geräusch.

Schreckhaft zuckte Nola zusammen, verdrehte aber über sich selbst die Augen. Sie schlang die Arme um ihren Oberkörper und verließ die Küche. Das Klingeln hielt an. Nachdem zuerst kleine Pausen zwischen dem Läuten gewesen waren, drückte jemand die Klingel jetzt permanent durch.

»Ist ja gut, verdammt! Ich bin unterwegs«, fauchte Nola.

Schwungvoll zog sie die Tür auf. Shane stand dort und blickte sie wütend an. Sie hatte ihn schon sauer erlebt, aber das war kein Vergleich zu diesem Moment. Seine Augen sprühten Funken, seine Körperhaltung war angespannt wie eine Bogensehne. Seine Größe und die breiten Schultern trugen zu dem einschüchternden Gefühl bei. Er hätte alles in seiner Umgebung kurz und klein schlagen können. Die Sekunden schienen wie die Ruhe vor dem Sturm. Oder eher der Explosion. Shane holte Luft, um sie ganz sicher anzuschreien, denn die Ader an seinem Hals stach bereits hervor.

Dann fiel seine Wut in Sekundenbruchteilen in sich zusammen, als er Nola ansah und erkannte, dass irgendetwas geschehen war. Seine Gesichtszüge wurden weicher. »Was ist passiert, Nola?« Sofort war er bei ihr und zog sie in eine Umarmung. Nola lehnte sich gegen ihn und schloss die Augen. Er war hier und das allein zählte. Beruhigend strich er über ihren Rücken. Sie hatte die Arme um ihn geschlungen und sog das Gefühl auf, geborgen und beschützt zu sein. Bei ihm konnte ihr nichts passieren. Shane hielt sie so lange fest, bis Nola sich schließlich etwas zurücklehnte, um ihn ansehen zu können.

Fassungslos wanderte sein Blick über ihr Gesicht und blieb an der Wange hängen. Vorsichtig fuhr er mit den Fingerspitzen über die Verletzung. »Wer war das?«, fragte er mit rauer, grollender Stimme.

»Die Society. Ich konnte euch nicht erreichen und bin einem Hinweis zum Rätsel nachgegangen. Ich habe den nächsten Teil gelöst!« Ein Lächeln huschte schnell über ihr Gesicht, ohne die Augen zu erreichen. »Dann hat mich ein Kerl durch Westminster Abbey verfolgt, ein zweiter hat mir in einem Gang aufgelauert. Sie wollten mir einen Denkzettel verpassen.«

Ihr war auf dem Heimweg klar geworden, dass sie den Erpresserbrief und die Drohungen der Society nicht mehr länger vor Shane geheim halten konnte. Er würde wissen, dass etwas an ihrer Geschichte faul war, wenn sie diesen Teil ausließ. Weshalb sollte die Society ihr auflauern und einen Denkzettel verpassen? Es war an der Zeit, ganz ehrlich zu sein.

»Ich dachte, Bleu hätte dich endlich erreicht und deshalb wärst du hier?! Scheint aber nicht der Fall zu sein. Wieso bist du hergekommen?«, fragte sie nach und hoffte, den hasserfüllten Blick nicht erneut sehen zu müssen.

Tatsächlich wallte die Wut wieder in Shane auf. »Ich… Es ist wegen…« Er stockte, dachte über seine nächsten Worte nach und winkte widerwillig ab. »Lass uns gleich darüber reden. Eine Sache nach der anderen und das hier ist wichtiger«, presste er hervor, was deutlich machte, dass er sich schwer zusammenriss.

Ein weiteres Klingeln ertönte.

»Das ist Bleu«, kommentierte Nola.

»Ich mach uns einen Tee.« Shane gab ihr einen sanften Kuss und lockerte die Umarmung, um in die Küche zu gehen. Dorthin folgten ihm die anderen zwei wenige Momente später.

»Okay, dann erzähl bitte nochmal was los war. Aus ein paar Sachen bin ich am Telefon nicht schlau geworden«, bat Bleu, nachdem alle drei am Esstisch vor der Küche saßen.

Nola begann bei der Überlegung, dass Westminster Abbey der gesuchte Ort des Rätsels sein könnte. Ethan hielt sie heraus. Sie schilderte, wie sie auf Newtons Denkmal gekommen war und was sie getan und gefunden hatte. Den kleinen Schlüssel legte sie während des Erzählens auf den Tisch.

»Wieso ausgerechnet deine Kette? Wie kann das sein? Woher hast du sie?«, bombardierte Bleu sie mit Fragen und schaute sich den Anhänger genauer an.

»Die Einkerbung sah genau aus, wie mein Anhänger und ich habe es direkt mal ausprobiert. Ich war mir irgendwie sicher, dass es funktioniert. Es kann einfach kein Zufall sein. Die Kette hat mir mein Vater zum achtzehnten Geburtstag geschenkt. Ich werde ihn fragen, woher er sie hat, denn ich kann mir nicht denken, dass er von dem Rätsel weiß. Dass er den Anhänger hatte, *das* könnte wiederum ein Zufall sein.«

»Tu das. Er muss sie irgendwo bei den Adlern gefunden und mitgenommen haben. Es liegen viele alte Gegenstände dort. Im Kaminzimmer sind zum Beispiel viele wissenschaftliche Geräte, es gibt antike Pistolen, alten Schmuck und so«, zählte Bleu auf.

Nola schrieb sich die Aufgabe gedanklich auf die Liste, der zu erledigenden Dinge. So bald wie möglich würde sie ihren Vater nach dem Anhänger fragen. Sie konnte sich beim besten Willen nicht vorstellen, dass er um die Bedeutung gewusst hatte. Um sich nicht unnötig den Kopf darüber zu zerbrechen, fuhr Nola mit ihrem Bericht erst einmal fort.

»Ich wollte auf dem offiziellen Weg durch die Abbey zum Ausgang zurück, um nicht zu auffällig zu wirken. Dabei ist mir ein Mann aufgefallen, der mir schon einmal gefolgt ist«, berichtete Nola und fasste die Ereignisse in dem kleinen Raum zusammen. Direkt im Anschluss erzählte sie von der Verfolgungsjagd am Markt und gestand dann, dass man ihr mehrmals gedroht hatte.

»Wieso hast du uns denn nichts gesagt?«, fragte Shane verzweifelt. »Du weißt, dass wir dir geholfen hätten. Wir können dich und deinen Bruder beschützen.«

»Ich wollte mit den Adlern und dem Rätsel nichts mehr zu tun haben. Ich war mir nicht sicher, ob ich lieber komplett auf Abstand zu euch gehen sollte. Irgendwie habe ich gehofft, wenn ich das alleine mache, lasse ich mich nicht wieder so weit in eure Angelegenheiten hineinziehen. Was letztlich albern war... Das Rätsel ist ja eine solche Angelegenheit. Ach, keine Ahnung.« Erschöpft sah sie von einem zum anderen. Ihre Entscheidung hatte sich zu dem Zeitpunkt richtig angefühlt.

»Woher wissen die Kerle denn überhaupt von dem Rätsel?«, mischte Bleu sich ein.

Nola hatte sich das selbst schon gefragt, aber sie war davon ausgegangen, dass sich die Geheimbünde permanent gegenseitig ausspionierten. Wäre es so überraschend, wenn jemand Shane und Bleu gefolgt wäre?

»Oliver hat mit der Society zusammengearbeitet. Gut möglich, dass er ihnen von der kleinen Schachtel mit dem Siegelring erzählt hat, die der Orden uns abgenommen hat. Es war klar, dass wir an irgendeiner Sache dran sind. So könnte ich mir das jedenfalls erklären, aber wir müssen dem nachgehen«, war es Shane, der eine erste Vermutung aussprach.

Bleu ließ sich das Argument durch den Kopf gehen und nickte dann zustimmend. Nola hielt sich dabei lieber zurück. Für sie standen die Drohungen im Vordergrund, nicht die Frage, woher die Kerle von dem Rätsel wussten. Wobei ihr klar war, dass man auf jeden Fall eine Antwort auf diese Frage finden musste.

»Jedenfalls können wir dir keinen Vorwurf machen, wie es gelaufen ist. Wir waren zu sehr mit den Adlern beschäftigt und haben die Anzeichen nicht bemerkt. Normalerweise wäre uns das nicht entgangen. Ich schätze, wir sind alle an der Situation schuld. Hätten wir dir mehr Fragen beantwortet, uns nicht in den Aufgaben für die Adler vergraben, wäre keine Distanz zwischen uns aufgekommen«, fasste Bleu zusammen und traf es damit auf den Punkt.

Nola gestand sich ein, dass es mangelnde Kommunikation gewesen war. Sie hätte Erklärungen und Antworten fordern können, um das Handeln der Adler besser zu verstehen. Sie hatte zu viel mit sich allein ausgemacht, statt nachzufragen. War davon ausgegangen, dass die Jungs sie nicht mehr brauchten. Dabei hatten sie nur ihre Arbeit für die Adler erledigt.

»Mach bitte keinen Alleingang mehr! Du hast zwar den Teil des Rätsels geknackt und bringst uns damit weiter, aber der Preis war hoch. Dir hätte weitaus mehr passieren können und…« Shane sah sie eindringlich an. »Das könnte ich mir nicht verzeihen.«

»Also können wir weitermachen und den nächsten Abschnitt lösen, oder wie seht ihr das?«, hakte Bleu grinsend nach und zerstörte den Moment zwischen Shane und Nola, ohne ein schlechtes Gewissen zu haben.

Shane seufzte und fuhr sich mit den Händen über das Gesicht. »Nicht heute. Ich habe anderes im Kopf und wäre keine große Hilfe.«

»Stimmt! Du wolltest eigentlich etwas loswerden, als du hergekommen bist!« Nola biss sich auf die Lippe, weil sie durch das Erzählen ganz vergessen hatte, wie wütend Shane gewesen war. Es tat ihr leid, dass sie nicht mehr von sich aus nachgefragt hatte. »Du warst unglaublich sauer und ich hatte den Eindruck, du wolltest mich jeden Augenblick anschreien«, gab sie zu und wollte Shane somit zum Reden animieren.

Er konnte nicht mehr stillsitzen und stand auf. Schweigend lief Shane auf und ab. Bleu und Nola blieben geduldig und drängten ihn nicht. Shane stoppte und setzte sich auf die Rückenlehne des Sofas.

»Ich habe etwas herausgefunden, das mich verdammt wütend gemacht hat. Du hast richtig getippt, Nola, denn ich war kurz davor, dich anzuschreien. Dabei kannst du nicht mal was dafür. Ich bin froh, dass ich es nicht getan habe und wir zuerst über dein unerfreuliches Erlebnis gesprochen haben. So konnte ich mich wenigstens ein bisschen beruhigen.«

Shane verschränkte seine Arme vor dem Oberkörper und wandte sich an Bleu. »Ich habe dir von dem Ausflug zu Nolas Großeltern berichtet. Von der alten Familienfehde, die es zwischen unseren Großvätern gegeben hat und wodurch das überhaupt zustande kam. Und von unserem Fund.«

Sein Kumpel nickte ihm zu und es wunderte Nola nicht, dass die beiden über den Besuch gesprochen hatten. Shane vertraute Bleu und bezog dessen Meinung immer in die eigenen Überlegungen mit ein.

»Shane wollte mit meinem Großvater über den Dolch sprechen, aber ich habe mich dagegengestellt. Mein Opa hatte schon einen Herzinfarkt und ich weiß nicht, was passiert, wenn wir ihn zu sehr aufregen. Er ist zwar fit, aber ich wollte nichts riskieren«, schob Nola als Erklärung für Bleu ein.

»Deshalb habe ich den Dolch mitgenommen. Ich wollte ihn untersuchen lassen. Herausfinden, wessen Blut das ist. Der Dolch muss eine Bedeutung für Nolas Großvater haben, wenn er ihn aufbewahrt. Nur er kann uns sagen, was er getan hat und wieso. Wir müssen definitiv nochmal mit ihm sprechen.« Entschlossen deutete er bei den letzten Worten auf Nola und sich.

»Können wir ja, wenn wir das behutsam machen. Aber was hast du überhaupt dazu herausgefunden?« Sie wollte endlich wissen, um welchen heißen Brei Shane herumredete. Er war so außer sich gewesen, als er vor über einer Stunde vor der Tür gestanden hatte. Es konnte keine Kleinigkeit sein, denn das brachte ihn nicht dermaßen durcheinander.

Shane stieß sich vom Sofa ab, lief ein paar Schritte und stellte sich dann ans Fenster. Ob er ins Leere starrte oder einen festen Punkt beobachtete, konnte Nola von ihrem Platz aus nicht erkennen.

»Du hast den Dolch testen lassen und die Ergebnisse mit alten Einträgen verglichen. Unser Kontakt bei Scotland Yard hat dir da vermutlich geholfen, um die Datenbank abzugleichen«, versuchte Bleu seinen Kumpel zum Weiterreden zu bewegen. »Wessen Blut ist es also?«

Nola spielte ungeduldig an ihrer Kette herum, um nicht auf der Tischplatte herum zu trommeln. »Shane?!«, entfuhr es ihr dann doch auffordernd.

Sie sah, wie er seine Hand zur Faust ballte und die Zähne zusammenbiss. Er war aufgewühlt. Die Wut schien zurückzukommen.

Endlich drehte er sich zu ihnen um. »Dein Großvater hat meine Schwester umgebracht. Es ist ihr Blut.«

# ☙ Schmerzhafte Wahrheiten ☙

Fassungslos starrten ihn Bleu und Nola an. Sie wussten nicht, was sie sagen sollten. Er konnte es ihnen nicht verdenken, denn mit dieser Nachricht hatte wohl niemand gerechnet.

Als er vorhin an Nolas Tür geklingelt hatte, hatte er sie für den Tod seiner Schwester verantwortlich machen wollen. Sie mit Worten verletzen. Zeigen, wie schlimm ihre Familie war, dass sie sogar zu einem Mord fähig war. Shane war froh, dass er es nicht getan hatte. Nola konnte nichts für die Taten ihres Großvaters.

Sie hatte klein und verletzlich vor ihm gestanden. Blass, abgekämpft, mit einer saftigen Prellung am Wangenknochen. Die Sorge um sie hatte alles andere in den Hintergrund gedrängt. Seine Schwester lebte nicht mehr, aber Nola tat es und er wollte unter allen Umständen verhindern, sie zu verlieren. Wie nichtig die Vergangenheit angesichts der Gegenwart werden konnte.

»Du hast eine Schwester?«, fragte Nola atemlos. Die Neuigkeit war richtig eingeschlagen, denn auch Bleu suchte nach Worten.

»Hatte. Ja.« Irgendwie wusste er nicht, wie er weitermachen sollte. Wo setzte er an, um die Geschichte zu erzählen? Wollte er überhaupt alles erzählen? Vermutlich war es an der Zeit, es zu tun. Seit Nola in sein Leben gestolpert war, hatte sich einiges verändert und er lernte langsam, über diverse Dinge zu sprechen. Durch ihre bohrenden Fragen und ihre Neugier war er gezwungen gewesen, Sachen zu erzählen, die er normalerweise nicht preisgeben wollte. Mittlerweile stellte er fest, dass es guttat, sich manches von der Seele zu reden.

Nola spürte seine Unsicherheit und schob den Stuhl zurück, um zu ihm zu kommen. Sie schlang ihre Arme um ihn, tröstend und beruhigend, wie er es vorhin bei ihr getan hatte. »Du musst das nicht alleine tragen«, erinnerte sie ihn mit leiser Stimme. Ihm noch etwas Zeit gebend, verschwand Nola in der Küche und sie hörten, wie der Wasserkocher ein weiteres Mal angestellt wurde.

Bis sie zurück war und vor allen ein frischer Tee stand, war Shane ruhiger geworden und hatte sich an den Tisch gesetzt.

»Zarina war zwei Jahre älter als ich und wir standen uns sehr nahe. Sie war die einzige Person, die mich etwas zügeln konnte. Während meiner Schulzeit war ich nicht gerade ein Musterschüler. Die Partys waren mir wichtiger und ich nutzte den Status unserer Familie in vollen Zügen aus. Wenn dein Nachname Gewicht hat, kriegst du alles und kommst in alle Clubs. Die Welt steht dir offen. Zarina holte mich immer wieder auf den Boden der Tatsachen zurück«, begann Shane zu erzählen, ohne, dass die anderen ihn erneut bitten mussten. Gebannt hörten sie zu und machten keine Anstalten, ihn zu unterbrechen.

»Sie war abends mit Freunden unterwegs, feiern. Sie kam ohne die anderen aus dem Club und wollte nach Hause. Ihre Freunde sagten im Nachhinein, dass sie sich im Club verloren hätten und an dem Abend war wirklich viel los. Jedenfalls stellten sich ihr zwei betrunkene Kerle in den Weg, verlangten ihr Geld. Zarina war ihnen vielleicht nicht schnell genug, jedenfalls kam eins zum anderen und sie wurde schwer mit einem Messer verletzt. Sie starb am nächsten Tag im Krankenhaus und die zwei Typen wurden freigesprochen. Sie waren nicht zurechnungsfähig und es sei keine Absicht gewesen, sie zu töten. Es ist jetzt acht Jahre her.«

Es kam ihm vor wie gestern. Wenn man einen geliebten Menschen verlor, konnten Jahre vergehen, aber man würde ihn immer im gleichen Maß vermissen. Das verwechselten viele Leute. Der Schmerz wurde schwächer und erträglicher, aber das Vermissen blieb ebenso wie die Leere. Es würde auch in zehn Jahren noch Ereignisse geben, die Shane sofort mit seiner Schwester teilen wollte, bis der Verstand aufholte und ihm sagte, dass es nicht mehr möglich war.

»Ich kann mir nicht annähernd vorstellen, wie das für dich sein muss. Sie war noch so jung… Das tut mir leid«, sagte Nola mitfühlend.

Zarina war damals zwanzig gewesen, er gerade achtzehn. Ändern konnte man das nicht mehr, egal, wie oft man darüber nachdachte.

»Du hast nie gesagt, dass du mal eine Schwester hattest«, meinte Bleu behutsam.

»Mein Großvater war ein Adler und hat dafür gesorgt, dass alles unter den Teppich gekehrt wurde. Kein offizieller Zeitungsbericht, keine Berichterstattung. Er hat sie sogar aus Dokumenten verschwinden lassen. Deswegen gab es in der Familie häufig Streit, weil meinem Vater das überhaupt nicht passte. Es war für ihn, als würden wir Zarina verleugnen. Als hätte es sie niemals gegeben. Mein Großvater konnte sich durchsetzen, mein Vater hielt die Klappe.«

»Ist dir das nie merkwürdig vorgekommen? Es ist ein extremer Schritt, jemanden auf diese Weise zu verleugnen«, wollte Nola wissen.

»Ich war damals noch nicht der Mensch, der ich heute bin. Ich habe das Handeln meines Großvaters nicht hinterfragt, weil ich es nicht wirklich mitbekommen habe. Ich war kaum zuhause, hab die Tage an mir vorbeiziehen lassen und fast ausschließlich gefeiert. Als ich nicht mehr ignorieren konnte, dass wir so taten, als hätte es sie nie gegeben, war es mir sogar recht. Ich musste nicht über Zarina sprechen, niemand erinnerte mich an ihren Tod oder die tolle Zeit, die wir gemeinsam hatten. Der Schmerz hat sich irgendwie erträglicher angefühlt, wobei das natürlich Unsinn war«, beantwortete Shane Nolas Frage.

Die zahllosen Streitigkeiten, das Geschrei nach Zarinas Tod, hallten in seinem Gedächtnis nach. Shane hatte versucht, diesem Sumpf zu entkommen und dafür noch mehr Partys gewählt. Die Flamme, die sich in seinem Innern gebildet und seit diesem Tag in ihm gebrannt hatte, war nie wieder erloschen und hatte ihm trotz ausschweifender Feierei keine Ruhe erlaubt.

»Die Aussagen der Täter waren ungenau und passten nicht auf den Tathergang. Die Waffe wurde nicht mal gefunden. Irgendetwas stimmte da nicht, aber keiner war bereit, sich das genauer anzusehen. Egal, ob die zwei wirklich schuld waren oder nicht, ich konnte die Ungerechtigkeit nicht ertragen. Irgendwann kam mein Onkel Alexander auf mich zu. Ich hätte es damals abgestritten, aber ich sah zu ihm auf. Er erzählte mir von den Adlern. Er stellte mir in Aussicht, wenn ich mich zusammenreiße, fleißig lerne und mich gut anstelle, könnte ich Mitglied werden. Das würde mir die Möglichkeit geben, Ungerechtigkeiten in der Welt gerade zu biegen. Eine Aufgabe mit Sinn. Deshalb entschied ich mich letztlich für das Jura-Studium und krempelte mein Leben um«, fuhr Shane fort.

Er hatte sich hinter die Bücher geklemmt und gelernt. Er hatte dafür gearbeitet und sich systematisch darauf vorbereitet, ein Adler zu werden. So war ihm die harte Ausbildung in den ersten Monaten seiner Mitgliedschaft leichter gefallen. Die stundenlange Quälerei mit den Kampftechniken unter Richards Aufsicht und die trockene Theorie der Überwachungsmöglichkeiten. Er hatte ein Ziel vor Augen gehabt.

Nola ließ sich gegen die Stuhllehne sinken. »Damit hätte ich niemals gerechnet. Ich meine, wer würde das schon vermutet? Irgendwie macht manches jetzt aber mehr Sinn.«

»Aber wie passt Nolas Großvater ins Bild? Was nützt es ihm, deine Schwester umzubringen?«, gab Bleu zu bedenken. »Meint ihr, das war wegen der Fehde zwischen euren Großvätern? Klang so, als hätten die sich schwer in die Mangel genommen. Vielleicht war es ja ein Unfall? Dass Nolas Opa eine Warnung schicken wollte und es nicht beabsichtigt hatte, Zarina zu töten?«

Seit Shane das Ergebnis des Datenabgleichs erhalten hatte, war sein Kopf überfüllt. Er hatte bislang nicht richtig über die Gründe nachgedacht.

»Mein Opa hat sich nichts anmerken lassen, obwohl Shane dabei war und der Nachname war ihm direkt ein Begriff.«

»Versteh mich nicht falsch, Nola. Joseph war sehr freundlich, als wir ihn besucht haben. Ich finde ihn sympathisch, aber wir dürfen beide nicht unterschätzen, was er in der Vergangenheit getan hat. Er ist ein Adler und war sogar Teil der Loge. Jahrelang hat er mitbestimmt, welche Aufträge ausgeführt werden sollten. Er hat sein Unternehmen nicht so erfolgreich gemacht, indem er freundlich mit seinen Konkurrenten umgegangen ist. Erst recht nicht als Adler«, widersprach Shane, obwohl ihm das nicht gefiel. Damit griff er Nola indirekt an.

»Wir müssen ihn darauf ansprechen, sonst drehen wir uns weiter im Kreis. Wir arbeiten gerade an zu vielen Fronten und kommen nicht weiter. Wir müssen dafür sorgen, dass ein paar Dinge erledigt werden. Wir können nicht gegen die Society vorgehen und deren Labore suchen, gleichzeitig an dem Rätsel arbeiten und dafür sorgen, dass Nolas Verfolger verschwinden, und uns obendrein an die Fersen des Mörders deiner Schwester klemmen«, sagte Bleu und bewies wieder einmal seinen verlässlichen Verstand und den Blick für das Wesentliche.

»Bleu hat recht. Wir können nicht alles auf einmal machen. Was meine Verfolger angeht, habe ich Ethan ins Boot geholt. Er wird sich für mich umhören, wer die Kerle sind. Und bevor du etwas sagst, Shane, damit können wir testen, ob wir Ethan vertrauen können. Ich glaube, er meint es mit seinem Austritt aus der Society ernst und er möchte wirklich gerne mit dir reden. Warten wir ab, was er zu den Verfolgern berichten kann und machen derweil etwas anderes. Mit dem Rätsel habe ich ein paar Tage Zeit, ehe die Society Ergebnisse haben will. Vielleicht ist es möglich, jemanden für

Mikes Schutz abzustellen? Das würde den Druck nehmen«, schlug Nola vor.

Shane ließ sich das durch den Kopf gehen. Er vertraute grundsätzlich niemandem, der Mitglied eines anderen Bundes war. Ethan war plötzlich auf der Bildfläche erschienen und er wäre nicht der Erste, der über die Mädels an die Adler herankommen wollte. Gegen ein Gespräch war allerdings nichts einzuwenden. Er könnte sich ein eigenes Bild machen und dann entscheiden, ob er Ethan glaubte.

»Okay, also… ich werde mich nicht aufs Rätsel konzentrieren können, bis ich nicht das mit meiner Schwester geklärt habe. Verschaffen wir uns Zeit. Wir kümmern uns um Mikes Sicherheit. Ich schicke ein paar vertrauenswürdige Leute hin, dann haben wir den Kopf in der Hinsicht frei. Wir sollten Ethans Informationen abwarten, aber wir werden deinen Großvater anrufen. Gleich. Das ist nichts, das ich verschieben will oder auf das ich warten kann.«

Damit waren alle einverstanden. Shane wusste, dass er seinen Gefühlen nicht die Führung überlassen durfte. Er wollte und konnte sie nicht ausblenden, aber er durfte auch andere Dinge nicht aus den Augen verlieren. Seine Aufgaben für die Loge waren wichtig und nicht zu vernachlässigen. Stürzte er sich kopfüber in das Rätsel oder ließ sich von seinen Rachegelüsten wegen Zarinas Tod einnehmen, verlor er alle Kämpfe. Er musste den Überblick behalten. Verzweifelt griff er nach den Fäden, die sein Leben gerade noch zusammenhielten.

»Gut, rufen wir ihn an.« Nola holte das Handy aus ihrem Zimmer und stellte den Lautsprecher an, während das Mobiltelefon wählte.

Das Hausmädchen meldete sich und Nola bat darum, mit ihrem Großvater sprechen zu können. »Sagen Sie ihm, dass es um meinen letzten Besuch geht.« Es dauerte nicht lange, bis das Telefonat durchgestellt wurde. Vermutlich ins Arbeitszimmer von Joseph Montgommery.

»Hallo Nola! Wie schön, dass du dich meldest. Du sagtest Clarice, dass es um deinen Besuch geht?«

»Hi Grandpa. Tut mir leid, dass ich dich stören muss, aber es ist wirklich wichtig. Ich muss dich etwas zu den Kartons auf dem Speicher fragen.« Sie wechselte einen Blick mit Shane, der ihr aufmunternd zunickte.

Bis auf ein Brummeln blieb ihr Großvater still.

»Shane und ich haben in einem der Kartons eine Schachtel entdeckt. Ich war zuerst dagegen, dich darauf anzusprechen, weil ich dich nicht verärgern wollte, aber jetzt ist es nötig geworden. Wir… wir haben einen blutigen Dolch und eine dunkelblaue Maske entdeckt. Die Maske ist eindeutig Ausstattung der Adler. Den Dolch konnten wir nicht zuordnen, weshalb Shane ihn untersucht hat.« Vorsichtig tastete sie sich in dem noch einseitigen Gespräch voran.

Sämtliche Reaktionen ihres Großvaters blieben bislang aus. Shane hätte ihn am liebsten an den Schultern gepackt und geschüttelt.

»Hast du...« Nola räusperte sich. »Hast du Zarina Cavendish umgebracht, Grandpa?«, fragte sie leise und voller Angst vor der Antwort.

»Was soll denn das für eine Frage sein?«, kam es ruppig aus dem Lautsprecher. »Wer ist Zarina Cavendish?«

»Mister Montgommery, hier ist Shane. Wenn Sie hinter dem Mord an meiner Schwester stecken, sagen Sie es mir bitte. Hat es mit dem Streit zwischen Ihnen und meinem Großvater zu tun?«, mischte Shane sich ein und spürte, wie seine Anspannung wuchs.

Konnte denn nicht einmal jemand direkt auf eine Frage antworten? Ohne Lügen, ohne Zögern?!

»Ah, der junge Cavendish. Das sollte mich nicht wundern! Ich weiß allerdings überhaupt nicht, von welcher Schachtel ihr sprecht. Wenn das dann alles wäre...« Er klang abweisend und wollte sie eindeutig abwimmeln.

»Grandpa, bitte! Hilf uns! Wir haben den Dolch gesehen, wir haben das Blut untersuchen lassen. Es ist das Blut von Shanes Schwester. Sie wurde vor acht Jahren umgebracht. Sie war genauso alt wie ich jetzt. Bitte!«, flehte Nola.

Bleu hielt sich im Hintergrund, verfolgte die Unterhaltung aufmerksam und gespannt. Shane wurde langsam wahnsinnig. Dieses Herumsitzen machte ihn irre. Unruhig stand er auf und begann wieder im Raum umher zu laufen.

»Ich habe kein Mädchen umgebracht.«

Shane wusste nicht, ob er sich freuen sollte oder nicht. Wer hatte seine Schwester auf dem Gewissen?

»Wieso hast du dann den blutigen Dolch auf deinem Speicher?«, fragte Nola tonlos.

»Ich wusste nicht, was in der Schachtel ist. Ich habe nie hineingesehen. Hätte ich geahnt, dass darin ein Beweisstück ist und dazu noch mit getrocknetem Blut, ich hätte es nicht einfach jahrelang in meinem Haus aufbewahrt. Deine Großmutter hätte mir den Kopf abgerissen!«

Stumm tauschten die drei Blicke aus. Zum wiederholten Male drehte sich das Blatt, schneller als man gucken konnte. Gerade dachte man, das Bild zu kennen, die Gründe erahnen zu können, da wurde neu gemischt und ausgeteilt.

»Joseph, wie kam die Schachtel in Ihre Hände? Warum haben Sie sie aufgehoben?« Shane hatte große Mühe, ruhig zu bleiben.

»Jemand hat mich darum gebeten, sie zu verwahren. Das habe ich getan. Es ist doch Ehrensache, dass man sich untereinander hilft. Deshalb habe ich nicht hineingesehen. Ich habe einige kriminelle Dinge in meiner Zeit als aktiver Adler getan, aber ich habe niemals ein Kind getötet!« Er klang resolut und kein bisschen gesundheitlich angekratzt. Wenigstens in der Hinsicht konnte Nola beruhigt sein.

»Bleiben Sie doch bitte nicht länger so schwammig. Von wem haben Sie die Schachtel bekommen? Ihnen ist schon klar, dass derjenige die Beweise womöglich in Ihrem Haus platziert haben könnte, um Ihnen den Mord an meiner Schwester anzuhängen?!« Shane redete dem alten Adler ins Gewissen.

Ihm und Bleu war klar, dass Nolas Großvater gerade mit einer Regel der Adler zu kämpfen hatte. Er war dabei, einen Adler zu verraten. In Shanes Augen war das gerade jedoch etwas ganz anderes.

Ein resigniertes Seufzen am anderen Ende der Leitung. »Er kam zu Besuch und brauchte meine Hilfe. Ich sollte damals eine Weile darauf aufpassen, aber über die Jahre habe ich vergessen, dass ich die Sachen überhaupt noch habe. Jedenfalls… Ich habe die Schachtel damals von Richard Davis bekommen.«

»Richard? *Unser* Richard? Der die Adler leitet und den Vorsitz in der Loge hat?«, fragte Shane ungläubig nach.

»Ja. Er ist ein sehr gefährlicher Mann, den man nicht unterschätzen sollte.«

# ✂ Ein Abend am See ✄

Reglos lag er mit dem Rücken auf dem Sofa und starrte die weiße Decke an. Sein Handy klingelte schon wieder, aber Shane rührte sich nicht, um es vom niedrigen Couchtisch zu angeln. Es hatte heute mehrmals geklingelt, genau wie gestern und vorgestern und die Tage davor.

Er fühlte sich, als würde ihm jegliche Kraft fehlen, jeder Antrieb. Er wusste nicht mehr, wo oben und wo unten war. Mit einem simplen Satz hatte sich sein gesamtes Leben verändert. Mal wieder.

Vor acht Jahren hatte man ihm gesagt, dass seine Schwester gestorben war. Da war er erstmals unsanft auf dem Boden der Tatsachen aufgeschlagen. So viele Fragen waren ihm durch den Kopf gegangen und er hatte geahnt, dass er keine Antworten darauf finden würde. Eine unbändige Wut hatte sich in ihm aufgebaut und ihn seitdem angetrieben.

Sein Onkel hatte ihm von den Adlern erzählt, um ihn aus dem dunklen Loch zu ziehen. Damit war Alexander erfolgreich gewesen. Nur war sein Neffe in eine andere, tiefere Dunkelheit gelockt worden. Shane wusste, dass Alexander das nicht mit Absicht getan hatte. Er hatte es bis vor einer Woche selbst nicht geahnt.

Die Vorbereitungen auf die Adler und die Aufnahme in diesen Bund waren ein neues Ziel für ihn gewesen. Etwas, auf das er hinarbeiten konnte, für das sich das

Leben lohnte. Shane war nicht so dumm, dass er die Augen vor den Taten der Adler verschlossen hätte. Von Anfang an war ihm klar gewesen, mit welchen Methoden die Mitglieder vorgingen, um ihren Willen durchzusetzen. Es war ihm allerdings vollkommen gleichgültig gewesen. Für ihn heiligte der Zweck die Mittel.

Sein Zweck war es gewesen, sich für eine bessere Welt einzusetzen. Dafür zu sorgen, dass man Gesetze abwendete, die für die Bevölkerung mehr schädlich als förderlich gewesen wären. Selbst wenn man dafür Parlamentsabgeordnete erpressen und schmieren musste. Wenn ein Verbrecher vor Gericht freigesprochen wurde, weil die Adler ihn brauchten, um an anderer Stelle wieder etwas erreichen zu können, dann war das ebenfalls in Ordnung. Deshalb hatte Shane sich die Hände schmutzig gemacht.

Zwar hatte er seine Differenzen mit Richard gehabt, aber sie hatten an das gleiche Ziel für die Gruppe geglaubt. Er traute Richard alles zu, aber bislang war dessen Streben und Handeln gegen Außenstehende gerichtet gewesen. Oder?

Seit dem Telefonat mit Nolas Großvater war eine Woche vergangen, in der Shane sich zurückgezogen hatte. Er ging nicht zur Uni, er beantwortete keine Anrufe. Nola war ein paar Mal hier gewesen, aber ihm war nicht nach reden zumute. Sie wollte für ihn da sein, ihm helfen, aber sie konnte nicht erahnen, wie es in ihm aussah. Sie wusste nicht, was er getan hatte.

Er hinterfragte jeden einzelnen Auftrag, den er teilweise mit Begeisterung für die Adler, für Richard, ausgeführt hatte. Shane hatte nie Reue für seine Taten verspürt. Für ihn waren die Verbrechen eine Begleiterscheinung. Jetzt bekam alles eine andere Färbung.

\*\*\*

»Shane, du hast dich als äußerst engagiertes Mitglied herausgestellt. Die Aufträge, die du und dein Team ausführen, verlaufen reibungslos und sind erfolgreich. Heute habe ich einen Auftrag für dich, den du jedoch besser alleine ausführst.«

Ruhig saß er auf dem Stuhl gegenüber von Richards Schreibtisch und wartete auf die neuen Anweisungen. Besonders sympathisch war ihm der Anführer von Sword & Eagle noch nie gewesen, aber man musste im Leben nicht jeden leiden können.

Wichtiger war ihm, dass er mit seinem Team klarkam. Sie waren wie eine zweite Familie für ihn geworden, vor allem nach der harten Ausbildung, die sie gemeinsam durchlaufen hatten.

»Wir müssen ein paar Spielfiguren im Parlament in Position bringen. Einer muss schließlich dafür sorgen, dass gescheite Leute zum Zug kommen. Ich möchte, dass du diese

Gegenstände in das Haus einer Zielperson bringst. Verteile sie sinnvoll und unauffällig.«

Richard schob ihm einen Beutel über den Tisch zu. Es klapperte und klirrte darin. Shane warf einen Blick hinein. Ein kleiner runder Teller mit Goldrand und einem kitschigen Bild in der Mitte. Ein filigran gearbeiteter Siegelring, der eindeutig einer Frau gehören musste. Dann noch ein Plastikbeutel, in dem Kosmetiktücher waren.

»Sorg dafür, dass keine Spur zu dir und uns führt. Die Tücher kannst du im Badezimmer oder der Küche entsorgen«, kam Richard automatisch auf die unausgesprochene Frage zu sprechen. »Du kannst jetzt gehen.«

Noch am selben Abend hatte er das Haus der Zielperson beobachtet. Ein Politiker aus dem Parlament. Shane hatte sich über dessen Einstellung informiert und ahnte, weshalb Richard ihn aus dem Weg haben wollte. Er blockierte wichtige Fördergesetze, die der britischen Wirtschaft zu Wachstum verhelfen würden.

Zwei Tage später stieg Shane in das Haus ein. Den Siegelring verbarg er im hintersten Winkel des Nachttisches. Den hässlichen Teller stellte er zu einer ebenso schrecklichen Sammlung in einem Wohnraum und die Kosmetiktücher entsorgte er, wie vorgegeben, im Badezimmer.

Am nächsten Tag überschlugen sich die Medien, als der besagte Politiker medienwirksam festgenommen wurde. Es kam heraus, dass er angeblich seine Geliebte getötet hatte, aus Angst, sie würde sein Leben und seine Karriere zerstören. Die Indizien sprachen eindeutig gegen ihn. Man fand *ihren Ring bei ihm, den er als Andenken an die schöne Zeit mit ihr behalten hatte. Den Sammelteller, den er ihr einst geschenkt hatte, war in seinem Haus aufgetaucht. Man hätte die Spur des Kaufes zu ihm zurückverfolgen können. Zu guter Letzt waren Tücher gefunden worden, mit denen er versucht hatte, sich ihr Blut von den Händen zu wischen.*

\*\*\*

Durch ihn war vielen Leuten etwas untergeschoben worden, um sie aus dem Verkehr zu ziehen. Seine Aufträge hatte Shane zwar hinterfragt und sich genau über seine Zielperson informiert, aber er hätte letztlich mehr tun können. Dafür hatte es allerdings keinen Grund gegeben.

Manchmal verschloss man die Augen so sehr, dass man die Dinge nicht erkannte. Man wollte nicht hinsehen.

Jetzt war Shane klar, dass dieser Politiker nicht wegen der Fördergesetze ausgeschaltet worden war. Er hatte dafür gekämpft, die Waffengeschäfte mit ausländischen Firmen zu reduzieren und härter zu prüfen. Das war Richard ein Dorn im Auge gewesen.

Weshalb hatte er Nolas Großvater die Mordwaffe seiner Schwester untergeschoben? Was gewann er dadurch? Joseph Montgommery war zu der Zeit Anführer der Adler gewesen und Richard hatte somit ein Druckmittel gegen den alten Mann gehabt. Er hatte es aber nie benutzt. Oder er hoffte darauf, dass Shanes Familie es herausfand und sich die beiden Großväter gegenseitig ausschalteten.

Shane rieb sich die Stirn. Seine Gedanken kreisten um die Ereignisse der Vergangenheit. Was davon machte Sinn? Was war die Wahrheit dahinter? Er fand logische Erklärungen, wusste aber nicht, ob sie stimmten. Es half nicht gerade, dass immer wieder Szenen vor seinem inneren Auge auftauchten und seine Überlegungen ablenkten.

In Kingston upon Hull hatte er mit der Hälfte seines Teams einmal eine Lagerhalle am Hafen in die Luft gesprengt. Von dort hatte der Orden zahlreiche Geschäfte geleitet, Waren in die Welt exportiert und war durch den Angriff entsprechend empfindlich getroffen worden.

In einer Nacht- und Nebelaktion waren sie dorthin gefahren und hatten die Halle präpariert. Mit Sprengstoffen und Kabeln war die Arbeit nicht möglich gewesen, da es bei der polizeilichen Untersuchung zu viele Fragen aufgeworfen hätte. Brandbeschleuniger war die Alternative gewesen und hatte dafür gesorgt, dass der Orden anschließend die Versicherung wegen Betrugs am Hals gehabt hatte.

Er war stolz darauf gewesen, dem Orden in die Quere kommen zu können. Dass ihm solche Missionen nichts ausmachten, zeigte, wie sehr er zu diesem Zeitpunkt schon in die Dunkelheit eingetaucht war. Bereit, alles zu tun. Wirklich alles.

\*\*\*

*Die Abenddämmerung hatte eingesetzt, aber er hatte Wright fest im Blick. Der Banker machte mit seiner Familie derzeit Urlaub im Lake District, im Nordwesten Englands. Die Observationen der letzten Wochen hatten gezeigt, dass Wright diversen Firmen dazu verhalf, ein Millionengeschäft an der Börse zu machen. Sie kauften vorab Aktien eines Unternehmens, das sie nach vorne bringen wollten und sorgten dann dafür, dass die Aktien der Konkurrenz in den Keller fielen. Manchmal reichte ein medialer Skandal rund um das Produkt des Konkurrenten aus, manchmal hatten sie nachgeholfen und das Produkt absichtlich sabotiert.*

*Wright kam soeben den Abhang hinunter und steuerte auf das kleine Bootshaus zu. Shane konnte die fröhliche Melodie, die er pfiff, bis hierher hören. Nahezu lautlos schlüpfte er hinter dem Busch hervor und eilte auf das kleine Ruderboot zu, das bereits am Steg lag. Zuvor hatte er gesehen, dass ein paar alte Planen an Bord lagen, unter denen er sich nun versteckte.*

*Es dauerte nicht lang und Wright brachte das Boot zum Schaukeln, als er einstieg und die Ruder einhakte, die er am Morgen frisch mit Lack überstrichen hatte. Das regelmäßige Eintauchen der Ruder ertönte. Genau da, wo Shane ihn haben wollte.*

*Er schaute unter der Plane hervor. Wright saß mit dem Rücken zu Shane auf dem schmalen Sitz. Mit kräftigen Zügen brachte er das Boot immer weiter auf den See hinaus. Leise schlug Shane die Plane zurück. Es sah fast so aus, als würde er dort entspannt auf dem Stoff liegen und sich durch die nahende Nacht rudern lassen.*

*»Weiß Ihre Frau eigentlich, woher das ganze Geld kommt, mit dem Sie die schönen Urlaube machen können?«, durchbrach Shane die Stille. Es verfehlte die Wirkung kein bisschen.*

*Wright erschrak heftig und fuhr herum. Er musterte Shane die ersten Sekunden, wie er dort, mit einem Arm lässig unter den Kopf geschoben, lag. »Was…wie…«, stotterte er, fing sich dann aber erstaunlich schnell. »Wer sind Sie?« Die Augen verengten sich lauernd.*

*»Das tut nichts zur Sache. Ihr kleines Börsenspiel ist aufgedeckt worden und es gibt einige Leute, die davon nicht begeistert sind. Mich würde jedoch brennend interessieren, ob Ihnen klar ist, dass Sie einen Massenunfall auf der M5 verursacht haben, bei dem gut zwanzig Menschen gestorben sind. Angeblich, weil die Elektronik einer neuen Automarke ausgefallen ist. Hätten Sie und ihre Freunde da nicht nachgeholfen… Und sagen Sie, Wright, können Sie mit der Tatsache gut einschlafen, dass Sie einen Impfstoff verunreinigt haben, der mehr als dreihundert Menschen geschädigt hat, ehe der Fehler auffiel? Sie wissen bestimmt, dass fast achtzig Patienten gestorben sind und viele andere bleibende Schäden zurückbehalten haben. Und dann bringen Sie ihre kleine*

Familie für einen gemütlichen, schönen Urlaub hierher.«
Shane schüttelte tadelnd den Kopf.

Selbst im Halbdunkeln sah er, wie Wright blass wurde.
Wahrscheinlich sah er das Geld, das er sich in die Taschen
scheffelte, aber nicht den Preis dafür.

»Was wollen Sie? Ich rudere zurück an Land und stelle
Ihnen einen Scheck aus«, brachte der Banker mit dünner
Stimme hervor.

»Da wären wir schon bei der Kernfrage. Aber ich möchte
nichts, Mr. Wright.« Shane setzte sich auf und zog dabei ein
Messer aus der Jackentasche. »Andere Leute haben über sie
gerichtet, ich führe das Urteil aus.«

Hatte er zuvor ein klein wenig mit seinem Auftrag geha-
dert, flackerte mittlerweile die unbezähmbare Wut in ihm
auf, die ihn seit geraumer Zeit beherrschte. Wright war in
dieser Sekunde das Sinnbild aller Ungerechtigkeiten für ihn
und er projizierte die Sinnlosigkeit von Zarinas Tod ebenfalls
in diese Situation, auf Wright. Sein Verstand schaltete sich
ab.

Der Banker sprang auf, das Boot schaukelte wild. Shane tat
es ihm gleich und arbeitete sich die wenigen Schritte zu dem
Banker vor. Sie versuchten beide, ihre Balance zu halten. Ein
Handgemenge entstand, bei dem Wright sich Shane vom
Hals halten wollte. Mit der Klinge verletzte Shane seinen
Gegner am Arm.

Ein paar Augenblicke, in denen das heftige, angestrengte
Atmen der beiden Männer zu hören war, vergingen. Wright
wollte ihm das Messer aus der Hand nehmen, gleichzeitig

musste er aufpassen, nicht verletzt zu werden. Shane stieg über den Sitz hinweg, sodass sich beide in der Mitte des Ruderbootes befanden. Shane stieß die Klinge nach vorne, in der Hoffnung, Wright zu treffen.

Der Banker duckte sich und griff nach einem Ruder. Er riss es mit Schwung hoch und traf Shane an der Schläfe. Nach hinten taumelnd, blieb Shane an dem Sitz hängen und fiel hart auf die Planken, die sich unter den Planen befanden.

Shane konnte sich nicht schnell genug aufrappeln und Wright griff nach seinem Handgelenk, um es zu verdrehen. Shane ließ zwar augenblicklich das Messer fallen, schlug dem Mann dafür mit der freien Hand, die zur Faust geballt war, gegen den Kopf. Während Wright einen Schritt nach hinten machte, umfasste Shane das Messer mit der rechten Hand und stand auf.

Im nächsten Moment kamen zwei Dinge zusammen. Shane veränderte den Griff um das Messer. Anstatt die Klinge nach vorne zu halten, drehte er sie in seine Richtung und holte aus. Gleichzeitig kam Wright auf ihn zu. Sobald der Banker nahe genug war, schlug Shane ihm die Faust in den Magen. Wright krümmte sich zusammen und Shanes andere Hand sauste mit voller Wucht hinunter. Die Klinge durchbrach die Haut im Nacken. Blut tropfte warm auf Shanes Hand. Wrights Augen weiteten sich ein letztes Mal, als er das Ende erkannte.

Shane bildete sich ein, zu sehen, wie das Licht aus Wrights Augen verschwand. Konnte man so etwas wirklich sehen? War es nicht bloß Einbildung?

*Wright fiel leblos auf die Knie. Mit einem Ruck zog Shane das Messer aus dem Nacken heraus und schubste Wright anschließend über Bord. Selbst wieder zu Atem kommend, blieb Shane noch ein paar Minuten sitzen. Er wusste, dass er diesen Abend niemals vergessen würde.*

*** 

Konnte man seinen ersten Mord überhaupt jemals vergessen? Oder irgendeinen danach?

In den fünf Jahren bei den Adlern hatte er so einige Missionen erledigt. Alle zu vollster Zufriedenheit der Loge. Was hatte das aus ihm gemacht?

Er war ein blinder Handlanger gewesen. Der Sündenbock, damit man anderen nichts anhängen konnte. Die Wut brodelte wieder in ihm hoch. Er war nicht unschuldig an alldem. Keinesfalls. Shane hatte das mit sich machen lassen, sich nicht gewehrt, nicht genug hinterfragt. Er hatte es in der Hand gehabt und hätte nein sagen können. Er konnte und wollte die Schuld nicht von sich schieben.

Doch er war auch manipuliert worden. Richard hatte ganz gezielt Informationen gestreut, damit Shane die Missionen als etwas Persönliches ansah. Ob ein kleiner Hinweis auf die Gleichgültigkeit, mit der Zielpersonen mit Menschenleben umgegangen waren oder beiläufige Details, die Shanes Wut auf die Ungerechtigkeit der

Welt geschürt hatten. Irgendetwas, das Shanes Gerechtigkeitssinn ansprach, hatte ausgereicht.

Richard hatte genau gewusst, welche Knöpfe er drücken musste. Der Anführer der Adler hatte ihn zu einem Monster gemacht, zu einem Verbrecher. Die ganze Zeit war Shane eine Marionette gewesen.

Damit war jetzt Schluss. Richard würde büßen, für das, was er getan hatte.

Shane setzte sich auf und schwang die Beine von der Couch. Niemand würde Richard in den Weg treten und seine Herrschaft bei den Adlern beenden. Er hatte zu viele Leute in der Hand und der Rest lebte in ständiger Angst vor ihm.

Dann musste Shane es eben tun.

Richard musste sterben.

# ೞ Auf Konfrontationskurs ೞ

Schwungvoll stieß er die Tür auf, die daraufhin knallend gegen die Wand schlug. Die drei jungen Adler, die vor dem Tisch saßen, machten große Augen. Der Ruf, den Shane sich über die Jahre erarbeitet hatte, eilte ihm innerhalb und außerhalb des Bundes voraus. Es gab nur wenige Personen, die sich davon nicht beeindrucken ließen.

»Wir setzen unsere Unterhaltung später fort«, sagte Richard zu den anderen Mitgliedern, die sich erhoben und schnellstmöglich an Shane vorbeihuschten. »Shane, mit dir habe ich heute nicht gerechnet. Wir haben keinen Termin und du hast mir bislang keine neuen Ergebnisse zu den Laboren der Society geliefert.«

»Hast du sie umgebracht? Hast du meine Schwester auf dem Gewissen?«, fuhr er Richard ohne Umschweife heftig an. Mit jeder Sekunde fühlte er die Wut mehr in sich aufsteigen, sich in seinem Körper ausbreiten. Shane hatte gedacht, schon von Hass erfüllt zu sein, doch Richard gegenüber zu stehen, brachte ihn auf eine ganz neue Stufe des Hasses.

»Wovon sprichst du bitte?«

Er erdreistete sich wirklich, sich dumm zu stellen. Shane war am Schreibtisch angekommen und schlug mit der Faust auf die dicke Holzplatte. »Wieso zum Teufel hast du meine Schwester umgebracht? Sie hatte nichts mit dir oder den Adlern zu tun. Warum,

Richard? Hab wenigstens den Anstand, mir ins Gesicht zu sehen und mir die Wahrheit zu sagen. Ich habe den blutigen Dolch bei Joseph Montgommery gefunden, der ihn all die Jahre brav für dich aufbewahrt hat.«

Er hatte seine Stimme kaum noch unter Kontrolle. Am liebsten hätte er sich sofort auf Richard gestürzt. Wie er Shane schon ansah! Das überhebliche Grinsen im Gesicht, mit den Falten, die sich um die Augenwinkel eingruben. Das gespielte Lächeln kam in Richards Augen nur nicht an. Das tat es nie.

Die Miene seines Gegenübers wurde ernst und er zuckte gleichgültig mit den Schultern. »Du hast das große Ganze nie verstanden, Cavendish. Du bist ein guter Soldat, mehr nicht. Leider scheint dir das endgültig zu Kopf gestiegen zu sein.« Kalt musterte er den jüngeren Adler. »Politik ist alles. Innerhalb des Bundes, außerhalb und gegen die anderen Bünde. Du musst immer einen Trumpf in der Hand halten und deine Widersacher ausspielen.«

Wollte er ihn auf den Arm nehmen?! Shane besaß ohnehin keine Geduld mehr und Richard fing an, irgendetwas Belangloses von sich zu geben. Shane griff mit einer Hand auf den Rücken, wo er sich die gesicherte Waffe in den Hosenbund gesteckt hatte. Er zog sie hervor, entsicherte sie und zielte sogleich auf seinen Anführer.

Der begann zu lachen. »Sei nicht so melodramatisch, bloß, weil ich dir eine Lektion erteile. Du scheinst heute mit dem falschen Fuß aufgestanden zu sein.« Unbeeindruckt blickte Richard auf die Waffe. Langsam stand er auf und überragte Shane um ein paar Zentimeter. »Es war ein tragischer Unfall. Es sollte ein Denkzettel an deine Familie sein. Dein Großvater und dein Onkel waren bisweilen gegen meine Vision für die Adler und besonders dein werter Großvater stand mir im Weg. Ihm war sofort klar, dass es eine Drohung an ihn war. Was meinst du, weshalb er sich durchgesetzt und alles vertuscht hat?! Reginald hatte panische Angst, dass ich weitermache und die Cavendishs auslösche. Er wusste, dass ich am längeren Hebel sitze.«

Shane hatte das Gefühl, nicht mehr atmen zu können. Voller Begeisterung für seine grandiosen Intrigen, stand Richard vor ihm und schien Lob zu erwarten. Den Zeigefinger bereits am Abzug, begann Shanes Hand zu zittern.

»Die Typen, die ich engagiert habe, um deine Schwester zu bedrohen, waren etwas übereifrig. Sie sollten Zarina verletzen. Das hätte mir als Drohung vollkommen ausgereicht. Nun ja. Zack, steckte das Messer etwas zu tief. Dafür war die Wirkung meiner Botschaft bei Reginald somit eindringlicher. Es bekommt jeder das, was er verdient. Du kannst mir glauben, dass dein Großvater es mehr als verdient hatte. Also: nein! Genau genommen, habe *ich* deine Schwester nicht umgebracht, aber die richtigen Figuren bewegt.«

Shane war wie erstarrt. Zarina hatte sterben müssen, weil Richard politische Spielchen getrieben hatte. Weil jemand anderer Meinung gewesen war als er. Wie krank war so ein Verhalten?! Wieso hatte er nie den Wahnsinn bemerkt, der hinter Richards Auftreten steckte?

»Sie war unschuldig! Sie hatte das nicht verdient. Wieso? Damit du deine Macht innerhalb des Bundes ausweiten konntest? Was hast du noch alles getan, um die Position in der Loge zu erlangen?«, blaffte er Richard an. »Du hast einen Verbrecher und Mörder aus mir gemacht, aber das wahre Monster bist du!«

»Na und? Ich habe eine Macht, die du niemals besitzen wirst.« Richard trat ein paar Schritte zur Seite und um den Schreibtisch herum. Shane spiegelte seine Bewegungen, um den Abstand zwischen ihnen zu halten.

Sie standen sich gegenüber, ohne ein weiteres Hindernis zwischen ihnen. Shane drückte im selben Moment ab, in dem Richard sich nach vorne warf. Die Kugel schoss knapp an ihm vorbei und traf dumpf ins Regal dahinter. Richard schlug Shanes Hand zur Seite, sodass die Pistole außer Reichweite flog und dann über den Boden schlitterte.

Aus seiner geduckten Position traf Richard ihn in der Aufwärtsbewegung mit dem Ellbogen am Kinn. Mit ein paar saftigen Schlägen in die Magengrube und in Richtung seines Gesichtes, setzte Richard sogleich nach. Shane ließ sich nach hinten drängen. Nach einigen Schritten konnte er nach dem Schürhaken am Kamin greifen. Richard versuchte den Hieb abzuwehren, doch der vordere, spitze Zinken grub sich in seinen Arm.

Trotz des Schmerzes, den er verspüren musste, griff er mit der Hand nach der Stange und zog kräftig daran, um Shane den Griff zu entwenden. Schnell hatte er den Haken aus der Haut gezogen. Richard nutzte den Schürhaken für einen Gegenangriff. Shane duckte sich rechtzeitig, um die Eisenstange abzukriegen. Er hechtete mit einer Rolle nach vorne an Richard vorbei. Wenigstens hatte er so nicht mehr Kamin und Wand im Rücken, konnte sich freier bewegen.

In der offenstehenden Tür versammelten sich weitere Mitglieder, die durch den Pistolenschuss angelockt worden waren. Niemand hatte den Mut, sich in diesen Kampf einzumischen.

Richard wollte hinter ihm her. Shane schob ihm geistesgegenwärtig einen der Clubsessel in den Weg. Nebenbei versuchte er seine Umgebung im Blick zu behalten. Wo lag die Waffe?

Sein einstiger Mentor hechtete über das Polster hinweg und warf sich mit einem Kampfschrei auf Shane. Dieses Mal traf die Schürstange ihn. Das Metall kratzte oberflächlich über seine linke Gesichtshälfte und riss ihm die dünne Haut seitlich am Hals auf.

Shane stolperte rückwärts, prallte gegen die Schreibtischkante. Augenblicklich ließ er sich zurückfallen. Er lehnte sich mit dem unteren Rücken stützend auf die Platte und führte einen Kick gegen Richard aus. Durch die Wucht des Trittes schaffte er zwischen ihnen etwas Distanz. Der Schürhaken polterte zu Boden.

Beide nutzten die Gelegenheit, wieder mit mehr Anlauf auf den anderen loszugehen. Shane stieß sich vom Tisch ab und konnte durch den Schwung einen Faustschlag auf Richards Wangenknochen platzieren. Der nächste Schlag wurde abgewehrt und sein Gegner ließ sich geschickt zu Boden fallen, um ihm dann die Beine wegzutreten.

»Ich hab dir das Kämpfen beigebracht, vergiss das nicht«, stieß Richard hervor. Mehrere gezielte Hiebe trafen Shane in die Seite. Er krümmte sich zusammen. Sobald sich die Möglichkeit bot, rollte Shane sich zur Seite und sprang auf die Beine. Das Adrenalin dämpfte den Schmerz.

Richard schien zu ahnen, was er vorhatte, denn beide stürzten sich auf die Waffe, die sie entdeckt hatten. Mit einem triumphierenden Grinsen erreichte Richard sie zuerst und drückte ungerührt ab. Erschrocken fasste Shane sich an die Seite. Schmerz durchzuckte seinen Körper. Richard holte aus und hämmerte ihm den Griff der Waffe auf die Stirn. Nur indem Shane den Arm rechtzeitig in die Höhe riss, konnte er den Schlag abmildern.

Trotzdem ging er zu Boden und sah schwarz. Kalt presste sich die Mündung der Pistole an seine Schläfe, als er mühsam die Augen aufschlug.

»Ich habe *alles* getan, um meine Position zu erlangen. Ich habe den Großvater deiner reizenden Nola von diesem Platz verdrängt und ihren Vater so sehr unter Druck gesetzt, dass er sich freiwillig von ihr ferngehalten hat. Der blutige Dolch bei Granpa Montgommery war eine meiner Rückversicherungen, eine in Position gebrachte Spielfigur. Ich hätte mit Begeisterung zugesehen, wie sie sich gegenseitig zerfleischt hätten. Ich habe Mitglieder getötet und niemand hat die Tode hinterfragt. Dich werde ich ebenfalls töten. Ich werde dich mit bloßen Händen umbringen. Und es wird mir ein Vergnügen sein, Cavendish«, zischte Richard leise und voller Verachtung.

Die anderen Mitglieder, die sich an der Tür drängten, um mehr sehen zu können, konnten es leider nicht hören.

»Ich habe jeden einzelnen Adler in meiner Gewalt. Und ich werde die Macht nicht mehr abgeben.« Aus nächster Nähe schlug Richard ihn mit dem Griff der Pistole.

»Bringt ihn in den Keller«, forderte er.

# ⚝ Alte Zellen ⚝

Nola war mit ihren Gedanken zwar ganz woanders, aber sie konnte die Uni nicht vernachlässigen. Das tat sie ohnehin viel zu häufig. Trotzdem waren die Vorlesungen seit letzter Woche die reinste Qual. Ständig dachte sie an Shane und wie sie ihm aus seinem Tief helfen konnte. Ihr war durchaus bewusst, dass es keine kurze Phase war. Nichts, das man auf die leichte Schulter nehmen durfte. Die Fundamente seines Lebens hatten sich aufgelöst. Alles, was er zu wissen glaubte, entsprang Lügen und Manipulation.

Nachdem er zahlreiche ihrer Anrufe ignoriert hatte, war Nola dazu übergegangen, ihm einfach seine Ruhe zu lassen. Gut fühlte sie sich damit nicht, aber es brachte nichts, sich aufzudrängen.

Um sich abzulenken, hatte sie sogar versucht, das Rätsel ohne die Jungs voranzutreiben. Ihr wollte partout keine Idee einfallen, auf welches Schloss der filigrane Schlüssel passen sollte. Hinzu kam, dass sie nicht bei der Sache bleiben konnte.

Sie verließ das Universitätsgebäude und fragte sich, worum es in dem Seminar gegangen war. Es rauschte alles an ihr vorbei. Nola merkte sich nichts mehr, bekam den Inhalt der Kurse gar nicht mit. Fahrig strich sie sich die Haare aus dem Gesicht, die der kalte Wind herumwirbelte.

Gerade passierte sie das schmiedeeiserne Tor mit den großen Wappen des King's College, als sich ein Motorrad geschickt an den Autos vorbeischlängelte und unmittelbar vor ihr zum Stehen kam. Automatisch machte sie einen Schritt zurück.

Der Fahrer hob den schwarzen Helm vom Kopf und winkte sie heran. Es war Bleu, wie sie erleichtert feststellte. Nolas Nervenkostüm wurde zusehends dünner. Auch jetzt schrillten ihre Alarmglocken.

»Hey«, begrüßte Bleu sie mit einem schiefen Grinsen, das schnell verschwand.

»Hi Bleu. Was machst du denn hier? Was ist los?« Sie nahm den zweiten Helm automatisch entgegen, den er ihr in die Hand drückte.

»Wir müssen Shane aus der Patsche helfen. Er hat sich gestern mit Richard angelegt und der hat ihn einsperren lassen. Es gab einen kurzen, aber heftigen Kampf zwischen ihnen. Die anderen haben mir davon erzählt. Wir müssen ihn da rausholen«, fasste er die Situation zusammen.

Fassungslos sah sie ihn an. »Was?!« Für Sekundenbruchteile überschlugen sich ihre Gedanken. »Dieser Idiot!«, ärgerte sie sich lauthals vor Sorge. Wieso war er so unvorbereitet zu Richard gegangen? Wie ging es Shane jetzt? Wieso um Himmels Willen war er gegangen, ohne etwas zu sagen!? Sie hätte sich nicht von Shane abwimmeln lassen dürfen! Genau solche Dummheiten hatte sie nämlich befürchtet. Shane war nicht mehr er selbst. Es war eine Frage der Zeit gewesen, bis er sich mit einer Kurzschlusshandlung in Schwierigkeiten brachte. Na, wunderbar.

»Das wundert mich überhaupt nicht. Wir hätten auf ihn aufpassen sollen«, sagte sie verzweifelt.

»Und dann? Wir hätten uns nicht Tag und Nacht in seiner Wohnung verschanzen können. Er wäre trotzdem unbemerkt an uns vorbeigekommen«, widersprach Bleu ihr. Er konnte Shane und dessen Fähigkeiten besser einschätzen, weshalb Nola nichts mehr dazu sagte.

»Wie hast du dir unsere Befreiungsaktion gedacht? Richard wird bestimmt ahnen, dass jemand Shane da herausholen will. Kann uns euer Team helfen?« Nola bemühte sich, auf das Wesentliche zurückzukommen und keine Szene zu machen. Das würde Shane nicht weiterhelfen. Sie atmete noch einmal durch. Falls ihnen Shanes restliches Team beistehen konnte, wäre das extrem nützlich. Nola konnte sich nicht gut verteidigen, geschweige denn jemanden wirkungsvoll angreifen.

»Ich will das Team raushalten. Momentan weiß ich nicht, wem ich innerhalb der Adler vertrauen kann und wer uns direkt an Richard verpfeift. Glaub mir, ich würde dich lieber raushalten und dich nicht mit in die Höhle des Löwen schleppen, aber uns bleibt nichts anderes übrig.«

Entschlossen stellte Nola den Riemen ihrer Umhängetasche enger, damit sie gleich auf dem Motorrad nicht
störte. Sie setzte sich den Helm auf und kletterte hinter
Bleu auf die Maschine. Mit tiefbrummendem Klang
sprang die Maschine an und Bleu fuhr los.

An der nächsten Kreuzung bog er nach rechts, um
hinunter zur Themse zu fahren. Direkt an den Victoria
Embankment Gardens suchte er sich einen Parkplatz.
Zwischen zwei Autos war gerade genug Platz für das
Motorrad.

»Wir sollten nicht bis auf den Parkplatz fahren und
uns lauthals ankündigen. Auf dem gesamten Gelände
sind ohnehin Kameras angebracht«, erklärte Bleu ungefragt.

»Also ist euer Hauptquartier doch hier?! Der Chefre-
dakteur der Campus-Zeitung hat mir erzählt, dass es in
der Middle Temple Lane verwitterte Steine mit einem
Schwert oder Adler gibt. Deshalb nimmt man an, dass
ihr hier irgendwo zu finden seid.« Sie hatte während
ihrer Nachforschungen nicht nach diesen Steinen gesucht, aber es zeigte sich, dass an allem etwas Wahres
dran war.

Bleu zog sie sachte am Arm mit sich, ohne darauf ein-
zugehen. »Wir werden nicht in die Straße einbiegen,
sondern weitergehen. Nach der Einfahrt gibt es auf der
anderen Seite wieder einige Bäume und deren Schutz
werden wir ausnutzen, um über die Mauer zu klettern.
Es gibt eine Stelle, an der das ganz gut funktioniert.

Wir müssen dabei auf die Autos und Fußgänger achten.«

Wie stellte er sich das vor? Das war eine vielbefahrene Straße, auf der permanent Fahrradfahrer, Motorräder und Autos vorbeirauschten. Wie sollte man ungesehen über eine Mauer klettern? Außerdem war es Winter, gerade Anfang Februar, die Bäume hatten kein dichtes Blätterdach, das sie vor Entdeckung schützen konnte.

»Ich hoffe, du weißt, was du tust.«

Nachdem sie den Eingang zur Middle Temple Lane passiert hatten, gingen sie ein paar Schritte und setzten sich dann auf eine Bank. Es gab ihnen die Gelegenheit, die Umgebung zu kontrollieren.

»Siehst du den Mülleimer da? Das ist die Stelle, an der wir rüber gehen. Wir müssen uns beeilen, genau dann, wenn die Ampel weiter vorne rot ist. Das gibt uns ein paar Sekunden, weil kein Auto kommt.«

Nola stieß ein verzweifeltes Schnaufen aus. Bei ihm klang das so einfach.

Ein Fußgänger ging an ihnen vorbei. Bleu wartete einige Momente, dann sprang er auf. »Los!« Tatsächlich fuhren gerade keine Autos vorbei und sie konnten mit einem Sprung auf den Rand des Mülleimers und einem weiteren Sprung in die Höhe, auf die Mauer gelangen.

Wobei Bleu zuerst hinaufsprang, sich hochzog und ihr dann die Hand reichen musste. Alleine hätte Nola das nicht geschafft. Dafür waren ihre Arme eindeutig zu kurz. Oben angekommen, konnte sie nicht verschnaufen, weil sie zu sehr auf dem Präsentierteller waren. Bleu sprang hinunter auf die Wiese und drehte sich zu ihr um.

»Spring«, forderte er und hielt ihr die Arme entgegen, um sie aufzufangen. Sie tat es ihm gleich, ließ sich fallen und ging beim Aufprall in die Knie, um die Wucht abzumildern. Es war gut, dass Bleu ihr auch dabei geholfen hatte.

»Und jetzt?«, fragte sie mit pochendem Herzen. »Wir sind doch viel zu weit östlich. Ich hab Shane damals an einem Brunnen getroffen.«

Bleu lachte auf. »Das war Zufall. Er war gerade in der Schaltzentrale und hat dich auf dem Bildschirm gesehen, wie du gemütlich die Straße hochspaziert bist. Er ist extra rübergegangen, um dich abzufangen.« Schon marschierte er weiter, zog Nola auf Höhe der Bäume mit sich.

»Wir können nicht durch die Tür spazieren und hoffen, dass wir bis zu Shane kommen. Es gibt keine Garantie, dass sie uns noch nicht entdeckt haben. Unser Sicherheitssystem ist ziemlich gut. Besonders Ecken wie diese haben wir unter ständiger Beobachtung.«

Das konnte sie sich denken! Die Adler wollten wissen, wenn der Orden oder die Society über die Mauer kletterte und sich dem Hauptquartier des Bundes näherte. Vielleicht verschaffte ihnen das ein paar Minuten mehr, aber jede Sekunde zählte.

»Wir müssen zu einem Brunnen. Da gibt es einen geheimen Eingang, von dem nicht viele wissen. Es sollte schnell gehen, weil wir in direkter Sichtweite des Gebäudes sind. Es gibt verborgene Schalter an zwei Bäumen. Wir drücken sie gleichzeitig.« Bleu hielt sich nicht länger auf und rannte los. Er wies auf einen Baum und murmelte etwas von einem Stein, dann lief er zu dem anderen Baum hinüber.

Am Fuß des Stammes lagen fünf größere Steine. Nola hockte sich hin und untersuchte sie. Ein Stein war dunkler und als sie die Hand darauflegte, fühlte er sich warm an. Sie suchte Bleus Blick. Er nickte ihr zu und hielt dann drei Finger in die Höhe. Dann zwei, dann einen. Dann drückte Nola den Stein runter.

Der Busch in der Mitte des Brunnens verschwand. Er senkte sich samt der Steinplatte ab und hinterließ ein dunkles Loch. Beide eilten auf den Brunnen zu.

»Nimm etwas Anlauf, spring über den schmalen Wasserstreifen des Brunnens. Dir kann nichts passieren, da ist eine Treppe.«

Bleu machte es vor. Er hechtete über den restlichen Brunnenrand und landete in der Mitte. Ohne auf Nola zu warten, verschwand er in der Tiefe. Sobald sie zum Sprung ansetzte und in der Mitte landete, verstand sie, was er gemeint hatte. Ihre Füße landeten sicher auf einem Metallrost und Stufen führten von hier in die Tiefe.

Bleu hatte eine Taschenlampe aus der Jackentasche gezogen und forderte Nola auf, ihm zu folgen. An der Wand war ein schmaler Schalter, mit dem er den Brunnen wieder schloss. Die Platte schob sich von der einen Seite in die Mitte zurück und nach oben. Das stabile Gestänge, das den Mechanismus ermöglichte, glitzerte im Schein der Taschenlampe auf.

»Okay, jetzt haben wir den Großteil geschafft. Der Gang führt direkt unter das Gebäude. Wir müssen dort in den richtigen Bereich des Kellers, um Shane zu befreien. Auf dem gleichen Weg kommen wir wieder raus. Shane und du könnt das Motorrad nehmen. Es ist sinnvoll, irgendwo unterzutauchen.«

Der Gang führte sie schnurgerade unter der Oberfläche entlang und war mit Stein ausgebaut. Sie würden hier unten wenigstens nicht verschüttet werden.

Aber was würde sie gleich erwarten? Nola nutzte die ruhigen Minuten, um sich bestmöglich zu wappnen. Sie würden auf andere Mitglieder aufpassen müssen. Nola war kein Mitglied und würde als Eindringling ganz andere Strafen bekommen als Bleu. Dass die Adler sehr eigen waren, wusste sie mittlerweile zu gut.

»Bleu…? Was ist, wenn das eine Falle ist? Richard weiß doch, wie nahe du und Shane euch steht. Er wird wissen, dass du ihn nicht hängen lässt«, fragte sie leise. Es war so still in dem Gang, dass ihr eine Gänsehaut über die Arme und den Rücken kroch.

»Ich weiß. In dem Fall werde ich dir die anderen so lange vom Hals halten wie möglich. Hauptsache, du kommst zu Shane und ihr schafft es raus.« Er schaute über die Schulter zurück und seine Entschlossenheit ähnelte der Shanes. Nola wusste, dass Bleu in Shanes Team nachgerückt war und dennoch war er ihm loyal verbunden. Sie hatte nie gefragt, wieso.

»Wieso tust du das für ihn? Die anderen aus dem Team stehen auch hinter Shane, aber momentan bist du dir da nicht sicher. Wieso also du?«, kam die Frage schneller über ihre Lippen, als sie es hätte bremsen können. Sie war nervös und es half ihr, sich zu unterhalten statt zu schweigen. Es lenkte sie von ihrer Sorge um Shane ab, verhinderte, dass sie in Panik geriet.

Bleu blieb stehen und hielt die Taschenlampe zwischen ihnen auf den Boden. »Shane hat mich zu den Adlern geholt. Auf seine Empfehlung hin wurde ich angesprochen. Wir haben uns direkt blendend verstanden und er wurde eine Art Mentor für mich, obwohl wir damals in verschiedenen Teams waren. Aber ich schätze, was uns zusammengeschweißt hat, war einer meiner Einsätze. Etwas ist schiefgegangen und Shane hat es geradegebogen. Er hat unserem Team ausgeholfen. Wir wurden in eine Falle gelockt und er hat nicht nur den Auftrag gerettet, sondern mich auch vor dem Sturz aus einem Fenster bewahrt. Deshalb liegt meine Loyalität ganz klar bei Shane, mehr als bei den Adlern.«

»Das passt zu euch«, kommentierte sie grinsend. Sie wusste ja selbst, wie verlässlich Bleu war. In der Hinsicht waren sich die beiden jungen Männer sehr ähnlich. Wenn sie jemanden mochten, dann waren sie zur Stelle, falls derjenige Hilfe brauchte. Als Nola Bleu angerufen hatte, war er sofort gekommen und hatte ihr geholfen. Das tat man nicht für jeden. »Okay, dann lass uns Shane mal da rausholen.«

Es waren wenige Schritte bis zum Ende des Ganges. Bleu hatte ihr gesagt, dass sie in einem ruhigen Bereich des Kellers rauskommen würden. Der Eingang zum Geheimgang war nahe dem Archiv, weshalb sich kaum jemand dorthin verirrte.

Bleu betätigte einen weiteren Schalter und die steinerne Tür fuhr nach oben. Blitzschnell duckte er sich, schaute in den Gang und winkte Nola heraus. Wandlampen tauchten den Korridor in ein warmgelbes Licht und nahmen ihm die typisch gruselige Atmosphäre eines alten Schlosskellers. Das knirschende Geräusch von Stein auf Stein ertönte. Die Tür schloss sich wieder.

»Die alten Zellen sind den Korridor runter, dann links und am Ende eine Treppe hinunter. Es ist nicht weit. Hier unten gibt es Kameras, lass uns deshalb so schnell wie möglich vorankommen«, informierte Bleu sie über das Ziel.

Leise bewegten sie sich vorwärts. Da sie keine anderen Geräusche hörten, konnten sie sich relativ frei bewegen und schneller laufen. Zwischendurch stoppte

Bleu ein paar Mal, um zu lauschen oder an einer Abzweigung um die Ecke zu linsen, aber alles blieb still. Die alten, dunklen Kronleuchter schenkten ihnen mehr Licht und sie konnten sich an den Schatten auf dem Boden orientieren.

Am nächsten Seitengang streckte Bleu den Arm zu ihr aus, um Nola am Weiterlaufen zu hindern. Er sah um die Ecke und zuckte sofort zurück. Sie eindringlich ansehend, legte er sich den Zeigefinger über die Lippen. Nola meinte, ihren Herzschlag im ganzen Gang hören zu können.

Das Mitglied der Adler trat um die Ecke. Er war ganz entspannt unterwegs gewesen. Bleu reagierte blitzschnell und schlang den Arm um den Hals des anderen. Er drehte den Kerl so, dass er hinter ihm stand. Damit der Adler nicht um Hilfe rief, hielt er ihm den Mund zu. Mit dem anderen Arm übte er Druck auf den Hals aus, schnitt ihm die Luftzufuhr zum Gehirn ab. Schließlich sank der Gegner zu Boden.

»Ist er…?«, fragte Nola krächzend und sah auf den leblosen Mann hinunter. Sie begann zu zittern und verspürte einen dicken Kloß im Hals.

»Nein. Bewusstlos. Lass uns weitergehen.«

Es blieb der einzige Zwischenfall, worüber Nola froh war. Die so selbstverständlich eingesetzte Gewalt machte ihr zu schaffen und sie würde sich auch nicht daran gewöhnen, egal, wie viel sie mit den Adlern zu tun hatte.

Unbehelligt kamen sie zu der Treppe und eilten hinunter. Das Licht wurde schwächer.

Durch einen gewölbten Durchgang traten sie in den Bereich, in dem sich die einzelnen Zellen aneinanderreihten. Bis auf eine waren sie leer. Shane richtete sich im Halbdunkeln auf der Liege auf. Als Bleu mit der Taschenlampe über sein Gesicht strahlte, hob Shane schützend den Arm.

»Verdammt, Bleu. Willst du, dass ich blind werde?«, maulte Shane und Nola wusste, dass es ihm soweit gut ging. Die enorme Anspannung der letzten Minuten fiel vorerst von ihr ab.

»Ist auch schön, dich zu sehen. Wenn wir dich stören, können wir auch wieder gehen. Ich wusste nicht, dass du für Wellness hier bist«, konterte Bleu und trat an die Zellentür. »Hätte ich mir die Gitterstäbe früher mal besser angeguckt! Konnte ja keiner ahnen, dass wir hier mal ausbrechen müssen.«

»Shane!«, entfuhr es Nola erleichtert, sobald sie seine Schemen ausmachte.

»Wir? Wieso zum Geier hast du Nola mitgebracht?! Wenn die anderen sie hier erwischen...« Shane schwang sich von der Pritsche und kam näher. Er sah aus, wie durch die Mangel gedreht.

»Scheiße«, entfuhr es Nola, als sie den blutdurchtränkten Pullover sah und anschließend die Wunde auf seiner linken Gesichtshälfte. Der Kratzer war relativ schwach. Ein weiterer führte unmittelbar vom Kieferknochen hinunter. Tiefer war der Schnitt am Hals, wo getrocknetes Blut klebte. Die Halsschlagader war knapp verfehlt worden.

Sie stürzte zu den Gitterstäben, um sich aus nächster Nähe zu versichern, dass es ihm halbwegs gut ging. Hektisch scannte sie seine Erscheinung nach weiteren Verletzungen. »Würdest du nicht schon so mies aussehen, hätte ich das gleich erledigt.« Ihre Angst um ihn und die Anspannung entluden sich über den stichelnden Kommentar. Es half Nola, sich zusammen zu reißen.

»Für was?«

»Für deine Dummheit, alleine zu Richard zu gehen.«

»Wenn ich euch Turteltauben unterbrechen darf... Wir sollten Shane erstmal befreien.«

Shane griff mit beiden Händen je um eine Gitterstange. »Wir bräuchten etwas zum Aufhebeln, aber es ist nichts Passendes hier. Hast du zufällig an ein Dietrichset gedacht?«

Kommentarlos zog Bleu etwas aus der anderen Jackentasche hervor und machte sich sofort an die Arbeit. Schweigend sah Nola ihm zu. Sie spürte, wie ihre Nervosität wuchs. Jedes Rascheln, jedes Knacken ließ sie zum Durchgang blicken. »Halt mal«, murmelte Bleu leise und deutete auf einen schmalen Metallstift. Weitere Sekunden verstrichen. Nola wippte ungeduldig mit dem Fuß. Endlich konnte er das Schloss drehen. Shane drückte die Tür von innen auf.

Sobald die Gitterstäbe sie nicht mehr trennten, zog er Nola zu sich und küsste sie. Als sie ihn umarmen wollte, holte Shane zischend Luft und unterbrach somit den Kuss. Sie folgte seinem Blick und hob den Rand des Pullovers in die Höhe. Sie sah getrocknetes Blut und konnte nicht erkennen, wie groß die Verletzung tatsächlich war.

»Richard hat mich mit einem Streifschuss erwischt. Es sieht schlimmer aus, als es ist.«

»Bei dir sieht es immer schlimmer aus, als es angeblich ist. Wir müssen das dringend saubermachen und verbinden. Dein Gesicht auch. Und das alles, weil du ohne uns losgezogen bist, vollkommen kopflos«, schimpfte Nola.

Shane war anständig genug, um betreten drein zu schauen. »Es tut mir leid. Das war keine gute Idee. Beziehungsweise steckte da gar kein sinnvoller Gedanke dahinter. Danke, dass ihr hergekommen seid.« Er wollte Nola anlächeln, ließ es aber bleiben, sobald die Wunde im Gesicht in Mitleidenschaft gezogen wurde.

»Lasst uns endlich abhauen«, forderte Bleu. Er übernahm die Vorhut und führte die beiden durch die Gänge zurück.

Hatte Shane eben noch munter gewirkt, fiel ihm das Gehen nun schwerer. Er hielt sich die schmerzende Seite. Zu allem Überfluss erklangen hektische Schritte hinter ihnen.

»Die kommen die Treppe runter. Beeilt euch«, spornte Bleu die beiden an. Es würde nicht mehr lange dauern, bis die Adler in den Keller stürmten. Dann konnten sie die Flucht vergessen. Nola legte Shanes Arm um ihre Schulter und zog ihn mit sich, versuchte ihn so viel wie möglich zu entlasten. Die Schritte wurden lauter. Nola hörte ihr Blut in den Ohren rauschen. Der hektische Atem kam ihr unnatürlich laut vor.

Bei einem Blick über die Schulter sah sie, wie drei Adler am Ende des Ganges erschienen. Oh nein, oh nein, oh nein.

Bleu ließ sie mit Shane vorbeirennen und wollte die Verfolger aufhalten. Nola betete, dass er das schnell hinbekam und ihnen folgen würde. Das Gebrüll der Adler wurde lauter. Bei einem zweiten Blick über die Schulter konnte sie mitansehen, wie Bleu eine eiserne Kette von der Wandhalterung löste. Dadurch rasselte der alte Kronleuchter von der Decke und krachte den Verfolgern scheppernd vor die Füße.

Das Überraschungsmoment reichte aus, um den Vorsprung auszubauen. Sie schafften es zum Geheimgang. Ohne Verschnaufpause eilten sie weiter. Nolas Lungen wollten bersten und die Seite stach ihr vor Anstrengung. Ihre Gedanken rasten voraus. Wie kam Shane über den Brunnen? Wie sollte er gleich Motorrad fahren? Es musste ein anderer Plan herbei.

»Shane kann unmöglich Motorrad fahren, Bleu. Und wo sollen wir hin?«, japste Nola.

»Ich bin mit dem Auto gekommen. Das steht auf dem Parkplatz. Ein Ersatzschlüssel ist im hinteren Radkasten versteckt«, schnaufte Shane. »In Greenwich gibt es einen Unterschlupf, den ich für solche Notfälle eingerichtet habe.«

Sie waren am Ende des Ganges angekommen. Nacheinander schoben sie sich die Wendeltreppe hinauf. Nola ging hinter Shane, um ihm Halt geben zu können, falls er nicht mehr konnte. Wobei sie davon ausging, dass er sich lieber zusammenriss, um seine Schwäche nicht zu deutlich zu zeigen.

»Nola, du gehst zum Parkplatz und holst Shanes Wagen, der silberne M3. Lauf an der Mauer entlang, in die entgegengesetzte Richtung, aus der wir gekommen sind. Sie macht einen Knick und führt direkt auf den Parkplatz zu. Komm dann zum Motorrad«, instruierte Bleu, ehe er den Schalter betätigte, der den Brunnen öffnete.

»Lasst uns erstmal heil nach Greenwich kommen, dann sehen wir in Ruhe weiter«, sagte er und verschwand nach oben ins graue Tageslicht.

# ◌ৎ Der Unterschlupf ৎ◌

Ein dumpfes Geräusch drang in ihr Unterbewusstsein.
Danach dauerte es nicht lange und Nola schlug träge
die Augen auf. Sie lag auf einem weichen Sofa, eine
wärmende Wolldecke über sich ausgebreitet. Vor ihr
saß Shane, der gerade eine Wasserflasche auf dem
Tisch abstellte. Er schaute über die Schulter und lächelte ihr entgegen.

»Morgen.« Er sah schlimmer aus als gestern, obwohl
sie sich mittlerweile um seine Wunden gekümmert
hatten. Der Kratzer im Gesicht war glücklicherweise
nicht besonders tief. Auf dem Schnitt am Hals prangte
nun ein dickes Pflaster und Bleu hatte die Wunde des
Streifschusses verbunden. »Wieso hast du nicht im Bett
geschlafen?«, wollte Shane wissen. Er drehte sich weiter zu ihr und strich ihr ein paar Haarsträhnen aus dem
Gesicht.

Sie rieb sich müde über die Augen. »Ich wollte dich
nicht wecken.« Bleu und sie hatten am Vorabend
schweigend ihren Gedanken hinterher gehangen, während Shane sich von dem Kampf mit Richard ausgeruht
hatte.

»Ich habe ohnehin nicht viel geschlafen. Wie geht es
dir?«, erkundigte sich Shane.

»Das fragst du mich? Du hast dich doch mit Richard
angelegt.« Sie tastete mit der Hand nach seiner, um
sich zu vergewissern, dass er auch wirklich da war.

Nola konnte noch immer nicht glauben, dass Shane ihr seine Gefühle auf seine Art und Weise gestanden hatte. Der Besuch bei ihrem Großvater und der wundervolle Augenblick auf dem Dachboden schienen Jahre her zu sein.

»Meine Seite tut ziemlich weh und meine Muskeln brennen ordentlich, aber das wird wieder. Zu vorgestern ist es eine große Verbesserung. Innerlich… ich kriege es nicht in meinen Kopf, was die letzten Jahre gelaufen ist. Was ich getan habe, wie blind ich gewesen bin. Ich weiß, dass ich es nicht ändern kann, aber es nagt an mir.« Gedankenverloren strich er Nolas Arm entlang und es stand ihm ins Gesicht geschrieben, wie sehr er mit seinen inneren Dämonen rang.

»Du darfst dich nicht daran messen, was du getan hast. Mach dich nicht selbst fertig. Jeder macht Fehler und vertritt mal falsche Einstellungen. Wichtig ist, dass du das erkennst und einen anderen Weg einschlägst. Das ist deine Chance«, sagte sie behutsam. Das waren die Worte, die zwischen ihr und Liz gefallen waren. Weder Shane noch Ethan durfte man für ihre Vergangenheit verurteilen. Es waren keine Kleinigkeiten, die Shane getan hatte und Nola kannte lediglich die Spitze des Eisbergs. Sie würde ihn aber nicht im Stich lassen, sondern ihn aus dieser Dunkelheit herausholen.

»Wie geht es jetzt weiter?« Sie richtete sich ein wenig auf. »Wo ist Bleu?«

»Der ist Frühstück organisieren.« Nola zog ihre Beine an und Shane nutzte die Gelegenheit, um sich gegen die gepolsterte Rückenlehne sinken zu lassen. »Tja, das ist die eine Million Pfund Frage. Wir müssen uns etwas einfallen lassen. Richard ist nicht zu unterschätzen. Er hat damals die Kampfeinheiten in unserer Ausbildung geleitet und kennt meinen Kampfstil genau. Wir werden um die Ecke denken müssen.«

Nola seufzte und schloss noch einmal die Augen. »Das wird wohl kein Spaziergang. Also brauch ich erstmal eine Dusche zum Wachwerden.«

Zwanzig Minuten später trat sie in einem T-Shirt und einer Jogginghose von Shane aus dem Badezimmer. Himmlischer Duft nach frischem Kaffee zog durch die kleine Wohnung und Nola fühlte sich fast wie ein neuer Mensch. Sie hörte Stimmen aus der Küche und folgte diesen.

Bleu nickte ihr grüßend entgegen und trank gerade einen Schluck Kaffee. Sie setzte sich auf den freien Stuhl, zog ein Bein an und stellte den Fuß auf den Rand der Sitzfläche. Nachdem sie sich ein Croissant geangelt hatte, schlang sie einen Arm um das Bein und zupfte das erste Stück Croissant ab, um es zu essen.

»Richard hat alle im Griff. Entweder erpresst er die Leute, oder sie stehen in seiner Schuld. Es war gut, dass ihr das Team nicht involviert habt. Ich vertraue ihnen zwar, aber es hätte sie in eine miese Lage gebracht. Sie nutzen uns mehr, wenn sie sich im Hauptquartier frei bewegen können. Ich kann es echt nicht fassen, dass er alles zugegeben hat. Es war ihm total egal, ob ich es weiß oder nicht. Er war regelrecht stolz auf seine Taten«, begann Shane das unvermeidliche Thema dieses Morgens. Ein Kater nach einer durchfeierten Nacht war nichts im Gegensatz zu diesem Vormittag.

»Er hat deine Schwester also wirklich umgebracht?«, fragte Nola mitfühlend.

»Nicht direkt. Er hat es beauftragt, sich aber nicht die Hände schmutzig gemacht. Das Messer bei deinem Opa zu verstecken, war ein weiterer Plan. Eine Rückversicherung, falls unsere Familien nicht nach seiner Pfeife tanzen würden. Joseph war Vorsitzender der Loge und hätte einem anderen Adler niemals Hilfe verwehrt. Er nahm den Karton mit der Mordwaffe und versteckte ihn. Der Mord wäre auf ihn zurückgefallen, nicht auf Richard. Zumal dessen Fingerabdrücke nicht auf dem Griff sind. Der Angriff auf Zarina war außerdem ein Denkzettel an meinen Großvater, der zu oft anderer Meinung als Richard war. Das ist so krank! Richard ist wahnsinnig und tut alles, um Macht zu erlangen.« Shane schüttelte leicht den Kopf. Zwei Tage reichten nicht aus, um solche Nachrichten zu verarbeiten.

»Er hat mir noch etwas anderes verraten, bevor bei mir die Lichter ausgingen. Richard hat angedeutet, dass er deinen Großvater von dem Posten in der Loge gedrängt und dafür gesorgt hat, dass dein Vater sich nicht früher bei dir gemeldet hat«, erzählte Shane von den Ereignissen.

Das letzte Stück Croissant verschwand in ihrem Mund. Nola blieb ruhig. Ein Wirbelsturm herrschte in ihr und gleichzeitig war da eine große Stille. Ihre Emotionen fuhren ständig Achterbahn und langsam waren sie überreizt. »Die ganzen Enthüllungen machen mich fertig. Ich weiß gar nicht mehr, was ich denken soll. Ob ich schockiert sein soll oder es erwarten müsste. Mich wundert nichts mehr und trotzdem erschrecken mich die Brutalität und die Willkür jedes Mal aufs Neue.«

Sie war dankbar dafür, dass die Handlungen und Nachrichten sie nicht kalt ließen. Nola wollte die Emotionen fühlen, die Trauer und die Wut, aber sie war auch ein Stück weit abgeklärter geworden. Vermutlich würden die Erkenntnisse erst in einigen Tagen und Wochen ihre ganze Wirkung entfalten.

Richard ging über Leichen, im wahrsten Sinne des Wortes. Dabei schob er die Schuld anderen in die Schuhe, um im Zweifel unschuldig die Hand heben zu können.

»Ich weiß nur, dass mein Grandpa sich zurückgezogen hat, nachdem er einen Herzinfarkt hatte. Es hat ihn aufgerüttelt und er hat den Stress reduziert.«

Shane und Bleu tauschten einen Blick. »Der Herzinfarkt war kein Zufall. Richard überlässt nichts dem Zufall. Es gibt genügend Mittel, mit denen man einen

Herzinfarkt oder Symptome davon hervorrufen kann«, erklärte Shane.

»Es könnte Maiglöckchen-Gift gewesen sein. Ein paar Tropfen reichen für das Beklemmungsgefühl und die Herzrhythmusstörungen, eine Überdosierung führt zum Herzstillstand. Wir haben das Gift für Aufträge auf Lager«, schob Bleu hinterher.

Nola platzierte ihre Arme auf den Tisch und ließ den Kopf darauf sinken, als würde sie sich geschlagen geben. »Egal, was in unserem Leben passiert, überall hat Richard die Finger im Spiel. Er ist schuld daran, dass mein Vater nicht viel früher Kontakt zu mir aufgenommen hat. Er hat meinen Opa fast getötet. Er hat Zarina getötet. Nur mal so als Denkzettel. Nach dieser Sache will ich euch nie wieder bei einem Rätsel helfen!« Falls sie heil aus der Sache herauskamen. Richard war nicht mehr nur hinter Shane her, das durfte sie nicht vergessen.

Langsam hob Nola den Kopf wieder an. »Und jetzt?«

»Wir schmieden einen Plan und wir müssen dabei anders vorgehen als sonst. *Ich* muss anders denken. Richard weiß, wie ich an meine Aufträge herangehe und rechnet damit, dass ich das in diesem Fall nicht ändern werde.«

»Was ist mit Ethan? Er wollte sich mit dir unterhalten und könnte uns helfen«, warf Nola die Idee ein, die fast verschüttet worden war.

»Mhm. Ich weiß nicht. Mit der Society zusammen-schließen? Egal, ob er da raus will oder nicht, er gehört zu unseren Feinden.« Bleu zeigte sich sehr skeptisch, was eine Zusammenarbeit mit Ethan anging und fand Bestätigung bei Shane.

»Womit will er uns denn helfen? Das bringt doch nichts«, wiegelte Shane ab.

Nola konnte das hingegen nicht nachvollziehen. Sie waren in einer Notlage und wieso nutzte man nicht jeden Strohhalm, der sich ihnen bot?! Ein Gespräch mit Ethan tat nicht weh. Shane hatte sich vor einigen Tagen noch kooperativer gezeigt und nicht direkt abgeblockt. Sie wollte die nächsten Argumente vorbringen, als ein lautes, schrilles Piepen die Küche erfüllte.

Bleu sprang auf und griff nach dem Tablet, das auf der Anrichte lag. »Verkehrskamera drei Blöcke von hier entfernt. Sie kommen!«

»Mist! Woher wissen die, dass wir hier sind?« Schon rannte Shane ins Wohnzimmer und sammelte die wenigen Dinge ein, die sie mitgebracht hatten. »Raus hier. Schnell. Los, los, los«, feuerte er Nola an, die ihre Tasche, die Schuhe und ihre Jacke packte und dann die Treppe hinunterlief. Sie übersprang Stufen, prallte leicht gegen die Wand des nächsten Treppenabsatzes und rannte weiter. Die Schritte knallten wie Pistolen-schüsse auf dem Boden.

Eine Hand an der Seite, rannte Shane, so schnell er konnte, nach unten. »Hintertür«, bellte er den Befehl.

216

Die Tür flog auf und sie platzten auf den Hinterhof hinaus. Er entriegelte das Auto. Nola warf sich auf den Rücksitz. Shane startete den Wagen und fuhr an, als bei Bleu die Beifahrertür noch offen war. Die Reifen drehten durch, dann schossen sie auf die Straße.

Höchstens fünfzig Meter weiter kam ihnen ein Fahrzeug entgegen, das die Jungs lauthals fluchen ließ. Im anderen Wagen wurde direkt hinter ihnen der Lenker herumgerissen. Shane versuchte sich an den anderen Autos vorbei zu schlängeln und überfuhr die ersten zwei Kreuzungen bei roter Ampel. Nola krallte sich an dem Haltegriff fest und wurde durchgeschüttelt. Ein zweiter Wagen raste aus einer Seitenstraße auf sie zu und heftete sich an ihre Fersen.

»Es wusste niemand von dem Unterschlupf«, knirschte Shane. Konzentriert ruhte sein Blick auf der Straße.

Nola wurde schlagartig leichenblass. »Ich war's.« Sie schlug sich die Hand vor den Mund. »Es tut mir leid! Ich hab Liz vorhin eine Nachricht geschickt, damit sie sich keine Sorgen macht. Die haben bestimmt ein Auge auf die Handys...«

»Gut möglich, denn unsere Handys sind ausgeschaltet. Ist jetzt egal. Wir müssen sie abschütteln und überlegen, wohin wir fahren können«, beruhigte Bleu sie, obwohl das nicht viel brachte.

Nola ärgerte sich maßlos über sich selbst. Sie sah, wie angespannt die Jungs waren und hatte ein schlechtes Gewissen. Der Unterschlupf hatte ihnen die Chance zum Verschnaufen geboten und weil sie unbedacht gehandelt hatte, waren sie jetzt wieder auf der Flucht.

»Lange können wir das nicht machen. Wir kriegen in den Straßen keine Beschleunigung drauf, um sie abzuhängen«, äußerte Bleu sich. Er trommelte mit den Fingern wild auf seinem Bein herum und dachte fieberhaft über eine Lösung nach.

»Wir müssen auf jeden Fall das Auto wechseln«, stieß Shane hervor. Er wich gekonnt Fahrradfahrern aus und beschleunigte, wann immer sich eine Lücke im Verkehr auftat. Sie rasten über eine Brücke nach Norden. Dass sein Wagen hin und wieder aufsetzte, schien Shane überhaupt nicht zu behagen, aber er wusste, er hatte keine andere Wahl.

Das eine Auto holte auf und war fast an ihnen dran. Nola schrie vor Schreck auf, als es einen Ruck gab und die Verfolger gegen die hintere Stoßstange fuhren.

»Handschuhfach! Guck unter dem Boden nach.«

Bleu tat, wie ihm gesagt wurde. Er schob eilig ein paar Zettel zur Seite und friemelte an etwas herum. Dann zog er den vermeintlichen Boden hoch und pfiff erfreut, als er eine Waffe in einem schmalen Fach entdeckte. Schon ließ er das Fenster herunterfahren.

Shane wartete auf die nächste Kurve und gab Gas, während er gleichzeitig dafür sorgte, dass sie nicht genau vor ihren Verfolgern fuhren. Durch den Versatz hatte Bleu freies Schussfeld auf das Fahrzeug. Mit großen Augen verfolgte Nola, wie Bleu sich ein Stück aus dem Fenster lehnte. Sie starrte auf die Waffe, die sie durch das Seitenfenster vor der Nase hatte. Sobald Bleu abdrückte, warf Nola sich herum, um aus dem Rückfenster schauen zu können. Ein zweiter Schuss war nötig, um den Vorderreifen der Verfolger platzen zu lassen.

Die zweite Gruppe wurden sie nicht so einfach los. Ampeln häuften sich wieder, weshalb Shane nicht schneller fahren konnte. Er holte zischend Atem, als er fast auf den Vordermann rasselte. Der war wegen ein paar Kindern in die Eisen gegangen. Nolas Puls bewegte sich zwischen rasend und überschlagend. Es kam ihr vor, als würde sie diese wilde Verfolgungsjagd von außen betrachten. Als wäre sie sich nicht im Klaren darüber, selbst mit im Wagen zu sitzen. Es war zu unwirklich.

»Mach…«, drängelte Bleu, woraufhin Shane einen Augenblick abpasste, um das langsamere Auto zu überholen. Der Motor heulte auf, als er Gas gab und in die nächste Seitengasse eintauchte. Die Backsteinmauer war für Nolas Geschmack viel zu nah.

»Schlag irgendwie einen Vorsprung raus und versteck dich in einer Seitenstraße. Die Polizei ist doch auch längst unterwegs und wenn die dazu kommt, können wir das ganz vergessen«, sagte Nola atemlos vom Rücksitz aus. Es gab so viele Verkehrskameras und Streifenwagen, deren Sirenen bereits von überall her ertönten.

Sie wusste, dass Shane viel mehr Erfahrung mit solchen Situationen hatte und schon sein Bestes gab, aber es machte sie wahnsinnig, tatenlos auf der Rückbank zu sitzen. In den engen Straßen wuchs die Distanz zwischen den Fahrzeugen wenigstens, selbst wenn Nola durch das ständige Abbiegen hin und her geworfen wurde.

Durch Müllcontainer und parkende Autos wurden sie zum Slalomfahren gezwungen. Immer wieder sah Shane in den Rückspiegel. Er raste auf eine breitere Straße zu und schrammte knapp an dem Wagen vorbei, der von der Seite auf die Spur vor ihm abbiegen wollte. »Heilige Scheiße«, entfuhr es Nola, die das Geschehen durch die Mitte verfolgen konnte.

Auf gerader Strecke konnte Shane richtig Gas geben und zog davon. Erst vor einer langgezogenen Kurve musste er runterbremsen und trotzdem brach ihm das Heck für einige Sekunden weg. Er fing den Wagen und fuhr weiter.

»Sie sind ein gutes Stück weg und es schieben sich gerade zwei Laster in ihr Sichtfeld. Wenn du gleich irgendwo abbiegst, kann es klappen«, schätzte Bleu die Lage routiniert ein.

Es war faszinierend, wie die beiden ihre Nerven behielten und die Situation analysierten. Sie waren angespannt, ja, aber sie waren hochkonzentriert. Nola neidete ihnen das für einen kleinen Moment. Die Erfahrung, die für ein so berechnendes Verhalten nötig war, wollte sie dann aber lieber nicht haben.

»Jetzt!«, rief Bleu und Shane bog in eine andere Straße ab. Rechts und links standen Autos in den Parklücken. Bäume säumten die Straße in regelmäßigen Abständen. Ohne vom Gas zu gehen, rasten sie über das Pflaster. Shane sah einen Parkplatz und bremste hart, um sich dann seitlich einzufädeln. Kaum stand er, schaltete er das Auto aus. Die Rücklichter durften sie nicht verraten. Er ließ die Hände am Lenkrad und sah in den Seitenspiegel.

Im Innenraum des Fahrzeugs dudelte leise Radiomusik, von der vorher niemand etwas mitbekommen hatte. Die Sekunden verstrichen. Sie sah, dass Shanes Fuß vor dem Gaspedal lauerte.

Dann sanken seine Schultern langsam nach unten. »Sie sind vorbeigefahren.« Nola legte ihm erleichtert eine Hand auf die Schulter. »Jetzt brauchen wir ein neues Auto und sollten zusehen, dass wir so schnell wie möglich aus der Stadt rauskommen. Die Kameras haben das Kennzeichen und die brauchen höchstens zwei Klicks, um meinen Namen rauszufinden.«

Obwohl die Anspannung ein wenig nachgelassen hatte, waren sie noch lange nicht aus dem Schneider. Wer wusste schon, was als Nächstes auf sie wartete?

# ❧ Bündnisse ☙

Unbemerkt und ohne weitere Vorkommnisse waren sie gestern aus der Stadt entkommen. Eine halbe Stunde außerhalb hatten sie sich in einem kleinen Bed & Breakfast verkrochen. Allen dreien war klar, dass es viel zu tun gab und Pläne geschmiedet werden mussten, aber sie hatten den Nachmittag lieber dafür genutzt, sich auszuruhen.

Am Abend hatte Nola Liz mit einem neu gekauften Prepaid-Handy angerufen. Sie hatten sich für den folgenden Tag in einem kleinen Park nahe des Bed & Breakfast verabredet. Ethan würde Liz begleiten.

Wartend stand Nola mit den Jungs am Treffpunkt. Sie lehnte sich gegen Shane und Bleu stand rauchend ein Stück entfernt.

»Ich hoffe, dass wir Ethan vertrauen können und er nicht mit der Society hier auftaucht«, gab Shane zu bedenken und schaute sich aufmerksam um. »Mir ist nicht besonders wohl bei der Sache. Zumal wir genug Schwierigkeiten haben.«

»Warte ab, okay? Ich glaube ihm, aber wir können trotzdem vorsichtig sein.« Etwas widerwillig nickte Shane ihr entgegen. Alte Gewohnheiten legte man selten schnell ab.

»Sie sind da.« Nola folgte Shanes Blick. Liz und Ethan gingen nebeneinander den kargen Weg zum See hinunter, an dem die drei warteten. Sobald ihre Freundin nahe genug war, löste Nola sich von Shane und fiel Liz um den Hals.

»Zum Glück geht es dir gut! Ich bin fast vergangen vor Sorge«, gestand Liz und drückte Nola fest an sich. Einige Momente verharrten sie so.

»Es hat sich alles überschlagen und ich konnte dir gar nicht Bescheid sagen, was los ist. Ich werde dir alles in Ruhe erzählen, versprochen.« Heute würde das wahrscheinlich noch nicht funktionieren, aber sobald sich die Gelegenheit ergab. Nola brauchte das, um selbst mit den Ereignissen klarzukommen. Sie hatte sich nach dem Untergang des Ordens zu lange zurückgezogen und nicht mit Liz gesprochen. Das würde ihr kein zweites Mal passieren. Eine Freundin zu haben, die sich selbst diese verrückten Geschichten anhörte und für sie da war, war Gold wert.

Schließlich trat Nola zurück und begrüßte Ethan mit einer kurzen Umarmung. »Ich bin zwar vor Sorge fast ausgeflippt, aber immerhin wusste ich, dass du bei Shane bist«, sagte Liz und lächelte Shane offen entgegen. Ihre Abneigung gegenüber dem grummeligen Adler hatte sich anscheinend etwas gelegt.

Die Jungs begrüßten sich ebenfalls, jedoch deutlich verhaltener. Beide Parteien waren vorsichtig und musterten einander.

»Nola sagte, du willst die Society verlassen und hast die Hoffnung, dass wir dir dabei helfen könnten. Wir haben gerade ein paar andere Probleme und können uns nicht darum kümmern, einem Aussteiger unter die Arme zu greifen. Vielleicht lassen sich aber beide Dinge verknüpfen. Ich weiß noch nicht, wie das gehen soll und ob deine Informationen überhaupt nützlich sind, aber wir sollten definitiv miteinander reden. Ich will unseren Anführer loswerden und das dürfte auch in eurem Interesse sein. Richard wollte schon immer alle anderen Bünde vernichten und nur ihr seid noch übrig«, begann Shane das Gespräch.

Mit Ethan stand ihm ein potentieller Verbündeter gegenüber. Nola hoffte, dass es ein Pluspunkt sein würde, wie Ethan sich verhielt. Er hatte seine Erfahrungen ebenfalls in einem Geheimbund gesammelt und ließ sich von Shane weder einschüchtern, noch in eine Ecke drängen.

»Meine Gründe sind dir bestimmt durch Nola bekannt. Die Society hat sich sehr verändert und ist noch radikaler geworden, als sie ohnehin schon war. Ich glaube, dass wir einen gemeinsamen Weg finden werden und die Informationen, die ich habe, dürften ebenfalls weiterhelfen«, entgegnete Ethan.

»Lasst uns ein Stück gehen«, warf Bleu ein und niemand hatte etwas gegen den Vorschlag einzuwenden. Nola hakte sich bei Liz unter und ließ die Jungs vorgehen. So bekamen sie die Unterhaltung mit und mussten sich nicht daneben drängeln.

»Von dem Streit zwischen unseren Gründern wisst ihr ja und wie es letztlich zu den beiden Bünden kam.

Jedenfalls war Edward Rushworth, der Gründer der Society, eiskalt. Sein Ziel war es von Anfang an, eine Gruppe zu gründen, die ohne Rücksicht auf jegliche Verluste ihre Macht ausweitete und hielt. Genau nach diesem Motto arbeiten die Mitglieder seitdem. Ihr habt eines unserer Nervengifte kennengelernt. Es gibt noch viel mehr davon. Gifte und Seren für Verhörzwecke zum Beispiel. Doch obwohl wir in unserem Handeln extrem sind, hat sich die Einstellung in den letzten Monaten weiter radikalisiert. Plötzlich bekommen wir Aufträge, Gifte zu entwickeln, die jemanden möglichst schmerzhaft töten. Wir sollen wichtige Handelspunkte zerstören, wie Häfen, Bahnhöfe, Flughafenhangars. Als wenn jemand will, dass die Wirtschaft des Landes komplett einbricht. Die merkwürdige Zusammenarbeit mit dem Orden nicht zu vergessen«, berichtete Ethan und Nola bewunderte ihn für den Mut, die Geheimnisse seines Bundes preiszugeben.

»Ihr habt den Orden als Bauernopfer auf uns gehetzt, um uns zu schwächen. Ein kluger Schachzug. Wenn alles gut gelaufen wäre, hättet ihr euch nicht einmal die Hände schmutzig machen müssen«, kommentierte Shane.

»Ja, einerseits hast du recht. Aber der Orden war kein Bund, wie wir es sind. Nicht so etabliert und altehr- würdig. Ein Nachmacher, der nach den Sternen greifen wollte. Weshalb verbündet man sich mit so jeman- dem?!« Ethan machte eine kurze Pause, um seine Worte wirken zu lassen. Nola hatte nicht gewusst, dass der Orden der goldenen Mitte in dem Maß verachtet worden war. »Es stellen sich einige Fragen zu dem geänderten Kurs. Wieso sollten wir dich und Bleu plötzlich beschatten? Oder wieso ist ausgerechnet Nola in unserem Fokus? Ich habe die zwei Mitglieder der Society gefunden, die dich verfolgt haben.« Er warf Nola einen kurzen Blick über die Schulter zu.

»Sie gehören zu der Gruppe, die Shane nach seinem Besuch im Elizabeth Tower überfallen hat. Irgendetwas läuft in unseren Reihen schief. Irgendetwas ist da im Busch. Niemand kann begründen, weshalb wir auf dich, Shane, angesetzt wurden oder was wir von den Drohungen gegen Nola haben.«

Grimmig blickte Shane in die Ferne. Die Hände hatte er tief in den Manteltaschen vergraben. Nola sah ihm an, wie die Rädchen liefen. Was war der Grund für die Veränderungen in der Society? Man durfte darüber hinaus nicht vergessen, dass ein Mitglied der Adler bereits mit dem Orden zusammengearbeitet hatte. Wie passte das ins Bild? Woher wusste die Society von dem Rätsel und den Recherchen?

»Richard«, presste Shane verärgert hervor. Er blieb stehen. »Richard hat jemanden in die Society eingeschleust oder sie selbst unterwandert, um euch von innen heraus zu vernichten. Irgendwie hat er dafür gesorgt, dass ihr euch mit dem Orden verbündet. Erst den einen Bund vernichten, danach euch. Er wird die

Nervengifte gegen euch einsetzen und dafür sorgen, dass nur die Adler übrigbleiben.«

»Und irgendwie hat er Wind von unserer anderen Recherche bekommen. Damit die Drohungen nicht direkt auf ihn zurückfallen, hat er mir die Society auf den Hals gehetzt«, überlegte Nola weiter und erntete ein zustimmendes Brummen.

»Das heißt, dass nicht die Society die Macht will, sondern Richard. Er kennt das Rätsel nicht, weshalb er uns braucht. Wir sollen es für ihn lösen«, mischte Bleu sich ein.

»Was für ein Rätsel?«, fragte Ethan irritiert, der von dieser Angelegenheit nichts wusste. Liz hatte über das, was sie davon wusste, dichtgehalten und ihrem Freund nichts verraten.

Shane lachte plötzlich freudlos auf. »Ich fass es nicht. Dieser elende Bastard. Der hat das alles geplant. Bleu, ist dir unsere Flucht aus dem Hauptquartier nicht zu leicht vorgekommen? Und wieso schickt er uns bloß zwei Wagen hinterher, wo mein Verrat für ihn ein rotes Tuch sein müsste? Ich habe ihn angegriffen, auf ihn geschossen und er lässt mich laufen? Es gab nicht einmal eine Wache am alten Zellentrakt! Er hätte mich töten und das Ganze als Unfall tarnen können, wie er es am liebsten macht.«

Nola sah von einem zum anderen. Das nannten die ein leichtes Entkommen? Die Verfolgungsjagd war ihr nicht wie eine Kleinigkeit vorgekommen.

»Er hat bloß einen minimalen Aufwand betrieben, um uns weiszumachen, dass er nach uns sucht. Es wäre uns eher aufgefallen, wenn er uns niemanden auf den Hals gehetzt hätte. Das wäre zu auffällig gewesen. Wir sollen das Rätsel für ihn lösen und deshalb durften wir dich befreien«, stimmte Bleu zu und wandte sich fluchend ab.

Jede Einzelheit machte Sinn. Richard besaß Spitzel in den verfeindeten Geheimbünden. Er hatte stets lange vorher gewusst, wann eine Aktion gegen die Adler geplant worden war. Viele Attacken hatte er zulassen müssen, um die Wut der Adler auf die anderen Bünde zu schüren. Das wurde den Jungs immer klarer, so wütend, wie sie gerade wurden.

Shane versuchte tief durchzuatmen und nicht auszurasten. Nola kannte ihn mittlerweile gut genug, um zu wissen, dass er sein Temperament in solchen Momenten kaum im Griff hatte. »Wir brauchen einen verdammt guten Plan, um gegen Richard anzukommen. Wir müssen auf mehreren Ebenen aktiv werden. Für den Moment brauchen wir dich innerhalb der Society, Ethan. Ich hätte niemals geglaubt, dass ich das einmal sagen würde, aber wir müssen uns verbünden, um Richard zu erledigen. Nur gemeinsam können wir das schaffen. Wenn das vorbei ist, überlegen wir uns eine Lösung für deinen Ausstieg. Ich verspreche dir, dass ich dir dabei helfen werde und die Adler dir anschließend keine Probleme bereiten werden.«

Entschlossen sah er Ethan an, der die Hand ausstreckte und mit Shane einschlug. Damit war es besiegelt. Zum ersten Mal in der Geschichte der beiden rivalisierenden Geheimbünde schlossen sich einzelne Mitglieder zusammen.

»Dieses Mal werde ich euch auch helfen.« Es war das Erste, das Liz seit einer Weile sagte. Vier Augenpaare huschten zu ihr und die ersten Gegenstimmen wurden laut.

»Kommt nicht in Frage! Du kannst nicht einschätzen, wie gefährlich das ist«, widersprach Ethan heftig.

»Liz, wir haben dich die ganze Zeit herausgehalten, damit dir nichts zustößt. Ich kann nicht mehr zurück, weil ich viel zu weit drinstecke, aber bitte… die nehmen keine Rücksicht! Das ist viel zu gefährlich«, war auch Nola dagegen.

Es war toll zu wissen, dass Liz niemanden im Stich lassen wollte, aber das hier war kein Spaziergang. Nola hatte das am eigenen Leib erfahren müssen. Sie hatte sich in vielen Situationen wiedergefunden, in denen es brenzlig geworden war oder sie mit etwas konfrontiert war, das sie zu Handlungen zwang, zu denen sie normalerweise niemals fähig gewesen wäre. Sie wollte verhindern, dass es Liz ebenso erging wie ihr selbst. Dass sie später Gewissensbisse hatte und mit den eigenen Taten klarkommen musste.

»Ihr glaubt doch nicht im Ernst, dass ich mich ruhig und entspannt in die WG setzen kann, während ihr gegen Richard in den Krieg zieht? Ich weiß von den ganzen Bünden und den letzten Ereignissen höchstens einen Bruchteil, ja, aber ich will euch helfen. Meine engste Freundin und mein Freund hängen da drin und ich soll nicht helfen dürfen?«, begehrte sie auf.

»Sie hat recht!«, durchschnitt Shanes Stimme die Auseinandersetzung bestimmend. Schlagartig herrschte Schweigen. »Ich bin kein Fan davon, Außenstehende zu involvieren, aber Liz kann uns helfen. Sie steht durch die Freundschaft zu dir sowieso im Fokus. Und glaubt ihr, Richard weiß nicht um ihren Kontakt zu Ethan? Wir können sie nicht ausklammern und außerdem brauchen wir jede Hilfe, die wir kriegen können. Genau das hast du doch gesagt, Nola, oder nicht?«

Verstimmt presste Nola die Lippen aufeinander. Mit den eigenen Aussagen ausgespielt zu werden, war nicht gerade toll. Sie verstand Liz' Wunsch zu helfen, aber sie machte sich gleichzeitig große Sorgen. Liz konnte sich ebenso wenig verteidigen wie Nola und es reichte, wenn eine von ihnen in den Krieg hinter Londons Fassade verwickelt war.

»Keine Sorge, Liz wird mit Sicherheit nicht an vorderster Front dabei sein. Wir finden einen guten Platz, auf dem sie nützlich ist und nicht allzu gefährdet«, schwächte Shane seine Entscheidung ab.

»Gut, dann lasst uns jetzt den Plan schmieden«, beendete Bleu die Diskussion.

# ❦ Ein kostbarer Deal ❧

Der Plan stand soweit.

Shane hatte sich zunächst über Richard informiert. Etwas, das er schon lange hätte tun sollen, jedoch war es bislang nicht nötig gewesen. Er versuchte seine bisherige Vorgehensweise bei Aufträgen mit neuen Ideen zu kombinieren. Am Anfang stand für Shane die Recherche über das Zielobjekt. Die Schwachstellen halfen dabei, den richtigen Plan zu entwerfen.

Richards Hintergründe waren äußerst interessant und erklärten vermutlich, weshalb er so rücksichtslos nach Macht gierte. Shane war froh, das Streben seines ehemaligen Mentors nicht nachvollziehen zu können. Das hätte bedeutet, dass er genau wie sein Gegner war. Es war schlimm genug, einige ähnliche Charaktereigenschaften mit ihm gemein zu haben.

Um Richard zu treffen, mussten sie dort angreifen, wo es ihn am meisten schmerzte. Macht und Geld. Das war das Einzige, das ihm wichtig war. Dieses Kartenhaus musste Shane zum Einsturz bringen.

Seine Macht erhielt Richard durch den Einfluss, den er auf alle Menschen um sich herum ausübte. Es gab nur wenige Personen, die ihm aus freien Stücken halfen und ihm treu ergeben waren. Alle anderen wurden erpresst oder standen in seiner Schuld. Genau das wollte Shane ändern. Er musste versuchen, Richards Druckmittel in die Hände zu bekommen. Erst dann konnte er ihn vor Gericht bringen und sicher sein, dass ihm keine geschmierten, erpressten Polizisten oder Richter in die Quere kamen.

Es würde Adler geben, die Shane nicht helfen wollten, aus Angst vor Richards Rache.

Wie albern das war. Sie waren eine Gruppe talentierter Leute, die gemeinsam fast alles erreichen konnten. Sie waren genau für solche Dinge ausgebildet worden. Man hatte ihnen Kampftechniken beigebracht, den Umgang mit Schusswaffen und wie man unter Druck einen kühlen Kopf bewahrte. Doch Richard hatte sie derart im Griff, dass sie sich nicht zu rühren wagten.

Shane blinzelte gegen das Licht an, als er in diesem Moment vor die Tür trat. Es war schon Dienstag und sie hatten das Wochenende für ihre Planungen genutzt. Dabei hatten sie viele Ideen durchgespielt, gemeinsam mit Ethan über die Möglichkeiten diskutiert und nun blieben die Vorbereitungen zu erledigen.

Er zog den Helm auf und trat an das Motorrad, das er sich organisiert hatte. Der schwarze Lack schimmerte in der Februarsonne und man konnte einen Hauch von Frühling erahnen. Für diese Schönheit hatte Shane jedoch keinen Blick übrig. In Gedanken war er schon eine halbe Stunde weiter.

Normalerweise bevorzugte er, die Aufträge alleine oder mit einem kleinen Team auszuführen. Richard würde auf diese Gewohnheit setzen. Er war zu eingebildet, um Shane mehr Fähigkeiten zuzurechnen oder den Grips, das Vorgehen zu ändern. Dann würde er sich dieses Mal täuschen. Shane hatte vor, sich Verstärkung zu holen.

Er startete die Maschine und fuhr los.

Ihr Plan beruhte auf einigen Faktoren, die schwer einzuschätzen waren. Zwar hatte er Alternativpläne im Kopf, hoffte aber, diese gar nicht erst umsetzen zu müssen. Mit dem heutigen Termin würde sich vieles entscheiden. Damit ging er das erste große Risiko ein.

Knapp eine halbe Stunde später fuhr Shane durch ein rostiges Tor auf den Hof einer alten Lagerhalle. Verlassen und heruntergekommen ragte das Gebäude vor ihm auf. Wenn man genau hinsah, erkannte man die nagelneuen Kameras in gut ausgewählten Ecken. Das große Tor zur Halle wurde zur Seite geschoben und zwei Männer mit Waffen kamen heraus.

Shane stoppte die Maschine, schaltete sie aus und stieg ab. Den Helm hängte er an den Lenker, bevor er langsam auf die Männer zuging.

»Bleib stehen«, wurde er aufgefordert. Einer der Männer trat auf ihn zu und klopfte ihn nach Waffen ab. Selbst das Motorrad sahen sie sich an, prüften wahrscheinlich, ob ein Sender befestigt war. Erst danach wurde Shane nach drinnen begleitet.

Er gewöhnte sich schnell an die dunklere Umgebung. Weiße Transporter und zwei LKWs waren hier geparkt. Aus einem Seitentrakt, in dem sich vermutlich Büros befanden, trat der Mann, den er treffen wollte.

Glatze, Dreitagebart und ein durch seinen Job gezeichnetes Gesicht. Die Nase war garantiert mehrfach gebrochen und wieder gerichtet worden. Mit lauerndem Blick kam er auf Shane zu. Der Maßanzug täuschte nicht über die trainierte Statur hinweg und Shane wettete darauf, dass Joe Tremont viele seiner Konkurrenten selbst erledigte.

»Du hast Glück, dass unser gemeinsamer Bekannter für dich gebürgt hat, als er dieses Treffen mit mir ausgemacht hat«, sagte Joe anstatt einer Begrüßung. »Ich war mit den letzten Geschäften nicht sehr glücklich und habe mich über den Tisch gezogen gefühlt. Schickt dich Davis jetzt vor?«

Ungerührt sah Shane sein Gegenüber an. Er hatte keine Angst vor Joe, weil er oft genug erfolgreich gegen Leute wie ihn angetreten war. Tremont war ein Schwerverbrecher, der unter anderem Waffen verkaufte und ins Ausland verschiffte. Die Liste seiner Straftaten und Geschäfte war lang. Shane hatte die Akte gelesen. Menschenschmuggel, Hilfe beim Waschen von Drogengeldern, betreiben illegaler Spielhallen. Tremont hatte ganz unten angefangen und war mittlerweile in der oberen Liga angekommen.

»Nein, ich bin aus einem anderen Grund hier. Ich will dir einen Deal anbieten.«

»Ist das so? Wieso sollte ich einen Deal mit dir machen wollen? Du kannst mir doch nichts bieten.« Joe schien belustigt, was aber sein Interesse nicht gänzlich überspielen konnte.

»Ich weiß, wie schlecht das letzte Geschäft für dich gelaufen ist. Du musstest für eine ganze Weile untertauchen, konntest nicht ins Land und das Geld war hinüber. Nur, weil unser gemeinsamer Bekannter aufgeflogen ist«, erklärte Shane.

Besagter Bekannter war ein Politiker, der im vergangenen Jahr wegen Korruption vor Gericht gestanden hatte. Er arbeitete mit kriminellen Banden zusammen. Hauptsächlich mit Joe Tremont und seinen Leuten. Er verriet Joe, wo die nächsten Waffenlieferungen stattfinden sollten und kassierte dafür fleißig mit.

Nur, dass die letzte Übergabe schiefgegangen war. Zu seinem Glück stand der Politiker unter dem Schutz der Adler, die ihn aus der Sache herausgehauen hatten. Ihnen verdankte er den Freispruch. Es war groß in den Zeitungen und Nachrichten gewesen.

»Ich kann dir helfen, dein Geld wiederzubekommen und dich gleichzeitig an der Person zu rächen, die dafür verantwortlich war«, schlug Shane großzügig vor und wartete die Reaktion ab. Er hatte Joe definitiv an der Angel.

»Von was redest du da? Wer hat sich mein Geld gekrallt?«

Joe hatte ein noch größeres Problem mit seinem Temperament als Shane. Sein Blutdruck ging durch die Decke und er ließ die Waffen auf Shane richten. Als hätte er sich geweigert, etwas zu erzählen! Was sollte der Scheiß?!

»Pass auf, Joe. Entweder nehmen deine zwei Affen die Pistolen runter oder wir haben hier gleich eine riesige Schweinerei. Ich habe solche Machtspielchen nicht nötig. Behandelst du alle Leute so, die dir helfen wollen?« Er wartete ab, bis die Gegenseite sich wieder beruhigt hatte. Diese nervösen Verbrecher! Shane atmete genervt aus. Warum nicht gleich so?

»Okay, also?«

»Richard Davis hat euch reingelegt. Er hat euch unseren Schutz zugesagt und ein paar Mal mitgezogen. Ist dir nicht aufgefallen, dass bei den kleinen Übergaben alles reibungslos funktioniert hat?«, köderte er Tremont.

»Er hat unseren Bekannten absichtlich auffliegen lassen, damit er ihn anschließend in der Hand hat. Damit er in Richards Schuld steht, weil wir ihn vor Gericht rausgeboxt haben. Anschließend hat er sich dein Geld geschnappt. Es sind in den letzten Wochen einige solcher Aktionen ans Licht gekommen. Richard hat eine Menge Leute verarscht«, sagte Shane.

Joe reagierte zunächst nicht, sondern begann, ganz langsam um Shane herum zu schlendern. »Einer dieser Leute bist du, nehme ich an. Ich kriege durch unseren Deal mein Geld zurück und kann mich an Richard rächen. Was willst du von mir für diesen Deal? Gibt es überhaupt einen Beweis für deine Geschichte? Ich bin mir noch nicht sicher, ob ich dir in dieser Sache glauben kann.« Er stoppte, sobald er vor Shane stand.

Shane musste zugeben, dass er nicht mit schlechten Karten vor Tremont stehen wollte. Der erkannte mit Leichtigkeit, ob ihm jemand ins Gesicht log. Wenn man in diesem Geschäft war, musste man das zwangsläufig lernen.

Als er seine Hand zur Jacke anhob, zuckten die Kerle mit den Waffen erneut. Hatten sie schon vergessen, dass sie ihn durchsucht hatten? »Ganz ruhig.«

Daraufhin konnte er das Handy aus der Innentasche ziehen. Shane öffnete die Bildergalerie und hielt Joe die Fotos einiger abfotografierter Dokumente entgegen.

Archie aus seinem Team hatte sie im Archiv der Adler abfotografiert und ihm auf das neue Handy geschickt.

»Ich habe die Drecksarbeit für Richard gemacht und weiß genau, wo ich die Unterlagen zu seinen Plänen finde. Das waren die Befehle, die er einem anderen Team gegeben hat.«

Wut manifestierte sich auf Joes Zügen und er gab Shane das Handy zurück. Anscheinend reichte ihm das als Beweis aus. Shane hatte für dieses Treffen nichts fälschen müssen. Alles, was er hier sagte, entsprach der Wahrheit.

»Kommen wir also zu deiner Seite des Deals«, sagte Shane.

\*\*\*

Nachdem alle wichtigen Details mit Joe geklärt waren, machte Shane sich auf den Rückweg. Nola hatte ihm eine Nachricht geschickt, in der sie ihn bat, sie einzusammeln. Sie hatte ein paar Sachen erledigt und war jetzt fertig damit. Für ihn war das ein geringer Umweg.

Shane war gut gelaunt, weil der Plan Formen annahm und sich so entwickelte, wie sie es gehofft hatten. Ein paar letzte Kleinigkeiten und sie konnten loslegen. Am Abend würde Ethan vorbeikommen und dann konnte er von dem Treffen mit Joe berichten. Das kleine B&B war zur vorübergehenden Zentrale für ihre Mission geworden.

Shane bog in die Straße mit den Läden ein und suchte einen Parkplatz. Die letzten Meter ging er zu Fuß. In Gedanken listete er auf, was zu tun blieb und in welcher Reihenfolge. Er wollte nichts dem Zufall überlassen und baute lieber ein paar Sicherheiten ein. Sie hatten sich noch nicht auf einen Tag geeinigt, an dem sie gegen Richard zuschlagen wollten, aber vielleicht konnten sie das heute Abend festlegen.

Ein Stück die Straße runter, sah er Nola aus dem Laden treten und Shane begann unweigerlich zu lächeln. Sie war so chaotisch und nervig in sein Leben gestolpert. Schneller, als sich Shane hatte eingestehen wollen, war sie ihm unter die Haut gegangen. Deshalb war er so ätzend und distanziert ihr gegenüber gewesen. Etwas, das der Vergangenheit angehörte. Er fühlte sich wohl bei ihr, konnte er selbst sein und genoss das Leben auf eine Weise, wie er es seit Jahren nicht getan hatte. Es war, als hätte Nola ihn aufgeweckt oder eher aus der Dunkelheit gezogen.

Sie hatte ihn mittlerweile bemerkt und strahlte ihm auf ihre typische Art entgegen.

Dann raste ein Auto heran und bremste quietschend neben Nola. Die Zeit schien langsamer zu laufen, während Shane zusah, wie der Beifahrer und ein Mann vom Rücksitz heraussprangen und Nola am Arm packten. Sie kreischte, ließ die Tasche fallen und wollte sich wehren. Shane begann zu rennen. Er schrie ihren Namen. Nola zog und zerrte, schlug mit dem freien Arm und versuchte zu treten. Sie hatte keine Chance und wurde auf den Rücksitz gestoßen.

Fast war Shane bei ihr. Der Beifahrer stieg ein. Der zweite Kerl wich ein Stück zur Seite und für ein paar Sekundenbruchteile begegneten sich Shanes und Nolas Blicke. Blanke Angst stand in ihren geschrieben.

»NOLA!«

Der Mann war eingestiegen und zog die Tür zu. Die Scheiben des schwarzen Wagens waren dunkel getönt, sodass man nicht mehr ins Innere schauen konnte. Shane kam gerade am Auto an, als es losfuhr. Er konnte nur noch in purer Verzweiflung auf den Kofferraumdeckel schlagen. Die ersten Meter rannte er hinterher, gab dann aber auf.

Die nächste Kreuzung lag näher als sein Motorrad. Zurückzulaufen und sie dann einzuholen, war unmöglich. Zu Fuß hatte er auch keine Chance. Er hatte das Gefühl, jemand würde ihm die Luft abschnüren. Nun war er es, in dem sich die Angst ausbreitete und ihn von innen aufzufressen schien.

Shane hob Nolas Tasche auf und ging zurück zum Motorrad. Das Kennzeichen des Wagens war eindeutig eines der Adler gewesen. Richard hatte gerade seinen Untergang beschleunigt. Wenn er Nola ein einziges Haar krümmte, würde Shane ihn dafür büßen lassen. Es ging lediglich darum, Richard vor Gericht zu stellen. In welchem Zustand er dabei war, war vollkommen irrelevant.

Eine Weile musste Shane den in ihm tobenden Sturm noch im Zaum halten. Sobald er ihn endlich losließ, konnte er für nichts garantieren. Das wollte er jetzt auch nicht mehr. Richard hatte seinen Zug gemacht.

Jetzt war Shane an der Reihe.

# ⊂ℬ Abrechnung ℬ⊃

Die Wucht des Schlags warf ihren Kopf zur Seite. Sie keuchte vor Schmerzen auf. Langsam hob Nola den Kopf an und sah in Richards wütendes Gesicht. Er war bereit, ein weiteres Mal mit der Rückhand zuzuschlagen. Wenn er das tat, würde sie sich nicht wehren können. Er hatte ihre Hände hinter der Stuhllehne festgebunden. Durch das permanente Sitzen in dieser Haltung, stach es bereits heftig in ihren Schultern und beim Luftholen.

»Ich will endlich eine Antwort haben, Nola. Erstaunlich, dass meine Drohungen keine große Wirkung bei dir gezeigt haben. Ist dir dein Bruder nicht wichtig genug? Oder möchtest du, dass ich deinen Vater und Großvater involviere? Dann hätte ich ein für alle Mal Ruhe vor den Montgommerys. Wie lautet die Lösung des Rätsels?!«, fuhr er sie unbeherrscht an.

Er hatte ihr bereits kurz nach ihrer Ankunft klar gemacht, dass er keine Geduld mehr besaß. Da er Shane nicht länger über seine wahren Beweggründe hinwegtäuschen konnte, wollte Richard endlich die Lösung des Rätsels in den Händen halten. Es gab keinen Grund mehr, sich zurückzuhalten oder Shane sowie seine Mitstreiter zu verschonen, wie er ihr selbst gesagt hatte. Also beschleunigte er die Angelegenheit und würde die Lösung aus Nola herauspressen. Und wer wusste schon, welche Ideen Richard hatte, um Shane gegenüber den anderen Adlern als Verräter bloßzustellen.

»Wir haben das Rätsel nicht gelöst. Wie oft soll ich es noch sagen? Seitdem du die Society hinter mir hergeschickt hast, die mich in Westminster Abbey eingesperrt hat, sind wir nicht weitergekommen«, brachte Nola hervor. Sie war erschöpft und durstig. Ihre Kehle brannte und schmerzte, wenn sie schluckte. Sie wusste nicht, wie spät es war. Die Nacht hatte sie in einem Kellerraum verbracht. Es waren aber nicht die Zellen gewesen, in denen man Shane eingesperrt hatte. Der Keller hatte ohnehin ganz anders ausgesehen.

»Gut. Ich glaube, du möchtest eine Kostprobe der Fähigkeiten eines Adlers bekommen. Das ist kein Problem«, tat Richard großzügig und ging an ihr vorbei. Etwas raschelte und knackte. Sie wusste, dass hinter ihr ein Kamin war. Unruhig rutschte sie auf der Stuhlfläche hin und her.

Richard tauchte wieder in ihrem Blickfeld auf und sofort riss Nola panisch die Augen auf. Er hielt ein Messer mit glühender Spitze in der Hand und ein sadistisches Lächeln umspielte seine Mundwinkel. »Wo ist die Macht?«

»Ich weiß es nicht. Wirklich.« Ihre Stimme wurde immer dünner. Tränen traten ihr in die Augen und sie wusste einfach nicht mehr, wie sie ihn von seinem Vorhaben abhalten konnte.

Mit einem Schulterzucken verschwand er hinter ihr und dann fraß sich die Seitenfläche der glühend heißen Klinge in die Haut ihres Unterarms. Sie hörte das Zischen, roch die verbrannte Haut. Nola schrie, um den explodierenden Schmerz irgendwie aushalten zu können. Ihr wurde schlecht. Vom Schmerz und von dem Geruch. Sterne tanzten vor ihren Augen und sie unterdrückte mit Mühe ein Würgen.

»Wiederhol das komplette Rätsel!«, forderte Richard.

Nola war nicht in der Lage, auf ihn zu reagieren. Ihr Unterarm brannte wie Feuer. Die dünne Haut der Innenseite war vermutlich schwarz verschmort und blutig. Sie hatte noch nie eine solche Wunde gesehen, stellte es sich aber so ungefähr vor. Ihr Körper zitterte unkontrolliert und sie konnte sich für eine Weile lediglich auf ihren Atem konzentrieren.

Richard wiederholte seine Forderung. Nola befeuchtete ihre Lippen. »Woher weißt du überhaupt davon?«, krächzte sie.

»Was ist denn das für eine dumme Frage? Bei den Adlern passiert nichts, von dem ich nicht wüsste. Nachdem euch der Orden überfallen und das Kästchen aus dem Tower of London entwendet hatte, hat mir Dave davon berichtet. Einer seiner letzten Dienste. Ich wusste, dass es nichts mit einem Auftrag zu tun hat und Shane machte seit geraumer Zeit sowieso einige Alleingänge.« Richard schritt im Zimmer umher, sonnte sich in seinem Ruhm und seiner Brillanz. Was war er doch klug. Zu wissen, wie selbstverliebt Richard war, half Nola jedoch nicht über ihre panische Angst hinweg. Dieser Mann war wahnsinnig und er kannte keine Grenzen, um seine Ziele zu erreichen. Momentan war sie es, die ihm im Weg stand.

»Ich wusste nicht, was genau Shane im Schilde führte. Ob es überhaupt gegen mich oder die Adler gerichtet war. Dann sagte Dave, dass in dem Kästchen ein Siegelring sei. Das Wappen der Adler prangte darauf. Das konnte nur eines bedeuten! Es gibt alte Geschichten über unsere Gründer. Niemand hat die Siegelringe je gesehen. Sie sind ein Mythos. Ein Mythos, der sich um eine unermesslich große Macht rankt. Wenn es mindestens einen Siegelring gibt, dann existiert auch diese Macht.« Mit ausgebreiteten Armen stand er da und sah sie an.

Er wollte die Macht an sich reißen, koste es, was es wolle. Nola war eine kleine Figur in diesem Spiel. Sie war zufällig in all das hineingeraten und es gab kein Zurück mehr. Jetzt noch weniger als zuvor.

»Du verstehst also, weshalb ich das Rätsel endlich lösen muss. Sag mir das Rätsel nochmal auf! Ansonsten werden wir testen, wie lange du brauchst, um das Bewusstsein zu verlieren.«

\*\*\*

Archie hatte den Eingang zum Geheimgang mit Leichtigkeit gefunden. Mit ihren schwarzen Sachen tauchten sie in die Dunkelheit der Nacht ein und waren nicht auszumachen. Das Licht der Taschenlampen flackerte über die Wand und die Decke. Archie gab das Zeichen zum Stehenbleiben und die dumpfen Schritte verklangen.

»Team Eins auf Position«, sprach er ins Funkgerät, das nach wenigen Sekunden eine Antwort ausspuckte.

»Hier Team Zwei, brauchen noch ein paar Minuten.«

Sie konnten also verschnaufen, ehe das große Getöse beginnen würde. Für sie stand außer Frage, Shane zu helfen. Sie waren eine Einheit, ein Team und sie würden ihm überall hin folgen. Archie hatte in Shanes Namen die Führung des Teams übernommen. Cassie führte das zweite Team an, obwohl sie sonst ebenfalls zu Shanes Truppe gehörte.

Das Warten war das Schlimmste an den Jobs. Die Minuten zogen sich hin und wurden endlos. Man versuchte konzentriert zu bleiben, die Gedanken nicht in negative Sphären abdriften zu lassen. Der Adrenalinpegel stieg ein wenig an, ohne überzulaufen.

Archie überlegte, ob er die einzelnen Schritte erneut mit dem Team durchgehen sollte, entschied sich dann dagegen. Shane hatte es mehrmals detailliert erklärt und es gab keine Unklarheiten. Die Anweisungen waren verständlich. Die jeweils fünfzehn Adler in beiden Teams waren bestens gebrieft.

Das Funkgerät rauschte. »Team Zwei auf Position. Klare Sicht, keine Auffälligkeiten.«

»Okay, warten wir auf das Go von Shane. Viel Erfolg«, antwortete er. Archie warf einen Blick in die entschlossenen Gesichter seiner Teammitglieder. Sie prüften ihre Ausrüstung, rückten die Westen zurecht, entsicherten die Waffen und bereiteten sich geistig vor.

So langsam die Minuten verstrichen, so würden sie sich bald überschlagen. Dann gab es kein Halten, kein Zögern mehr. Diese Nacht würde das Dasein der Adler für immer verändern.

\*\*\*

»Wo bleibt der Typ?«, knurrte Shane ungeduldig. Er hatte die Umsetzung der Pläne beschleunigt, nachdem Nola entführt worden war. Jetzt konnte es ihm nicht schnell genug gehen. Zwei Tage später standen sie mitten in der Nacht in einem Außenbezirk von London und warteten auf einen Kriminellen.

»Gib ihm zehn Minuten. Wir liegen komplett im Zeitplan«, versuchte Bleu ihn zu beruhigen.

Jede Minute, die sie warten mussten, konnte mehr Schwierigkeiten für Nola bedeuten. Shane wusste nicht, was Richard ihr antat, weshalb der gestrige Tag die reinste Folter für ihn gewesen war.

Ein schwarzer Geländewagen fuhr endlich kaum hörbar vor und Joe Tremont sprang leichtfüßig vom

Beifahrersitz heraus. »Ihr habt doch nicht etwa an mir gezweifelt? So einen Spaß lasse ich mir bestimmt nicht entgehen«, kommentierte er Shanes genervten Gesichtsausdruck, sobald er zu den beiden Adlern getreten war. »Meine Leute sind auf Position. Von mir aus kann es losgehen.«

»Das ist, was ich hören wollte«, sagte Shane zufrieden.

Sie standen lange genug hier, um zu wissen, dass Richard im Gebäude war. Das Grundstück war von einer hohen Mauer umschlossen und sobald man diese überwand, warteten so einige Fallen auf sie. Richard besaß ein ausgeklügeltes Sicherheitssystem. Während der Planung hatten sie sich das ganz genau angeschaut, ebenso wie den Grundriss des Herrenhauses, das Richard bewohnte.

»Dann los«, forderte Shane die anderen auf. Er reichte Joe die Hand. Später würden sie sich nicht mehr über den Weg laufen.

Gemeinsam mit Bleu rannte er ein Stück an der Mauer entlang und kletterte einen hochgewachsenen Baum hinauf. Von oben konnten sie die wichtigen Bereiche beobachten und im geeigneten Moment auf das Grundstück gelangen.

Es dauerte nicht lang, bis ein Donnern erklang. Tremont stand mit seinen Männern vor dem Haupttor und versuchte dieses zu durchbrechen. Sie hatten sich darauf geeinigt, erst mit einem Rammbock zu arbeiten, um mehr Aufmerksamkeit auf den vorderen Teil des Geländes zu ziehen.

Gleichzeitig versuchten zwei Gruppen Tremonts hinter dem Haus über die Mauer zu kommen. Es gab einen kleinen Wald und südlich gelegen einen Pavillon, der gerade in Brand gesteckt wurde.

Die ersten Sicherheitsleute von Richard liefen über den Hof und teilten sich auf, um nachzusehen, was in dieser Nacht vor sich ging. Richard würde sich denken können, dass Shane dahintersteckte.

»Joe, drei Leute am Haupttor«, informierte Shane den Verbrecher über Funk. Etwas flog über das Tor auf die Innenseite. Shane wandte den Kopf sofort ab und sah den Lichtblitz über die Fassade des Hauses zucken. Joe hatte eine Blendgranate auf Richards Leute geworfen.

»Jetzt sind die Hacker dran. Kameras und elektrisches Sicherheitssystem.« Shane stand auf, nachdem er den Befehl durchgegeben hatte. Er zielte auf einen Baum neben dem Gebäude und drückte ab. Der Haken flog weit genug und grub sich in den Stamm hinein. Shane zog das Drahtseil stramm und befestigte das andere Ende am Baumstamm.

Bleu nickte ihm zu. Also waren die Kameras aus. »Team Eins und Zwei, Go!«, gab Shane die nächste Anweisung über Funk an Archie und Cassie. Er klinkte sich mit einem Metallgriff auf dem Drahtseil ein und stieß sich vom Ast ab. Surrend überflog er das Grundstück hinüber zum anderen Baum. Er schaffte es, einen der Äste zu erwischen und kletterte daran nach unten. Bleu folgte ihm sogleich.

Der Lärm am Haupttor wurde lauter.

\*\*\*

»Was zur Hölle geht da draußen vor sich?«, brüllte Richard in das Telefon.

Nola hörte Rufe und Schüsse. Sie wollte sich freuen, wollte Erleichterung und Hoffnung verspüren, aber ganz gelang es ihr nicht. Ihre Arme schmerzten und aus einer Wunde am Oberschenkel sickerte nach wie vor Blut. Wenigstens hatte Richard endlich kapiert, dass sie ihm mit dem Rätsel nicht weiterhelfen konnte.

»Wenn das keine übereilte Rettungsaktion ist, weiß ich auch nicht«, ätzte Richard. Sie sah, wie die Schuhspitzen sich auf dem gemaserten Holzboden in ihr Blickfeld schoben. Er packte ihre Haare und riss den Kopf nach hinten. Nola schrie kraftlos auf.

Die Tür flog auf. »Wir werden von drei Seiten angegriffen. Die haben ziemlich harte Geschütze dabei«, wurde Richard von zwei seiner Angestellten informiert.

»Dann schaltet sie aus, verdammt nochmal. Wofür bezahle ich euch denn!? Und bringt sie runter!« Er gab Nola einen so heftigen Stoß, dass sie samt Stuhl nach vorne fiel.

***

Shane knackte das Schloss zum Wintergarten mit Leichtigkeit. Er schob die Tür leise auf und trat geduckt in den verglasten Raum. Ein weitläufiges Wohnzimmer grenzte daran. Breite Holzbalken durchzogen in regelmäßigen Abständen die Decke. Hohe Bücherregale säumten eine Wand. Ein schwerer Billardtisch stand in der Mitte. Die Schüsse von draußen klangen hier drinnen deutlich leiser.

Er zeigte auf eine Tür und dann auf Bleu. Der nickte und schob sich vorwärts. Gleichzeitig sah Shane sich genauer im Wohnzimmer um. Sie wollten einen Computer oder Laptop finden. Einen Ort, an dem Richard seine Unterlagen aufbewahrte. Ob er das digital oder auch in Papierform tat, wussten sie nicht.

Bleu hatte derweil einen Blick am Türrahmen vorbei riskiert. Wie auf dem Grundriss verzeichnet, führte draußen ein langer Flur nach vorne in die Eingangshalle und nach hinten zur Küche. Bleu hob vier Finger. Vier Männer in der Eingangshalle.

Davon kamen zwei in ihre Richtung, wenn Shane die nächsten Zeichen richtig deutete. Schnell zogen sie sich zurück. Shane legte eines der Bücher aus dem Regal mitten auf den Boden und versteckte sich nahe dem Billardtisch. Wie zu erwarten, wurden die Männer stutzig und wunderten sich über das Buch, das auf dem Boden lag. Sie kamen in das Zimmer und wurden hinterrücks von Bleu angegriffen.

Shane schnellte nach vorne und griff sich zwei Billardkugeln vom Tisch, von denen er eine zielsicher gegen den Rücken eines Angreifers warf. Als der sich umdrehte, bekam er die zweite Kugel ins Gesicht. Shane stürzte sich ins Getümmel und sorgte mit einem Schlag in die Magengrube und gegen den Kiefer dafür, dass der Mann zu Boden ging. Von hinten krachte ihm ein Billardqueue gegen den Rücken, was ihn vorwärts taumeln ließ.

Bleu übernahm den Kerl und wirbelte ihn zu sich herum. Er duckte sich vor einem Schlag weg und hieb seinem Gegner in die Seite. In der Zwischenzeit hatte sich der andere Mann wieder vom Boden aufgerappelt. Er wirkte benommen, was Shane für sich nutzte. Gekonnt zog er ihm die Beine weg und schlug zu, sobald der Kerl auf dem Boden lag. Aus Bleus Richtung hörte man Ächzen und Schnaufen, bis sich der Mann endlich seiner Bewusstlosigkeit hingab.

Sie hatten das Überraschungsmoment zu ihren Gunsten genutzt und die Kerle letztlich schnell ausgeschaltet. Shane griff an seine Seite, wo die Wunde vom Streifschuss wieder schmerzte. Ganz verheilt war sie in der kurzen Zeit nicht und die hektischen Bewegungen reizten die Verletzung aufs Neue. Er hoffte, dass die Wunde die Nacht durchhielt und ihn nicht ausbremste.

Die beiden Adler traten an die Tür und spähten hinaus. »Wenn ich wüsste, ob Richard Nola in seiner Nähe hat...«, wisperte Shane.

»Ich fang unten an und arbeite mich hoch, wie besprochen. Konzentrier dich auf deinen Teil«, sagte Bleu eindringlich.

Ein Plan konnte noch so gut sein, es gab Lücken. Sie konnten nicht wissen, wo Nola war. Vielleicht war sie im Hauptquartier der Adler, vielleicht war sie ganz woanders. Wo bewahrte Richard seine Druckmittel auf? War es sinnvoll, sie in einem Arbeitszimmer zu sammeln? Gab es einen Geheimraum oder einen Safe, der nicht in den Unterlagen verzeichnet war? Shane hätte gerade am liebsten alles parallel gemacht. Sein Perfektionismus war ihm im Weg. Dabei wusste er, wie gut Bleu arbeitete und dass er sich auf ihn verlassen konnte.

»Du hast recht. Bis später«, verabschiedete er sich von seinem Kumpel und hechtete in den Flur, um schnellstmöglich zur Treppe zu gelangen. »Licht aus«, gab er den nächsten Befehl leise über das Funkgerät weiter und dann: »Joe, ihr könnt jetzt richtig loslegen.«

\*\*\*

Archie war währenddessen mit seinem Team in den Keller des Hauptgebäudes der Adler gestürmt. Der Geheimgang, von dessen Existenz Shane ihm berichtet hatte, brachte sie direkt auf die Ebene. Cassie führte das zweite Team vom offiziellen Eingang in die oberen Stockwerke. Sie wollten verhindern, dass jemand entkam.

Ziel ihrer Mission war es, die anwesenden Adler in der Versammlungshalle zusammenzutreiben. Sie sicherten den Keller und rannten die Treppe hinauf. Die Adler, die sich in der Schaltzentrale aufhielten, wurden ebenfalls eingesammelt. Momentan konnte man niemandem vertrauen und Richard durfte unter keinen Umständen gewarnt werden.

»Wir bringen die Loge in die Halle«, erklang Cassies Stimme. Der oberste Rat der Adler war um diese Uhrzeit oft noch anwesend, worauf sie gepokert hatten. Die Männer beschwerten sich laut und verlangten nach einer guten Begründung für dieses rebellische Verhalten. Sie mussten allerdings warten.

Archie bahnte sich den Weg zu Richards Büro und sah sich dort mit zwei Adlern genau um. Sie leerten die Bücherregale, durchsuchten den Schreibtisch, forschten nach Geheimfächern.

»Shane, das Büro ist sauber. Hier sind keine Unterlagen«, gab er an seinen Chef weiter, der ein schnelles *Verstanden* zurückgab.

Nachdem alle anderen Teammitglieder von ihren Aufgaben zurückgekehrt waren, gingen sie zum Saal. Sie hatten das Gebäude von oben bis unten nach anderen Adlern durchkämmt und mit Hilfe von Detektoren nach Wanzen gesucht. Das Hauptquartier der Adler war jetzt wieder sauber. Zumindest, was das anging.

»Archibald! Wir verlangen endlich eine Erklärung für diese Farce!«, wurde Archie begrüßt, sobald er mit dem anderen Team in die Versammlungshalle kam. George und Aldwyn bauten sich vor ihm auf, Mitglieder der Loge.

Archie ging an ihnen vorbei und sprang im vorderen Bereich auf den Tisch, um auf sich aufmerksam zu machen. »Wir werden eine Weile hier festsitzen. So lange, bis Shane uns eine andere Anweisung gibt. Er tut gerade das, wozu es hier allen an Mut gemangelt hat: Er stellt sich endlich Richard in den Weg.«

Es wurde mucksmäuschenstill. Es war nicht ungewöhnlich, dass nachts einige Adler im Gebäude waren. Entweder, um zu trainieren, sich auf Aufträge vorzubereiten oder um gemeinsam Zeit zu verbringen. Dementsprechend waren gut fünfzig Personen anwesend.

»Wir wissen, dass Richard viele von uns erpresst hat oder einige in seiner Schuld stehen. Man sollte den Idealen der Adler aus freien Stücken folgen, nicht, weil jemand etwas gegen uns in der Hand hat. Wenn alles so läuft wie geplant, seid ihr nach dieser Nacht frei. Richard wird euch nichts mehr tun und für seine Taten vor Gericht gestellt. Es wäre hilfreich, wenn diejenigen unter euch, die etwas für ihn erledigen mussten, dies aufschreiben würden. Um zu verhindern, dass jemand aus Angst vor Richard einen Fehler macht und ihn vielleicht sogar warnt, werden wir hier zusammen im Saal bleiben«, erklärte er und sprang dann vom Tisch herunter.

Stille. Gemurmel brach aus.

Die Gegenstimmen ebbten durch Archies Worten ab, weshalb es kein Problem war, die Anwesenden unter Kontrolle zu halten. An den Ausgängen postierten sich Shanes Teammitglieder. Sie rechneten nicht mit Gegenwehr, aber leider musste man selbst in den eigenen Reihen gegen alles gewappnet sein.

\*\*\*

Shane schlich die Treppe hinauf. Wofür brauchte Richard so ein pompöses Haus? Er hatte weder Freunde noch Familie. Niemand würde ihn besuchen kommen und sich diesen Protz ansehen, geschweige denn bestaunen. Wie armselig.

Archie hatte ihm Rückmeldung gegeben, dass Richard in seinem Büro bei den Adlern keinerlei Unterlagen versteckte. Shane hatte es vermutet, aber jetzt war es wenigstens Gewissheit. Im Hauptquartier wären die Dokumente zu leicht zugänglich. Nein, sie waren hier. Ganz sicher.

Er hatte einen Schritt in den ersten Stock getan, als das Licht ausging. Ein Sicherheitsmann stürmte schon den Flur entlang. Es grenzte an ein Wunder, dass er Shane in dieser Schwärze sah. Leider zuckten in diesem

Augenblick Lichter von draußen durch die Eingangs-halle und offenbarten Shanes Position.

Der Kerl schlug sofort nach ihm. Der erste Hieb ging vorbei, der zweite traf Shane an der Schulter. In der seitlichen Bewegung holte er zum Gegenschlag aus und traf den Mann an der Schläfe. Ein darauffolgender Tritt schien nicht viel zu bewirken. Trotzdem begann Shane zu grinsen. Er griff in die Hosentasche und warf ein Kügelchen auf den Mann.

Während der Mann hustend den Dampf einatmete, zog sich Shane das dunkle Halstuch vor Mund und Nase. Sein Gegner begann zu krampfen und kämpfte sich ein, zwei Schritte auf Shane zu. Er wollte nach Shane greifen. Würden die Hände des Mannes an Sha-nes Kragen verkrampfen, hatte er keine Chance zu entkommen. Shane wich zurück und wehrte den letz-ten, schwachen Schlag des Kerls ab. Hilflos taumelte der auf das Geländer zu und konnte seinen Fall in die Eingangshalle nicht mehr verhindern.

»Sorry, ungünstiges Timing«, murmelte Shane und lief weiter. Er stieß die Türen zu verschiedenen Räu-men auf. Schlafzimmer, Gästezimmer, ein Badezimmer, ein weiteres Gästezimmer.

Ein regelmäßig pochendes Geräusch durchbrach die gespenstische Stille im Haus. Es gab ein lautes Krachen von oben und das Haus erbebte. Shane breitete die Arme aus, um das Gleichgewicht zu halten. Sobald die

Wände nicht länger vibrierten, zog er sich in eine Nische nahe des nächsten Treppenaufgangs zurück.

Kampfgeräusche und Schüsse erklangen vom Dachgeschoss. So schnell, wie der Lärm gekommen war, verschwand er. Kaum hörbar knarrte eine Tür. Ein Schatten kam die Stufen hinunter, eine Waffe im Anschlag.

»Nett, dass ihr euch her bequemt«, sagte Shane und trat in einen dünnen Lichtschein.

Ethan grinste ihm breit entgegen. »Klar, ich war gerade zufällig in der Nähe. Oben ist alles gesichert.«

»Was war das für ein Beben?«

»Loch ins Dach gesprengt. Wir wussten nicht, wie wir sonst reinkommen sollten. Joes Hubschrauber hat uns direkt darüber gebracht und wir konnten uns abseilen«, erläuterte Ethan kurz. Schlagartig wurde er wieder ernst. »Nola schon gefunden?«

»Nein. Bleibt auf dieser Etage und dem Erdgeschoss. Ich geb dir Bescheid.«

Im Vorbeigehen schlug Ethan ihm auf die Schulter. Hinter ihm kamen noch acht weitere Mitglieder der Society die Treppe herunter. Wie Shane wusste, würde ein zweites Team draußen zu Joe stoßen und ihm helfen, gegen die angeheuerten Sicherheitsleute vorzugehen.

***

Bis Ethans Verstärkung dazukommen würde, war Bleu auf sich gestellt. Der karge Bereich, der hinunter in den Keller führte, war schnell gefunden. Er kannte die Raumaufteilung auswendig. Würden Wachen dort unten stehen? Wenn ja, wo? Das konnte ihm kein Lageplan der Welt sagen.

Entweder reinschleichen und hoffen, nicht bemerkt zu werden oder direkt lautstark ankündigen. Mit beiden Taktiken konnte man erfolgreich sein.

Bleu öffnete die Tür ein Stück. Steintreppe. Sehr gut. Darauf knarrten die Schritte nicht so verräterisch. Ohne die Tür komplett zu öffnen, schlüpfte er durch den Spalt und eilte die Stufen hinunter.

Der Flur verlief nach links und rechts. Auf beiden Seiten liefen Wachen. Bleu sprang in den Gang und warf drei Kapseln in die Richtung des einen Mannes. Blitzschnell drehte er sich um und rannte auf die andere Wache zu. Mit einem lauten Schrei schlug er den Mann im Vorbeilaufen mit einem kräftigen Kinnhaken nach hinten. Er fiel auf den Boden und blieb liegen.

Die erste Wache ging derweil unter Schmerzen in die Knie. Die drei Kapseln hatten ihn getroffen und sich mit Widerhaken in seine Haut gebohrt Dabei wurde ein Stoff freigesetzt, der das Schmerzempfinden in die Höhe trieb.

Für den Augenblick war er außer Gefecht und Bleu konnte seine Suche fortsetzen. In den Kellerräumen stand nichts Ungewöhnliches herum, es gab keine Computer oder Papierarchive.

Im vorletzten Raum fand er Nola. Sie saß auf einer Matratze am Boden und war verletzt. Das war wohl auch der Grund, weshalb die Wachen den Raum nicht abgeschlossen hatten. »Bleu!«, rief sie erleichtert aus und ließ sich von ihm aufhelfen.

»Scheiße, was hat Richard mit dir gemacht?«

Er stabilisierte sie, indem er nach ihren Armen griff, doch Nola schrie auf. Bleu sah die Verbrennung und zog seine Hand augenblicklich weg. Wenn er schon glühenden Hass verspürte, wie mochte es Shane gehen, sobald er davon erfuhr?

»Ich bringe dich hier raus! Liz wartet ein Stück entfernt und wird sich um die Verletzten kümmern. Sie muss sich die Wunde dringend ansehen.«

»Shane?«, fragte sie kraftlos.

»Sucht oben nach Richard. Bisher läuft alles nach Plan. Wir haben Richards Aufzeichnungen noch nicht gefunden.«

Nola musste sich schwer auf Bleu stützen, weil das Bein mit dem verletzten Oberschenkel sie nicht richtig tragen wollte. »Tut mir leid…«, sagte sie leise und ließ offen, ob sie damit meinte, wie sehr sie gerade ihr Gewicht auf ihn verlagerte oder dass sie sich hatte entführen lassen.

»Mach dir keinen Kopf. Sobald wir draußen sind, kann ich dich tragen.« Hier drinnen würde ihn das in den Reaktionen behindern. Das wollte er für sie beide nicht riskieren.

»Geh und hilf Shane. Ich komm irgendwie alleine raus«, bat sie Bleu, der ein tadelndes Schnaufen ausstieß. Gemeinsam arbeiteten sie sich die Treppe hinauf.

Bleu überlegte, ob sie über den Wintergarten oder die Haustür nach draußen gehen sollten, als ein Trupp dunkel gekleideter Männer von oben kam. Bleu presste sich an die Wand, Nola gleich neben sich. Vor ihnen im Flur lag ein Mann reglos am Boden. Eindeutig einer von Richards Männern.

Endlich erkannte Bleu Ethan unter den dunkel gekleideten Männern.

Nola stützend, ging er in den Eingangsbereich, wo zwei von Ethans Leuten die Waffen auf ihn richteten. Liz' Freund wirbelte herum, die Pistole auf Bleu gerichtet.

Das Erkennen leuchtete in seinem Gesicht auf und er senkte die Waffe.

»Wäre gut, wenn einer deiner Leute Nola zu Liz bringen könnte.«

»Natürlich.« Ethan deutete bloß auf einen seiner Kollegen, der Nola direkt von Bleu übernahm.

»Wir helfen euch raus und sagen Joe Bescheid, damit er euch durchlässt. Das wird wieder«, sprach er Nola gut zu, die gerade den Tränen nahe war.

Was ein absoluter Wahnsinn das hier war!

***

Shane stieß die Tür zum nächsten Zimmer auf. Es war ein Büro. Ein breiter Schreibtisch mit einem Laptop darauf stand vor der breiten Fensterfront. Die Vorhänge waren achtlos aufgerissen geworden. Vermutlich, um das Geschehen auf dieser Seite des Hauses verfolgen zu können. Ein Sofa stand in einer Ecke mit zwei Bücherregalen. Bevor Shane eintrat, schaute er sich weiter um. Keine Spur von Richard. Wo war er? Sie mussten mittlerweile das gesamte Haus auf den Kopf gestellt haben.

Erst langsam, dann forscher, schritt er auf den Tisch zu. Er zauberte einen USB-Stick aus der Tasche und verband ihn mit dem Rechner.

»Ich habe mich schon gefragt, wann du auftauchen würdest«, erklang Richards Stimme. Er hatte verborgen hinter einem wuchtigen Schrank gelauert. Lediglich das Kaminfeuer erhellte den Raum und zuckte über die Gestalt, die näherkam.

»Es dürfte leider keine große Überraschung gewesen sein«, sagte Shane betrübt. Er betätigte den Knopf des Funkgeräts. »Ihr könnt mit der Übertragung beginnen.«

»Ich hätte nicht gedacht, dass du so viel Verstärkung mitbringst. Das ist gar nicht dein Stil, aber du unterschätzt mich noch immer«, fuhr Richard fort. »Ich habe dir einmal gesagt, dass du begreifen solltest, dass du vor dem höchsten Rat unserer Vereinigung stehst. Heute ist der Tag, an dem du tief fallen wirst, Cavendish. So tief, dass du dich davon nicht wieder erholen wirst. Aus dir hätte etwas werden können, aber du hast dafür gesorgt, dass sich alle Türen verschließen.«

Richard konnte nicht ernsthaft glauben, dass er mit seinen Taten davonkommen würde?! Welches Ass wollte er noch im Ärmel haben? Shane bezweifelte stark, dass sein ehemaliger Mentor Gleichgesinnte an seiner Seite hatte.

»Du willst jetzt mit mir über solche Sachen reden? Ich habe heute so wenig Angst vor deiner Drohung wie damals, Richard. Hinter mir stehen weitaus mehr Leute als hinter dir. Sie fürchten vielleicht meinen Ruf, wissen aber, was mein Wort wert ist und dass ich sie nicht erpresse. Ich bin der fähigere Adler von uns beiden. Ich habe dir damals gesagt, dass du verlieren wirst, wenn du dich mit mir anlegst.«

Richard begann zu lachen. Shane ließ ihm diesen Moment, da er wusste, er würde gleich verpuffen. Shane begann zu lächeln, als Richard sich wieder im Griff hatte.

»Ob der Typ, der den Supermarkt überfallen hat, auch gelacht hat, nachdem er deine Mutter erschossen hat? Meinst du, es war wegen seiner Nervosität, dass er abgedrückt hat?«, fragte Shane seelenruhig und beobachtete, wie Richards Gesicht versteinerte. Ein Muskel neben seiner Nase zuckte, was Shane im Schein des Feuers erkennen konnte.

»Bist du so ein Unmensch geworden, weil du dich in der Schule nicht wehren konntest? Oder warte! Ich weiß es! Dein Vater hat mir gesagt, dass du schon immer ein Versager warst!«

Mit jedem ausgesprochenen Wort wurde Richard wütender. Wer wütend war, machte Fehler. Es war nur eine Frage der Zeit, bis er explodierte.

»Du hast mit meinem Vater gesprochen?« Der pure Hass strahlte von Richard aus. Es war deutlich, wie sehr sich Vater und Sohn verabscheuten.

»Ja, er war ziemlich nett, muss ich sagen. Ich finde es schade, dass du ihn in einem Altersheim wohnen lässt, zumal er geistig topfit ist. Er hat mir ein paar spannende Geschichten über Richard Davis erzählt. Der Versager, der nichts auf die Reihe bekommen hat und dann seinen eigenen Vater übertrumpfen wollte«, sagte Shane ungerührt.

Richards Vater war ebenfalls ein Adler gewesen. Er hatte sich aus einer armen Familie hochgearbeitet und es bis aufs College und zu den Adlern geschafft. Shane war bewusst, dass Richards Vater seinen Sohn nicht korrekt behandelt hatte. Wer ständig gesagt bekam, dass er nichts wert war, nichts richtig konnte und eine Schande für die Familie war, konnte sich nicht normal entwickeln. So jemandem würde immer die Geborgenheit und der Halt einer Familie fehlen. Der Fehler lag ganz klar bei Richards Vater. Es war furchtbar, was Richard als Kind und Jugendlicher durchlebt hatte. Er hatte jedoch die Chance verstreichen lassen, sein Leben selbst in die Hand zu nehmen und sich aus diesem Sumpf zu erheben.

Leider brachte Shane nicht genügend Mitleid auf, da er die weiteren Taten von Richard kannte. Wie dieser seinem Vater hatte beweisen wollen, dass er sehr wohl besser war. Dass er mehr erreichen konnte als sein alter Herr. Das rücksichtslose Streben nach Reichtum und Macht hatte sich daraus entwickelt. Richard übertrumpfte seinen Vater mittlerweile um Längen, was Brutalität und Manipulation anging. Es war jedoch nichts, auf das man stolz sein konnte.

»Weißt du, was ich sogar amüsant finde? Uns beiden ist das Gleiche geschehen – wir haben jemanden verloren, der uns wichtig war. Du deine Mutter, ich meine Schwester. Ich kann verstehen, wie hilflos du dich gefühlt hast und wie einsam. Ich wollte nie mehr so machtlos sein wie damals und habe mich deshalb den Adlern angeschlossen. Allerdings gehen wir mit unserem Schicksal jeweils ganz anders um.«

»Halt die Klappe!«, schrie Richard, der sich kaum noch im Griff hatte. Sein Körper bebte, die Hände zitterten. Er wollte sich das nicht anhören und alte Wunden aufbrechen lassen.

Das Funkgerät knackte und durchbrach den Moment. »Haben die Daten, mit denen Richard die Leute erpresst, sie waren tatsächlich auf dem Gerät. Ethans restliche Leute stürmen gerade das Gebäude der Society, um die Spitzel festzunehmen«, informierte einer der Techniker Shane über Funk.

Richards Züge entgleisten. Er konnte nicht fassen, was gerade geschah. Es war ihm nicht möglich erschienen, dass Shane die Unterlagen sicherstellen könnte, die er gegen Politiker, Kriminelle, die Society und die Adler in der Hand hatte.

»Ein weiterer Unterschied zwischen uns, Richard, ist dein Streben nach Macht. Ich wollte bei den Adlern etwas Gutes tun und nicht die Macht über andere Menschen an mich reißen. Und soll ich dir ein Geheimnis verraten? Deine Macht ist nichts wert, weil du sie mit Angst und Schrecken aufgebaut hast. Die aufrichtige Loyalität von Menschen kannst du dir nicht erkaufen. Die erarbeitet man sich mit dem eigenen Handeln, dem eigenen Wort. Du hingegen musst Menschen erpressen und bezahlen, damit sie dir helfen und in deiner Nähe sind. Wenn das nicht mal eine bittere Erkenntnis ist«, provozierte Shane sein Gegenüber eiskalt weiter.

Mit einem animalischen Schrei warf Richard sich auf ihn.

\*\*\*

Ethan begleitete Nola ein Stück nach draußen. Hier war die Hölle losgebrochen. Gut zwanzig von Richards

Männern kämpften gegen die Society und Joe Tremonts Leute.

Nola bekam nicht allzu viel mit. Sie hatte seit einer Ewigkeit nichts getrunken, was der Hauptgrund für ihre Schwäche war. Die Schmerzen waren teilweise dumpf geworden, drangen nicht mehr ganz zu ihr durch. Sie konnte nicht mehr aufnehmen, was in dem Gewusel um sie herum geschah. Es waren zu viele Kämpfe, zu viele Leute, zu viele Rufe.

Ethan gab eine Info an diesen Tremont weiter und dann war er weg. Das andere Mitglied der Society schlug den Weg mit Nola über die linke Flanke des Kampfschauplatzes ein. Er stützte sie zwar, aber sie versuchte so gut wie möglich mitzuarbeiten.

Zwei fremde Leute rannten auf sie zu und Nola zuckte erschrocken zusammen. Statt anzugreifen, gaben sie ihnen Deckung. Das durchbrochene Haupttor kam in greifbare Nähe und Nola wollte nur noch, dass alles vorbei war. Ein Teil von ihr hätte sich am liebsten herumgeworfen und wäre nach drinnen gerannt, um Shane zu helfen. Aber mal ehrlich, selbst in einem guten Zustand hätte sie ihn nur behindert.

Ein schriller Pfiff ertönte und ein glatzköpfiger Mann winkte sie in seine Richtung. Von Shanes Beschreibungen wusste Nola, dass es sich um Tremont handelte. Dass sie einem Schwerverbrecher gegenüberstand, juckte sie in diesem Moment herzlich wenig. Andernfalls hätten ihr ganz schön die Knie geschlackert.

»Draußen ist die Luft rein, ihr könnt ohne Probleme durch.« Joe sah auf Nola hinab und grinste. »Jetzt verstehe ich den Kleinen. Also für dich hätte ich mich auch in diese Hölle gestürzt.« Er zwinkerte ihr zu und wandte sich ab. »So Leute, dann wollen wir das hier mal zu Ende bringen. Wir haben nicht ewig Zeit und ich glaube, keiner von uns hat heute Lust auf ein Date mit den Bullen«, rief er seiner Truppe zu.

Nola wurde weitergezogen und ließ das Grundstück von Richards Herrenhaus hinter sich. Im Schutz eines kleinen Parks in der Nähe, wartete Liz, die sich emsig um einige Verletzte kümmerte. Als sie Nola sah, rannte sie auf sie zu.

\*\*\*

Richard packte Shane über den Tisch hinweg am Kragen und zerrte ihn über die Platte auf die andere Seite. Hart fiel er dort mit dem Rücken auf den Boden. Richard trat ihm mit Schwung in den Magen. Shane krümmte sich automatisch zusammen, nutzte die Position dann, um dem anderen die Beine wegzutreten.

Er stand auf und wirbelte gleichzeitig herum. Richard setzte zum Schlag an, den Shane an der Schulter abbekam, da er sich nicht ganz mit einem Sprung zur Seite hatte retten können. Shane stützte sich mit den Händen an der Schreibtischecke ab und trat Richard mit einem hohen, seitlichen Tritt gegen den Brustkorb. Sein Gegner machte ein paar Schritte nach hinten, fing sich aber sehr schnell. Wieder eilte er auf Shane zu und hob die geballte Faust. Shane streckte sich über den Tisch, zerrte den Laptop herbei und hielt diesen als Schild gegen Richards Angriff in die Höhe. Der Schlag traf dumpf dagegen. Shane holte mit dem Gerät aus und zielte auf den Kopf seines Gegners. Krachend landete das Gehäuse auf Richards Unterarm, den dieser zur Abwehr hochgerissen hatte.

Achtlos ließ Shane den Laptop fallen. Er wollte mit ein paar gezielten Schlägen in Richards Seite Raum gewinnen. Zweimal war Shane erfolgreich, dann bekam er die Quittung. Sein Mentor duckte sich und zielte auf die Stelle des Streifschusses. Schmerz durchfuhr Shanes Körper augenblicklich und ließ ihn gepeinigt aufschreien.

Richard setzte nach, aber Shane konnte mit dem Arm abblocken. Die nächste Bewegung sah er nicht kommen und konnte nicht ausweichen. Richard schnappte nach Shanes Arm, hielt ihn fest. So konnte er Richard nicht entkommen. Dann schlug die Stirn seines Mentors mit Schwung gegen Shanes Nasenbein, was ihn kurz benommen machte und zurücktaumeln ließ. Er fasste sich an die schmerzende Nase, spürte Blut an seinen Fingern entlanglaufen und hoffte, dass der Knochen nicht gebrochen war.

Er atmete stoßweise und überlegte, wie er Richards Deckung durchbrechen könnte. Beide wehrten zu viele Schläge und Tritte ab.

Es knackte und krachte laut über ihnen.

Ein heftiger Fausthieb traf Shane auf den Wangenknochen. Die Wucht schleuderte ihn mit dem Oberkörper auf den Schreibtisch. Schon stand Richard hinter ihm und umfasste seinen Hals, wollte den Kopf auf die Platte schlagen. Hektisch tasteten Shanes Finger über den Tisch. Ein Stapel Papier. Etwas Kühles in seiner Hand, länglich. Sein Kopf traf auf die Platte und er sah verschwommen, was seine Hand geangelt hatte.

Mit der freien Hand versuchte Shane, dem schraubstockartigen Griff zu entkommen. Er quetschte die Finger, die um seinen Hals lagen, so kräftig wie möglich zusammen und riss die Hand schließlich weg. Es reichte, um den Brieföffner mit Schwung in Richards Handrücken zu jagen. Shane schlug gleichzeitig den Ellbogen kräftig nach hinten, irgendwo in Richards Oberkörper.

Luft. Er konnte wieder richtig atmen. Shanes Kopf summte von den Schlägen auf die Tischplatte. Die kurze Pause tat gut und er brachte wieder mehr Abstand zwischen sich und Richard. Ihre Angriffe waren gleich stark und sie mussten versuchen, jede Chance zu nutzen, um den anderen zu schwächen.

Unerwartet machte Richard ein paar Schritte in Shanes Richtung, der rückwärts auswich. Richard begann zu grinsen und packte den Schrank an der Seite, um ihn zum Kippen zu bringen. Shane stand in Blickrichtung zu Richard und musste sich erst umdrehen, um aus dem Gefahrenbereich zu entkommen. Während er nach vorne hechtete, kippte der massive Schrank und landete auf Shanes Rücken. Er wurde nur deshalb nicht darunter vergraben, weil das Sofa dazwischen klemmte und den Schrank stoppte.

Richard hetzte über das Sofa hinweg und zerrte Shane aus der Lücke unter dem Schrank hervor. In den ersten Sekunden wollte Shane seinen Gegner von sich fernhalten, um durchatmen zu können. Es war armselig, wie er die Schläge von Richard abwehrte. Der schaffte es, Shane herumzuwirbeln und ihn vorwärts gegen eines der Bücherregale zu schleudern. Den linken Arm hielt er dabei fest, dass es fies in der Schulter knackte. Die Augenbraue platzte Shane durch den Aufprall am Regal auf. Blut lief ihm ins Auge und behinderte seine Sicht.

Shane trat nach hinten aus, verfehlte Richard aber dabei. Irgendwie war Richard ihm immer einen Schritt voraus. Eine Millisekunde. Die Treffer waren nicht annähernd genug, um gegen den Anführer der Adler anzukommen.

Wieder knackte es laut und auf das Rumpeln folgte ein kleines Beben. Ein ohrenbetäubendes Krachen ließ beide Kämpfer innehalten. Dann brachen die Holzbalken an der Decke durch und stürzten auf den Schrank, unter dem Shane eben noch gelegen hatte.

Das Knistern von Feuer ertönte und die ersten Flammen fraßen sich durch das Loch in der Decke. Weiter über ihnen konnten sie den rauchverhangenen Himmel ausmachen.

Scheiße! Ethan hatte sich zwar den Weg über das Dach freigesprengt, dabei aber die alte Holzsubstanz des Hauses erwischt. Der Dachstuhl brannte lichterloh. Shane war wie erstarrt.

Richard ging es ähnlich, wobei er sich schneller fasste. Er wollte Shane nicht zu Kräften kommen lassen und packte ihn am Handgelenk. Richard gelang es, ihn über die Schulter abrollend auf den Boden zu schmettern. Mitten in den Glastisch vor dem Sofa. Glas splitterte und flog in alle Richtungen. Scherben bohrten sich in Shanes Rücken. Erneut blieb ihm die Luft weg. Sein Rücken fühlte sich an, als würde er durchbrechen.

Dann wollte Richard endlich sein Versprechen einlösen. Seine Hände schlossen sich erneut um Shanes Hals. Er würde ihn mit bloßen Händen töten.

Shane war erledigt. Sein gesamter Körper schmerzte, die Scherben drückten sich in seine Haut. Jede Bewegung seiner Schulter war die reinste Qual, selbst eine Berührung ließ ihn an die Decke gehen.

Das Feuer rauschte in seinen Ohren. Vielleicht war es auch das Blut beim verzweifelten Versuch, ihn am Leben zu halten. Es knackte und automatisch sah er zum

Loch in der Decke. Das Knacken kam jedoch woanders her.

»Nola ist draußen bei Liz. Sie sieht verdammt übel aus. Richard hat sie gefoltert. Wo bist du Shane? Wir kommen im ersten Stock nicht weiter. Hier sind Balken durch die Decke gebrochen und versperren den Weg. Die Bude fackelt ab, sieh zu, dass du rauskommst«, teilte Bleu ihm blechern aus dem Funkgerät mit.

»Oh, du wirst hier nicht rauskommen, keine Sorge. Der junge Adler ist gefallen«, kommentierte Richard das Gehörte an Shane gewandt.

Er sah schwarze Flecken vor den Augen tanzen und wehrte sich vergeblich gegen den eisernen Griff Richards. Letztlich war er doch stärker als Shane.

In ihm bäumte sich etwas auf. Das konnte nicht das Ende sein! Seine Taten wären sonst definitiv sinnlos gewesen, sein Streben, Gutes zu tun. Selbst die Tatsache, dass sein Leben nicht länger in einer Blase ablief, bedeutete dann nichts mehr. Die Adler, die sich auf ihn verließen und ihm folgten. Nola, die Emotionen in ihm wachgerüttelt hatte.

Mit letzter Kraft schob Shane seine Hand in eine Hosentasche. Die silberne Kugel, die sich warm in seine Handfläche schmiegte, zog er entschlossen hervor und presste sie gegen Richards Brust. Im Getöse des Feuers hörte man das leise Klicken nicht. Die Kugel fuhr die Widerhaken aus und bohrte sie in Richards Haut.

Daraufhin war es Richard, der aufschrie und zurückwich. Die Luft, die in Shanes Lungen schoss, tat weh. Er hustete und röchelte. Gierig sog er die Luft ein. Erst jetzt bemerkte er, wie verraucht das Zimmer bereits war. Ein weiterer Balken rutschte ab und kam heruntergedonnert. Funken stoben auf.

Shane sah zu, dass er in den vorderen Bereich des Zimmers kam. Die Flammen leckten an der Decke entlang, brannten die ersten Bücher in den Regalen an. Die alten Möbel waren ein gefundenes Fressen. Irgendwie musste er Richard k.o. schlagen, um ihn hier raus zu kriegen. Freiwillig würde der kaum mitgehen und sich vor ein Gericht stellen lassen.

In dem Augenblick erhob sich Richard, dessen Nervenstränge durch das Gift wie irre schmerzen mussten. Selbst dort, wo er nicht verletzt war, würde er Schmerz fühlen. Mit hassverzerrtem Gesicht und bebender Hand, riss er sich die Kugel trotz der Widerhaken aus dem Oberkörper.

»Das war es, Cavendish!«, schrie er vollkommen außer sich. Wild geworden startete er einen neuen Angriff auf Shane. Er stellte sich Richard in den Weg, erwartete den Aufprall. Da er gewappnet war, konnte er den Tritt abblocken und die Bewegungsenergie in einer fließenden Gegenbewegung nutzen, um Richard von sich zu schubsen. Der stürzte zu Boden und kam nicht schnell genug auf die Beine, um den herabstürzenden Trümmern auszuweichen. Die Flammen fraßen sich von dem

Holz hinüber auf Richards Kleidung. Er versuchte aufzustehen, kam aber nicht gegen die Last an.

Shane konnte sich nicht bremsen und wollte Richard helfen. Er streckte ihm die Hand entgegen. »Greif zu, Richard«, schrie er über das wachsende Inferno hinweg. Die Decke stürzte weiter ein und Shane musste unweigerlich wegrücken. Es brachte nichts mehr. Die nächsten Teile begruben Richard unter sich.

Ein lauter Knall erschütterte den Raum. Sekunden später entlud sich die Kraft des Feuers mit einem Schlag.

\*\*\*

Die Rauchsäule schob sich höher und höher in den Himmel. Das Haus stand lichterloh in Flammen. Nola konnte kaum atmen vor Angst. Shane war noch da drin! Bleu hatte ihn nicht erreicht und die Sirenen der Feuerwehr waren bereits zu hören.

Sie hatte sich dem Gelände wieder genähert. Unfähig sich zu rühren oder etwas zu sagen, sah sie dem Schauspiel der Flammen zu. Eine Hand schob sich auf ihre Schulter und erst verzögert wandte sie den Kopf zur Seite. Liz stand neben ihr und wusste nicht, was sie sagen sollte. Ihr Blick war ebenfalls auf das Gebäude geheftet. Hätte Nola ihre Füße von der Erde lösen können, wäre sie garantiert nach drinnen gelaufen. Es wäre dumm, es wäre tödlich und doch schrie alles in ihr danach, es zu tun.

Es gab einen dröhnenden Knall und Teile des Feuers explodierten durch das Rauchgas. Funken wirbelten in die Nacht und der Rauch schwängerte die Luft. »Nein!«, wisperte sie kraftlos. Sie konnte sich nicht gegen die Tränen wehren, die ihr in die Augen traten. Der Kloß in ihrem Hals wollte und wollte sich nicht lösen. Sie wusste, dass ein Teil der Explosion auf der Seite des Büros gewesen war. Nur dort konnte Shane gewesen sein. Gewesen.

Die Hoffnung kämpfte weiter und sie hielt Ausschau nach irgendeiner Bewegung. Aufmerksam wanderte ihr Blick von Busch zu Baum zu Strauch. Nichts. Wie in Zeitlupe schlug Nola sich die Hände vor den Mund. Das konnte nicht sein! Der Schmerz in ihrem Innern war tausendmal größer als der ihrer Verbrennung am Arm. Wenn Shane… wie sollte sie dann…? Es verband sie mittlerweile so viel! Alles, was sie in den wenigen Monaten ihrer Bekanntschaft durchlebt hatten! Unter welchen Umständen sie sich nähergekommen waren!

Es tat sich nichts. Dicker Rauch umhüllte die tanzenden Flammen, die den Nachthimmel grellorange färbten. »Es tut mir so leid, Nola…«, brachte Liz endlich hervor. Sie trat näher zu Nola und legte den Arm um ihre Freundin, um ihr Halt geben zu können. Liz brachte es nicht über das Herz, ihr zu sagen, dass sie hier dringend verschwinden mussten.

Der Rauch wirbelte kräuselnd hinauf. Von einem Luftzug verdrängt. Zwei Schemen tauchten langsam in diesem Nebel auf. Die Konturen wurden schärfer und nachdem sie weitere Schritte getan hatten, erkannte man Bleu und Shane.

Nolas Herz zog sich zusammen und als sie die Augen schloss, liefen die Tränen ungehindert ihre Wangen hinab. Die Erleichterung, die über sie hinwegspülte, war unbeschreiblich. Es gab kein Halten mehr, obwohl Ethan versuchte, sie zurückzuhalten. Selbst kraftlos und verletzt, humpelte sie so schnell wie möglich auf die beiden Adler zu.

Ob Shane sie selbst gesehen hatte oder Bleu ihm etwas hatte sagen müssen, er sah auf.

Und in seinem Blick lag alles.

Nola fiel ihm um den Hals und küsste ihn. Shane presste sie an sich und wollte sie nicht wieder hergeben. Die Umarmung tat höllisch weh, aber wenigstens erinnerte ihn all das daran, dass er noch lebte. Atemlos löste Nola sich, um ihre Stirn an seine legen zu können. »Mach das nicht noch einmal. Nie wieder. Bitte!«, sagte sie leise. »Ich versuch's«, sagte er mit einem schiefen Grinsen, das von einem schmerzvollen Stöhnen unterbrochen wurde.

Einen Arm weiterhin um Nola gelegt, drehte Shane sich zum brennenden Herrenhaus um. Richard hatte mehr als einen Adler verraten und dafür seine Strafe bekommen. Obwohl diese jetzt anders aussah, als geplant. Er dachte an Richards Worte zurück und musste schmunzeln.

»Ein tragischer Unfall… aber zack, steht schonmal ein Haus in Flammen. Es bekommt doch jeder das, was er verdient«, sagte Shane trocken.

# ❦ Das Ritual ❧

Sie hatten das Wochenende in einem urigen, kleinen Hotel verbracht. Nola hatte die letzten Geschehnisse komplett ausgeblendet und die Auszeit genossen. Was geschehen war, fühlte sich immer noch verrückt und unwirklich an. Gleichzeitig war sie froh, dass sie Teil dieser schwierigen und gefährlichen Phase gewesen war. Sie hatte viel über sich und ihre Grenzen gelernt. Ganz sicher wollte sie nicht erneut so etwas erleben, aber sie wusste jetzt, dass sie viel stärker war, als sie es sich selbst zugestanden hätte.

Die erste wärmende Märzsonne schien auf ihre Gesichter, obwohl man sich noch nicht von der dicken Winterjacke trennen konnte. Shane stand, den Arm um sie gelegt, neben ihr auf dem Brighton Pier und hatte die Augen geschlossen.

Wie ruhig und gelassen er wirken konnte, wenn er seine inneren Kämpfe nicht allein austrug. Nola musste unweigerlich lächeln und sah wieder auf das Meer hinaus. Ihre Haare wirbelten wild ums Gesicht herum und immer mehr Strähnen lösten sich aus dem Zopf.

»Das Wochenende hat richtig gutgetan«, durchbrach sie schließlich die angenehme Stille zwischen ihnen beiden und Shane brummte zustimmend.

»Du wolltest doch einen Urlaub haben, wenn alles vorbei ist. Der Trip nach Brighton ist ein Anfang«, sagte er grinsend und schlug die Augen auf. »Es wurde aber auch Zeit. Wir haben die Pause dringend gebraucht.«

Es gab genügend Dinge zu regeln und zu besprechen, obwohl sich in den letzten zwei Wochen viel getan hatte und die ersten körperlichen Wunden verheilt waren. Sich ein paar Stunden aus der Stadt abzusetzen, war deshalb die richtige Entscheidung gewesen. Man musste Abstand bekommen, um irgendwann mit den Ereignissen abschließen zu können.

»Mein Vater hat bestätigt, dass Richard ein Hauptgrund war, weshalb er erst so spät Kontakt zu mir gesucht hat. Wenn Richard nicht gewesen wäre, hätte mein Leben vielleicht ganz anders ausgesehen«, sprach Nola etwas an, das sie sehr beschäftigte. Wobei sie ihren Vater einige Jahre früher vielleicht abgewehrt hätte, statt ihn anzuhören. Man konnte nicht mehr in die Vergangenheit blicken und grübeln, wie es gelaufen wäre. Das waren Mutmaßungen, die niemandem weiterhalfen.

»Das wird sich nie mehr herausstellen. Sei froh, wie es damals gekommen ist. Es waren deine Großeltern, die zu viel Druck auf deinen Vater ausgeübt haben, was er seinerseits zugelassen hat. Und Richard hat deinem Vater irgendwann gedroht, er würde dir etwas antun. Ich kann verstehen, dass die Angst zu groß war, Kontakt zu dir zu suchen«, hielt Shane ihm zugute.

Nola konnte das Verhalten ihres Vaters ebenfalls verstehen und würde ihm keine Vorwürfe machen.

Richard hatte schon vor Jahren seine Interessen auf perfide Weise durchgesetzt. »Dad hatte wohl immer ein Auge auf mich und wusste, dass es mir gut geht. Jetzt, da ich über die Adler Bescheid weiß, hat er mir auch das erklärt.«

Richards Handlungen waren brutaler geworden und er hatte von Anthony Montgommery gefordert, aktiver für die Adler zu agieren. Ihr Vater hatte sich hingegen nicht länger mit Nola erpressen lassen und seine Tochter endlich kennenlernen wollen. Ihr Großvater und ihr Vater waren deshalb zu dem Schluss gekommen, Nola unter ihre Fittiche zu nehmen, um sie vor Richard zu beschützen.

»Was die Kette angeht, war ihm nicht bewusst, dass sie der Schlüssel zu einem geheimen Fach ist.«

»Wie ist er überhaupt an die Kette gekommen? Sie war vorher im Besitz der Adler und hätte nicht von dort verschwinden dürfen.« In Shanes Augen war es fahrlässig und unrechtmäßig, einen Gegenstand aus dem Gebäude der Adler zu entwenden.

»Mein Großvater hat die Kette in einem alten Samtbeutel gefunden und mitgenommen. Er hat sich nichts dabei gedacht. Mein Vater fand die Kette und hat sie mir zum Geburtstag geschenkt.«

Automatisch fuhren ihre Finger über den filigranen Anhänger, den sie unter dem Schal hervorzog. Ohne diesen Zufall hätten sie das Rätsel in der Abbey niemals lösen können. Am Ende spielte das Schicksal einem doch die richtigen Karten in die Hand.

»Sollen wir uns auf den Weg machen? Oder geht dir noch etwas durch den Kopf, du Nervensäge? Ich werde dir nachher sowieso genügend Fragen beantworten müssen«, zog Shane sie auf und gab ihr einen kurzen Kuss.

Ja, auch das hätte sich sonst niemals ergeben. Waren es nicht sowieso die negativen Zeiten, aus denen man mit etwas Positivem herauskam? Die unmöglichsten Situationen, die einem etwas schenkten?

Nola grinste aufgrund ihrer Gedanken und drehte sich dann weiter in Shanes Richtung. Leicht boxte sie gegen seine Schulter. »Von mir aus können wir fahren, du Kotzbrocken. Ich merk doch, dass du langsam unruhig wirst. Bleu wartet schon…«

»Es gibt ja auch ein paar Sachen vorzubereiten bis heute Abend.« Shane zog sie mit sich und sie schlenderten den Holzsteg entlang. Bei dem schönen Wetter tummelten sich bereits viele Besucher am Strand und auf dem Pier. Nola sog die klare Meeresluft tief ein und nahm sich vor, sehr bald wieder hierher zu kommen. Für den Augenblick rief die Stadt sie zurück.

*\*\**

Während Shane mit Bleu die letzten Vorbereitungen traf, hatten Nola und Liz gemeinsam in der WG zu

Mittag gegessen und ausgiebig geplaudert. In den letzten Wochen war dazu endlich wieder mehr Gelegenheit gewesen und Nola war zum wiederholten Male aufgefallen, wie sehr ihr das gefehlt hatte. Die Freundinnen hatten so viel über Richard, die Adler und Ethan nachzuholen gehabt, dass es eine Weile gedauert hatte, bis sie sich gegenseitig informiert hatten.

»Ich kann dir gar nicht sagen, wie froh ich bin, dass es wieder ruhiger wird«, sagte Liz und streckte sich ausgiebig, bevor sie sich auf das Sofa lümmelte.

»Geht mir genauso. Obwohl ich zugeben muss, dass ich es auch spannend und aufregend fand.«

Ungläubig sah Liz zu ihr und schüttelte fassungslos den Kopf. Nola begann zu lachen und winkte ab.

»Ich war überfordert, hatte Angst und war durch den Wind. Wir sind beide nicht annähernd so abgebrüht wie die Jungs, aber wenn die Gefahr mal ein paar Wochen vorüber ist, sieht man es aus einem anderen Blickwinkel. Ich brauche keine Verfolgungsjagden und ich will ganz sicherlich nicht nochmal den Arm verbrannt bekommen, aber... ach, ich weiß nicht... manche Situationen haben mir einen Kick gegeben. Wie in der Abbey, als ich nach dem nächsten Hinweis gesucht habe«, versuchte sie zu beschreiben, was sie meinte und wie sie sich fühlte. Nola schaute auf den Verband an ihrem Arm und kratzte leicht über den Stoff, da die heilende Wunde zunehmend juckte. Eine Narbe würde sie definitiv zurückbehalten, aber sei es drum.

Liz wirkte nicht, als könnte sie Nola verstehen. Der Zweifel stand ihr ins Gesicht geschrieben und glättete sich nur langsam. »Ja, okay. Wenn man die gefährlichen Momente ausblendet, kann das vielleicht etwas Spannendes haben. Den Rest bräuchte ich trotzdem kein zweites Mal.«

Da konnte Nola aus tiefstem Herzen zustimmen. Die Nacht in Richards Herrenhaus war definitiv etwas, das sie niemals wiederholen wollte. Überhaupt hatte sie nie gedacht, in den Kontakt mit Waffen oder Verbrechern zu kommen. Insgeheim hatte sie auch mit Shanes Rolle noch ihre Probleme, aber sie wusste gleichzeitig, dass er sich selbst die größten Vorwürfe machte.

»Wir hatten großes Glück. Hast du die Zeitung vom Wochenende gesehen?«, fragte Liz nach. Nachdem Nola verneinte, fuhr ihre Freundin fort: »Es gab einen Abschlussbericht über das Feuer im Nobelviertel. Wir sind nachts zur richtigen Zeit abgehauen. Ein paar Minuten später und die Polizei hätte uns vor dem Haus stehen sehen. Richard hatte eine zweite Gruppe von zwanzig Sicherheitsleuten in der Hinterhand, die auf dem Weg war. Sie traf fast zeitgleich mit der Polizei ein, was wir ja schon wissen. Aber jetzt wurde die Sache offiziell als Bandenkonflikt eingestuft, genau, wie die Jungs es geplant hatten.« Triumphierend strahlte Liz ihr entgegen.

In den ersten Tagen nach dem Kampf gegen Richard und seine Leute, hatten sie gebibbert, ob nicht die Polizei jeden Moment um die Ecke kam und sie alle festnahm. Die Jungs hatten an diversen Stellen genügend Beweismaterial vorbereitet, um von sich abzulenken. Der Plan war aufgegangen.

Richard hatte gemeinsame Sache mit einer Verbrecherbande gemacht und diese über den Tisch gezogen. Die Bande war in jener Nacht gekommen, um Rache zu nehmen. Diese Bande wurde von Joe Tremonts größtem Konkurrenten angeführt. Der Deal mit Joe hatte beinhaltet, dass sie seinen Feind ans Messer lieferten.

»Dann sind wir aus dem Schneider! Die ganze Zeit war ich mir unsicher, ob nicht doch etwas kommt. Irgendwelche Spuren, die wir hinterlassen haben oder Leute, die uns gesehen haben. Wir können wohl kaum behaupten, dass die ganze Aktion leise abgelaufen ist. Nur gut, dass die Computerleute der Adler so schlau waren, die Notrufe bei der Polizei verzögert durchkommen zu lassen. Das hat uns viel Zeit gebracht.« Nola seufzte erleichtert. Unfassbar, wie viel Glück sie gehabt hatten. Viele Rädchen hatten an dem Abend ineinandergegriffen und bestens funktioniert. Nur deshalb war es für alle Beteiligten so glimpflich verlaufen.

»Und, was ist jetzt mit dir und Shane? Geht ihr in den nächsten Wochen wieder auf Distanz, weil keiner von euch beiden genug Mut hat oder ist es dieses Mal anders? Seid ihr jetzt zusammen? Ich würde halt gerne wissen, ob ich mich an ihn gewöhnen muss«, wollte Liz etwas ganz anderes wissen. Ihre Stichelei gegen Shane war mittlerweile nicht mehr glaubhaft, weil sie ein ganz anderes Bild von ihm bekommen hatte und ihn sogar sehr gut leiden konnte.

Nola begann zu grinsen. »Ja, sind wir. Du kannst dich also an ihn gewöhnen. Die ganzen Wochen haben uns zusammengeschweißt und wir haben Seiten aneinander kennengelernt, die man sonst vielleicht nie an jemandem entdecken würde. Er ist, wer er ist und die Adler gehören zu ihm. Wenn ich mit ihm zusammen sein will, muss mir das klar sein. Seine vergangenen Taten haben aber nichts mit seinen Gefühlen für mich zu tun. Ich habe eingesehen, dass ich das nicht auf gleiche Weise bewerten kann.«

Letztlich waren es Liz' Worte gewesen, die das bei ihr immer klarer hatten werden lassen. Was das anging, waren sie in der gleichen Situation und mussten lernen, damit umzugehen. Ethan, der zur Society gehörte, war da nicht anders, was seine Taten anging.

Die Türklingel zerriss das Gespräch der Freundinnen. Nola klatschte in die Hände und sprang vom Sessel auf. Es konnte nur Shane sein, der sie abholen wollte. »Ich bin dann mal unterwegs!«, rief sie überdreht.

Liz sah lächelnd zu, wie Nola in den Mantel schlüpfte und parallel die Tür öffnete. »Dann wünsche ich dir viel Spaß.«

»Danke! Mal sehen, was alles passiert. Ich bin so aufgeregt, als würde ich selbst mitmachen. Das Aufnahmeritual der Adler! Ich fass es nicht«, blubberte Nola, ehe sie mit Shane zur Tür hinaus verschwand, der sich jedoch nicht verkneifen konnte, die Augen zu verdrehen.

***

Der erste Teil des Aufnahmerituals hatte bereits am Freitag ohne Shane stattgefunden. Er hatte ihr erklärt, dass es sich um eine Gruppenaktion handelte, bei der die Anwärter ihre Teamfähigkeit unter Beweis stellen mussten. Sie wussten während des Tests allerdings nichts davon. Sie bekamen ganz einfach eine Aufgabe gestellt und wurden dabei beobachtet, wie sie diese lösten.

Für die Adler zeigte sich somit, wer das Potential hatte, den Jahrgang anzuführen. Trat einer als Anführer hervor und übernahm das Kommando? Wie gut kombinierten sie und gingen an das gestellte Problem heran?

Heute Abend fand der zweite Teil statt, den Bleu und Shane die letzten Stunden vorbereitet hatten. Nola durfte zuschauen, was ihr als Außenstehender normalerweise strengstens untersagt war.

»Zappel doch nicht so herum«, meinte Shane.

»Ich hab nicht erwartet, dass du mich irgendwann mal mit hierhin mitnehmen würdest. Das ist der helle Wahnsinn! Guck dich mal um! Die ganzen alten Gemälde, die ihr hier herumhängen habt, die Statuen. Ihr lasst es euch ziemlich gut gehen.«

Seit sie das Hauptquartier der Adler durch den offiziellen Eingang betreten hatte, kam Nola aus dem Staunen nicht mehr heraus. Dass die Adler Geld hatten, weil sie viele Firmen unterstützten und Spenden von Mitgliedern erhielten, wusste Nola. Der Prunk war auch nicht total übertrieben, aber man konnte deutlich erkennen, welches Vermögen dahintersteckte.

»Was hat die Loge dazu gesagt, dass du mich heute mitbringst? Die waren bestimmt nicht gerade erfreut.«

»Sie waren nicht begeistert, hatten aber nichts dagegen. Wir haben was gut bei ihnen und die sind froh, Richard los zu sein«, antwortete Shane, während er sie über die Korridore führte. Er nahm sich viel Zeit, um ihr die verschiedenen Räumlichkeiten zu zeigen und etwas mehr über die Geschichte der Adler zu erzählen. Shane führte Nola zu den Aufenthaltsräumen, der Bibliothek und sogar zum Kaminzimmer der Loge, das früher einmal das Büro eines Gründers gewesen war. Er ließ Nola kurz in die Schaltzentrale blicken, wo ein paar Adler emsig vor Computern saßen.

»Jetzt ist es soweit. Lass uns runter in den Keller gehen«, verkündete er und Nola spürte, dass er voller Vorfreude war und nicht schnell genug die Stufen hinunterkommen konnte.

Im Keller nahmen sie eine andere Richtung, als Nola von ihrem Einbruch mit Bleu kannte. Shane reichte ihr einen dunkelblauen Umhang, in den sie schlüpfte. Eine riesige unterirdische Halle tat sich schließlich vor ihr auf. Es kam ihr vor, wie der Blick von den Zuschauerrängen hinunter in die Gladiatorenarena. Zahlreiche Adler, alle in ihre Umhänge gehüllt, standen am Rand und blickten in die Tiefe hinab.

Nola machte einen Schritt vorwärts und keuchte erstaunt auf. Verschiedene Geräte und Hindernisse waren dort unten aufgebaut. Sie schätzte, dass der Höhenunterschied um die fünf Meter betrug.

»Die Anwärter werden gleich diesen Parcours bewältigen müssen. Sie haben wenige Minuten Zeit dafür und es sind einige Fallen eingebaut. Es ist das zweite Jahr, in dem die Fallen nicht mehr halsbrecherisch sind. Davor hätte man sich ernsthaft verletzen oder sogar sterben können«, raunte Shane ihr leise ins Ohr, nachdem er zu ihr getreten war.

Das passte zu den Adlern! Sie wollten die besten Leute für ihren Bund und scheuten sich nicht, die Anwärter entsprechend zu testen. Nola war kaum erschrocken über die Brutalität, die selbst bei der Auswahl neuer Mitglieder an den Tag gelegt wurde.

»Ich bin damals ausgerutscht und in eine Grube gefallen, die mit spitzen Pfählen gespickt war. Es ging alles gut, weil ich direkt am Rand hing. Davon ist die Narbe am Unterschenkel geblieben.«

»Wofür ist der zweite Test?«, fragte sie ihn gedämpft.

»Wir wollen die Kondition der Anwärter prüfen. Wie fit sind sie, wie schnell stellen sie sich auf die neue Umgebung ein und folgen sie den Befehlen?«

Das Licht, das auf den Parcours gerichtet war, wurde heller und die wenigen Gespräche verstummten. Auf der gegenüberliegenden Seite von Nola und Shane, trat jemand nach vorne und sagte mit tiefer Stimme: »Der erste Anwärter kann beginnen!«

Nola wagte kaum zu atmen, als ein Startsignal erklang und eine junge Frau im Scheinwerferlicht auftauchte, um den Parcours zu bewältigen. Sie kletterte, sprang und hangelte sich über die Hindernisse. Shane hatte zwar gesagt, dass keine potentiell tödlichen Fallen eingebaut waren, trotzdem fiel die Studentin in eine präparierte Grube, aus der sie nur schwer wieder herauskam und anschließend ziemlich lädiert aussah. Der Parcours war kein Spaziergang. Es gab abgestumpfte Speere, die waagerecht aus der Wand jagten und große Blutergüsse hinterlassen konnten.

Die Zeit lief ab. Die Anwärterin hatte nicht mehr viel Zeit und hing gerade mit einem Arm an einem Seil. Es fiel ihr sichtlich schwer, weiterzukommen, aber schließlich gelang es ihr. Sie trat vor einen Kasten, der mit einem schwarzen Tuch verhangen war.

»Die Anwärter bekommen vorab die Info, dass sie einen gefährlichen Hindernis-Parcours überwinden müssen. Um weiterzukommen, müssen sie am Ende einen

Gegenstand finden, koste es, was es wolle«, erklärte Shane gedämpft.

Nolas Körper war so angespannt, als hätte sie den Parcours selbst hinter sich gebracht und stünde nun vor dem schwarzen Kasten. Die Anwärterin hatte sich nicht bewegt, die letzten Sekunden erschienen auf der Uhr.

»Warum greift sie nicht einfach rein?«, fragte Nola und starrte wie gebannt hinunter.

»Du hörst es hier oben nicht, aber sie wird das Zischen der Schlangen hören.«

Die Anwärterin hatte eine Entscheidung getroffen. Sie steckte die Hand in den Kasten, presste die Augen zusammen. Kurz darauf zog sie eine kleine Figur aus dem Kasten und hielt sie erleichtert und triumphierend in die Höhe.

»Du meine Güte! Wurde sie gebissen? Was ist das?« Nola atmete zum ersten Mal seit Beginn der Prüfung tief ein, was sie zwischendurch tatsächlich vergessen hatte.

»Die Schlangen sind nicht giftig. Das weiß sie allerdings nicht. Und die Figur ist ein kleiner Adler. So, sie wird jetzt in einen anderen Raum geführt und der Nächste ist dran. Du musst das noch sechsmal mit anschauen.«

Shane freute sich darüber, wie gefesselt Nola von der Aufnahmeprüfung war. Es schien ihm zu gefallen, dass sie schockiert war und die Augen kaum von dem Geschehen lassen konnte.

Es fehlte nicht viel, dass sie gelacht hätte, als nach zwei weiteren Anwärtern ausgerechnet Ben startete. »Ben? Wieso wundert mich das überhaupt nicht? Wieso hast du nichts gesagt?« Sie hatte im vergangenen Jahr bereits vermutet, dass Ben Mitglied bei den Adlern war. Er kannte Shane von früher und sie verbrachten hin und wieder Zeit miteinander.

»Ich wollte die Überraschung nicht verderben.«

Alle Anwärter überwanden ihre Angst und angelten die kleine Adlerfigur aus dem schwarzen Kasten mit den Schlangen. Somit würden alle sieben Studenten in den Bund aufgenommen werden.

Sobald der letzte Anwärter in den Nebenraum geführt worden war, erlosch das Licht. Shane zog Nola mit sich die Treppe hinauf. Der letzte Teil des Aufnahmerituals würde oben im Saal stattfinden.

Nach und nach drangen weitere Adler in den Versammlungsraum. Im Zentrum stand die runde Schale, in der ein Feuer flackerte. Es dauerte nicht lange, bis die Loge und die Anwärter eintraten und auf die Mitte des Raumes zusteuerten.

Aldwyn, Mitglied der Loge, suchte in der Menge nach Shane und winkte ihn zu sich. Shane entschuldigte sich leise bei Nola. Er wusste nicht, was Aldwyn von ihm wollte. Aufmerksam lauschte er den leise gesprochenen Worten und nickte schließlich. Die Loge trat einen Schritt zurück, um Shane die Ehre zu überlassen, den wichtigsten Teil des Rituals zu führen.

»Ihr habt eure Prüfungen erfolgreich abgelegt. Ihr strebt ein Leben als Adler an. Das bedeutet, dass ihr künftig nach unseren Regeln leben werdet. Mit der Aufnahme in unseren Bund, werden sich euch viele Türen öffnen und Chancen bieten. In den nächsten Wochen und Monaten werden wir dafür sorgen, dass ihr bestens dafür gewappnet sein werdet. Um eure Entscheidung zu besiegeln und die Initiation zu vollenden, bitte ich euch, den nächsten Schritt zu tun«, wandte Shane sich an die Anwärter. Er ließ sich von einem anderen Adler ein kleines Messer geben.

Die Anwärter sahen ihn ehrfürchtig an und folgten dem Befehl. Einer nach dem anderen nahm das Messer, schnitt sich in den Finger oder die Hand, um ein paar Tropfen Blut auf die Adlerfigur tropfen zu lassen. Zuletzt war Ben an der Reihe. Er würde der Anführer des neuen Jahrgangs sein. Seine Leistungen waren die besten gewesen und so hatte die Loge ihn nach dem Parcours als Anführer auserkoren.

Shane nickte den sieben jungen Studenten zu und sie sprachen, im Schein der Flammen, gemeinsam den bindenden Schwur.

*Ich verschreibe mich den Adlern. Mit meinem Blut besiegle ich das Bündnis, das mein Leben begleiten wird. Ich werde den Werten und Regeln der Adler folgen und alles tun, um*

*sie zu wahren. Die Adler sind meine Familie. Einmal ein*
*Adler, auf ewig ein Adler!*

Alle anwesenden Adler wiederholten den letzten Satz voller Inbrunst und für Shane fühlte es sich an, als hätte er die Initiation selbst erneut vollzogen.

Ben warf die Adlerfigur ins Feuer und beendete somit das Ritual. Für ein paar Sekunden blieb die besondere Atmosphäre erhalten, Stille lag über allem. Dann applaudierten die älteren Mitglieder.

# ∞ Epilog ∞

»Mann, das war vielleicht gruselig!« Nola ließ die letzten Stunden Revue passieren und bekam Gänsehaut, wenn sie an das Ritual mit dem Blutschwur dachte.

»Willst du nächstes Jahr dann auch beitreten?«, fragte Bleu belustigt. Gemeinsam hatten sie sich in das gemütliche Kaminzimmer der Loge zurückgezogen. Seit Richards Tod, bevorzugten die vier verbliebenen Logenmitglieder einen anderen Raum.

»Bist du irre? Auf gar keinen Fall!«, meinte sie. Sie – ein Adler? Nein, das musste nicht sein. Es gab Familientraditionen, die man nicht unbedingt weiterführen musste.

»Lass sie mal. Vielleicht ändert sich ihre Meinung noch«, feixte Shane. Die Jungs amüsierten sich köstlich darüber und stießen mit dem Bier, das sie mitgebracht hatten, darauf an.

»Was ist jetzt eigentlich mit den Adlern und der Society?«, griff Nola ein bislang unbeachtetes Thema auf. Sie wusste, dass Archie das Archiv der Adler gründlich durchforstete und sie alle Aufträge von Richard nochmal durchgehen würden. Shanes Ziel war es, die Druckmittel komplett zu vernichten. Er wollte einen neuen Start für die Adler. Die Loge stellte sich ihm dabei nicht in die Quere.

»Wir haben uns mit Ethan zusammengesetzt und momentan sieht es aus, als würde er Mitglied bei der

Society bleiben. Durch die Razzia, die sie intern durchgeführt haben, um alle Spitzel von Richard zu finden, ist viel Dreck aufgewirbelt worden. Die Society muss, genau wie wir, interne Probleme lösen und einen Neuanfang wagen. Es steht fest, dass wir das gemeinsam tun wollen. Wenn wir eine Zukunft haben wollen, müssen wir zusammenarbeiten«, berichtete Bleu, was sich in den letzten Tagen ergeben hatte.

»Das heißt, es ist Schluss mit der Feindschaft. Wir müssen kooperieren. Es stehen verschiedene Ideen im Raum, die wir durchspielen müssen. In irgendeiner Art und Weise werden wir uns zusammenschließen. Zu einem Bund oder zu einer Gemeinschaft, die jeweils ihren eigenen Namen behält. Das wird sich zeigen.«

Nola hätte nicht daran geglaubt, dass ein solcher Vorschlag von Shane kommen würde. Er hatte jahrelang gegen die Society gekämpft, die seit der Gründung der Feind der Adler gewesen war. Jetzt wollte er sich mit ihnen verbünden. Es war eine wunderbare Idee und wenn sie es richtig anstellten, konnten sie verdammt viel erreichen.

Shane hatte das anhand des Bildes der Eiche einmal passend erklärt. Die stärksten Blätter würden sich zusammenschließen und die Eiche wieder zum Erblühen und Erstrahlen bringen.

»Das dürfte spannend werden. Ich stelle mir die Verhandlungen vor und wie du regelmäßig ausflippst, weil dir die Vorschläge deiner alten Feinde nicht passen«, zog Nola ihren Freund auf, der daraufhin die Augen verdrehte. »Tu nicht so! Du weißt selbst, dass du den Takt am liebsten vorgeben würdest.«

»Was hab ich mir mit dir eigentlich eingebrockt?«, fragte Shane rhetorisch.

Bleu lachte sich vergnügt ins Fäustchen.

»Ich hätte aber noch etwas anderes…« Nola wartete, bis die beiden Adler zu ihr sahen. »Ich glaube, ich weiß, wie das Rätsel weitergeht.«

Bleu setzte sich ruckartig im Sessel auf. »Wieso sagst du das erst jetzt? Wie ist die Lösung?« Keiner von ihnen hatte sich in der letzten Zeit mit dem Rätsel auseinandergesetzt. Sie hatten andere Dinge im Kopf gehabt.

»Shane hat mich auf die Idee gebracht. Der Elizabeth Tower hat uns hinauf zu den Zinken geführt, wo wir auf die Knie gesunken sind, um uns Hinweise zu erarbeiten. Ans Ziel können wir gelangen, wenn wir vorher zu Herrschern gegangen sind. Das haben wir alles erledigt. *Doch wird das Rätsel niemand knacken, der nicht richtig weiß zu hacken.* Ein Adler. Ein Adler hat einen Schnabel, mit dem er hackt. Das fiel mir in der Abbey ein. Nur ihr könnt das Rätsel lösen, kein Außenstehender«, versuchte sie ihre Gedanken verständlich zu machen. Da die beiden nichts sagten, konnte sie anscheinend fortfahren.

»*Die Lösung liegt in einem nahen Raum, in welchem alte Schätze sind zu schau'n.* Wo haben die Adler einen

Raum, in dem sie alte, kostbare Gegenstände lagern und anschauen?«

Fragend sah sie Shane und Bleu an. Man konnte an ihren Gesichtern erkennen, wie sie nachdachten und wie lange es dauerte, bis der Penny endlich fiel. Sie wurden aufgeregter und waren ganz bei der Sache.

»Hier drin! Das Kaminzimmer ist für uns eines der Zimmer, in denen die meisten alten Gegenstände stehen«, sagte Bleu euphorisch und sah sich um.

Shane blieb ein klein wenig ruhiger und kramte den Schlüssel hervor, den Nola in Westminster Abbey gefunden hatte. Er runzelte die Stirn und stand auf, um sich nach etwas umzusehen, zu dem der kleine Schlüssel passen konnte.

Er drehte zwei Runden durch den Raum, ohne etwas zu finden. Er schaute sich das Astrolabium genauer an. Das scheibenförmige Instrument aus der Astronomie, bei dem man Datum und Uhrzeit einstellte und dann die Position der Sterne ablesen konnte. Auf dem Weg zurück zum Sessel und mit gedrückter Laune, stoppte er abrupt an einem Holzkasten.

»Moment mal«, kommentierte er und klappte den Deckel auf. In dem Kasten war ein Chronometer.

»Das Ding funktioniert doch nicht.«

Shane überging Bleus Kommentar. »Das *Ding* ist aber von Edward John Dent gebaut.«

Nola sprang auf und kam näher. Sie sah das fein gearbeitete Ziffernblatt und verzierte Metall der, normalerweise präzise arbeitenden, Uhr an. Gemeinsam mit Shane suchte sie nach einer passenden Öffnung für den kleinen Schlüssel. Sie hatten die Stelle recht schnell gefunden.

Shane probierte den Schlüssel aus und konnte das Chronometer aufziehen. Die Uhr begann wieder zu laufen. Nichts geschah. Nola ließ die Schultern sinken. Wieder einmal waren sie einen Schritt weitergekommen und prallten gegen die nächste Wand.

»Wir haben keinen Hinweis, wie es von hier weitergehen soll«, sagte sie betrübt.

»Was ist denn mit den Zeichen, die Shane im Elizabeth Tower gefunden hat?«

»Die waren doch für Westminster Abbey«, gab sie Bleu zur Antwort.

Es wurde still, während alle drei nachdachten. Hatten sie einen Hinweis übersehen? Es musste ihnen irgendetwas entgangen sein!

»Na klar! Die Zeichen hatten zwei Bedeutungen. Zum einen haben die Angaben zum Schlüssel geführt, aber man hätte sie nebeneinander auf den Steinboden schreiben können. Wieso waren sie so weit auseinander? Wenn ich mir ein Zifferblatt vorstelle und markiere, wo die Schwerter in den Boden geritzt waren…«, redete Shane vor sich hin und begann, am Chronometer herumzufummeln.

»…ergibt sich eine Uhrzeit! Stell sie ein!«, nahm Nola den Faden auf und die Aufregung wuchs sofort wieder an.

Es klickte leise und an einer metallenen Seite der Uhr öffnete sich ein Fach. Erst jetzt konnte man es sehen. Vorsichtig zog Shane das Fach auf und fand den zweiten Ring der Gründer. Er nahm ihn heraus und hielt ihn so, dass alle drei ihn sehen konnten.

War es das? Was war an zwei Ringen die besondere Macht, die Wellington und Thompson vor der Society hatten schützen wollen?

»Das soll die Lösung sein? Sagen euch die Ringe irgendetwas?«

Bleu und Shane schüttelten die Köpfe.

»*Wem's glückt, die Tore endlich aufzustoßen.* Welche Tore?«, stellte Bleu die nächste logische Frage.

Nola seufzte frustriert und ging zu ihrem Platz zurück. Sie nahm einen Schluck von ihrem Drink und setzte sich demotiviert in den Sessel. Sie drehte das Glas in ihren Händen und starrte enttäuscht auf die leere Kaminstelle. Bislang hatten sie alle Hinweise richtig gedeutet und obwohl sie häufig gedacht hatten, es nicht zu schaffen, war ihnen irgendwann ein Einfall gekommen.

Es waren die Kleinigkeiten, nebensächliche Kommentare, die einem die Idee lieferten. Sie wäre ohne Ethans Aussage niemals zur Abbey gegangen und selbst dort hatte sie sich von den bisherigen Lösungen leiten lassen müssen. Sie durften nicht aufgeben. Nicht so kurz vor dem Ziel.

Ihr Herz stolperte plötzlich und beschleunigte dann sein Tempo. »Jungs?« Sie klang so alarmiert, dass beide mit dem Siegelring zu ihr kamen und sie fragend ansahen. »Täusche ich mich, oder sieht das auf der Metallplatte an der Kaminrückwand aus wie ein eingestochenes Bild einer Tür oder eines Tores?«

Mit zwei Sätzen war Shane am Kamin und hockte sich davor, um die Platte genauer in Augenschein zu nehmen. »Doch, das ist auf jeden Fall ein doppelflügeliges Tor.«

Sie konnten froh sein, dass gerade kein Feuer im Kamin prasselte. Die verkohlten Reste der letzten Holzscheite lagen schwarzgrau im Kamin.

»An den oberen Ecken der Metallplatte sind runde Löcher.« Shane drehte sich zu den zweien um. »Bleu, hast du den anderen Siegelring hier oder in deiner Wohnung? Die Einbuchtungen haben ungefähr die Größe der Ringe.«

»Ich habe ihn hier versteckt. Warte, ich hole ihn.«

Damit verschwand Bleu aus dem Kaminzimmer und Nola kniete sich neben Shane, um die Einbuchtungen zu untersuchen. Sie fuhr mit dem Zeigefinger hinein und versuchte einen möglichen Mechanismus in Gang zu setzen.

Shane drückte den Ring bereits in die Vertiefung. Vorsichtig testete er, ob er das Schmuckstück in eine

Richtung drehen konnte. Es war fast eine ganze Umdrehung, bis es nicht mehr weiterging.

»Was glaubst du, wartet dahinter auf uns? Geht das Rätsel weiter oder ist es das Ziel?«

»Ich glaube, dass wir gleich die Macht in den Händen halten werden, die unsere Gründer versteckt haben. Was die Macht allerdings sein könnte, kann ich mir nicht wirklich vorstellen«, entgegnete Shane ihr. »Vielleicht haben die Gründer mit ein paar Wissenschaftlern an einer Sache gearbeitet und sie dann lieber versteckt, anstatt sie einzusetzen. Möglicherweise eine Waffe?«

Unruhig warteten sie auf Bleu, der erst nach zähen fünf Minuten zurückkehrte. Er tat es Shane gleich und drehte den Siegelring vorsichtig in der Einkerbung.

»Jetzt müsst ihr das Tor aufdrücken«, sagte Nola leise.

Shane tastete über die Metallplatte und drückte dann kräftig dagegen. Zwar war die Platte schwergängig, aber sie ließ sich nach oben wegklappen. In dem kleinen Fach hinter dem Kamin lag ein in Leder gebundenes, dickes Buch. Darunter befand sich eine flache Metallkiste. Die Jungs befreiten beides aus dem Jahrzehnte alten Versteck.

Sie rieben die rußigen Hände so gut wie möglich mit einem Taschentuch sauber. Nola wollte den beiden Adlern den Vortritt lassen. Es ging immerhin um Geheimnisse ihres Bundes.

Ehrfürchtig fuhr Shane über den Buchdeckel, ehe er ihn aufschlug. Sein Blick blieb an der alten, verschnörkelten Handschrift hängen.

»Das hier ist das Regelbuch der Adler. Ich dachte, die Regeln wurden nur mündlich weitergegeben! William Wellington und Zacharias Thompson haben alles für Sword & Eagle niedergeschrieben«, sagte er kaum hörbar. Langsam blätterte er durch die ersten Seiten und konnte nicht aufhören, den Kopf vor Unglauben zu schütteln.

»Sie haben ihre ersten Ideen für die Studentenverbindung aufgeschrieben. Es gibt viel mehr Regeln als die überlieferten.« Shane überflog einen der Absätze. »Die wollten eigentlich gar nicht, dass der Bund geheim ist und das Ziel war auch nicht die Kontrolle über die verschiedenen Instanzen wie Medien, Politik und Wirtschaft. Das Buch stellt unsere Existenz als Adler komplett auf den Kopf.« Er hob den Kopf und sah die anderen beiden an.

»Scheint, als wären wir über die Jahre von unserem Kurs abgekommen«, kommentierte Bleu trocken und hatte sichtlich daran zu knabbern, was das für den Bund bedeutete. Er griff nach der Kiste und schob den Deckel ab. Einzelne Dokumente lagen darin und waren trotz all der Zeit gut lesbar.

»Ich glaube, hier das dürfte die Macht sein, von der die Rede war.«

Nola beugte sich über Bleus Schulter, um mehr erkennen zu können. Ihr stockte der Atem. Von allen Dokumenten, die die Adler über die Jahre angesammelt und von allen Druckmitteln, die sie gegen ihre Feinde eingesetzt hatten, war das hier die Krönung.

»Die Unterlagen beweisen, was hochrangige Politiker damals entschieden haben. Ohne den Einfluss der Society oder der Adler. Der Brückeneinsturz in Great Yarmouth 1845, bei dem gut achtzig Menschen starben, war Absicht. Die Kettenglieder waren angesägt worden. Oder hier… die haben sogar die große Hungersnot ausgenutzt!«, ging Bleu die einzelnen Seiten durch.

Nola konnte nicht glauben, welcher Abgrund sich soeben auftat. Veröffentlichte man diese Dokumente, würden das ganze Land und die Monarchie aufgerüttelt werden. Viele geschichtliche Ereignisse würden eine andere Bedeutung bekommen und man würde das Vertrauen in die Regierung verlieren. Nur, weil einzelne Personen nach Macht gestrebt hatten.

»Die politischen Reaktionen damals waren sehr zurückhaltend. Kein Wunder, dass sie sich rausgehalten haben, wenn sie das absichtlich herbeigeführt haben. Die Nachfrage für Weizen ist in der Zeit gestiegen und die Forderungen nach einem unabhängigen Irland kamen dadurch auf«, zählte Nola auf, was sie noch aus dem Geschichtsunterricht wusste. Man hatte die Hungersnot genutzt, um Weizenpreise in die Höhe zu treiben und politische Spielchen zu spielen.

»So geht das hier Seite um Seite weiter. Selbst vor dem Königshaus machen die Unterlagen keinen Halt.« Bleu ließ den Stapel wieder in die Kiste sinken. Der Inhalt der Kiste war eine große Macht. Zu groß. Sie hatte immer noch die Kraft, das Land zu zerstören.

Alle drei saßen sie auf dem Boden vor dem Kamin und verdauten die Neuigkeit, nicht fähig, irgendetwas anderes zu tun.

»Was… was machen wir jetzt damit?«, traute Nola sich die Frage zu stellen.

»Ich schlage vor, wir lesen erst alles durch und entscheiden dann. Wobei es für mich nur zwei Möglichkeiten gibt: wieder verstecken oder für immer vernichten. An die Öffentlichkeit darf das auf keinen Fall geraten!«, fasste Shane einen ersten Entschluss, dem Nola und Bleu zustimmten.

Bleu stand auf, um die Gläser aufzufüllen. Auf den Schreck brauchten sie einen Schluck. Shane blätterte weiter durch das Buch der Gründer. Er überflog Passagen und Überschriften.

»Die haben wirklich alles aufgeschrieben. Sogar die Bedeutung unseres Wappens. Für sie ging es um den scharfen Blick und wie sich Wille und Verstand zu Gerechtigkeit und Urteilsfindung verbinden. Wenn ich mir das so ansehe, weiß ich jetzt, wie wir die Adler umstrukturieren werden. Es muss für uns zurück zu den alten Werten gehen. Zurück zu dem ursprünglichen Sinn von Sword & Eagle. Und *das* hier wird der

Grundstein dafür.« Er hob das Buch an, um seine Worte zu verdeutlichen.

»Sogar der Aufbau ist im Detail beschrieben. Die Loge, die Ratsmitglieder und so weiter.« Er lachte schnaufend auf. »Nola, ich kann dir dann jetzt auch eine Erklärung liefern, weshalb die Loge so heißt, wie sie heißt.«

Verdutzt sah Nola ihn an. Sie hatte ihren Vater bereits danach gefragt, aber jeder hatte die Namen innerhalb des Bundes hingenommen, wie sie überliefert worden waren.

»Loge ist ein französisches Wort, das sich aus dem Germanischen ableitet. Ursprünglich war es das Wort für Laub.«

Nola begann schallend zu lachen. Die ältesten und erfahrensten Adler wurden in die Loge gewählt. Sie als Laub zu bezeichnen, war passend und absurd zugleich. Sie hatten das meiste Wissen, waren aber bereits vom Baum abgefallen.

»Du solltest die Loge abschaffen oder zumindest anders nennen. Das Laub hilft euch höchstens als Dünger weiter. Die Blätter sind das, worauf es ankommt. Nur wenn die ergrünen, geht es dem Baum gut«, sagte sie an Shane und Bleu gewandt.

Shane sah ihr eindringlich in die Augen. Er strahlte Entschlossenheit aus, den Weg zu diesem neu gesetzten Ziel zu beschreiten und die Adler in eine andere Zeit zu führen. »Glaub mir, das werde ich. Wir werden gemeinsam dafür sorgen, dass die Eiche ihre wahre Stärke zurückerhält. Erst dann können wir wieder Teil von etwas Großem sein und unser wertvolles Wissen weitergeben, unser Land stärken und schützen. *Wir sind die Blätter der Eiche.*«